媒體的界限

《媒體的界限》深度剖析在傳媒、電影及網絡世界所呈現的暴力與性相關的社會議題，例如網絡上的極端暴力內容，特別是真人實境的網絡欺凌、唾手可得的兒童色情、真假不分的深偽技術等，都牽涉到使用者的道德及法律問題。這不僅是個人層面的問題，亦是全球媒介需要正視的現象。

本書從傳媒暴力與性的主題出發，作者以犀利的分析視角，做相關理論的探索，輔以實證研究及年輕人的反饋，強調網絡時代大眾應該特別關注的社會與媒介議題，堪稱為媒介素養的重要著作。

——劉幼琍

（香港城市大學媒體與傳播系系主任）

媒體裡的性和暴力長期受社會關注。媒體對性和暴力的渲染常為人詬病，但亦有人視「情色」為一種文化，指「暴力」有其美學。而隨著社會和媒體變遷，跟媒體、性與暴力相關的現象亦越見多樣和複雜。

本書結合了作者多年的教學心得和持續不懈的媒體觀察，從大眾傳媒談到網絡遊戲，從物化女性談到 #MeToo，再從媒體暴力的效應談到網絡欺凌，可以指引讀者思考和理解身邊相關的媒體現象。

——李立峯

（香港中文大學新聞與傳播學院教授）

性與暴力從來都是帶有強烈情緒的議題，大家討論時，容易不自覺地把個人的經歷、潛藏的價值觀和被碰觸的底線混入其中，使我們變得主觀、不科學甚或自相矛盾。傳媒在觸及這些範疇的事時也會有同樣的情況，對社會的影響就大千百倍了。

這本書對這個課題有又闊又深的探索，亦透過多個相關的研究，作更科學和堅實的剖析，相信對不同背景的讀者都有參考價值。

——廖保強

（精神科專科醫生，基督教得生團契董事會主席）

作為小學前線教育工作者，對於孩童面對成年人疏忽照顧、被虐、道德開放以至性暴力，只好無奈地說並不陌生。網上性愛遊戲、色情漫畫、網絡欺凌等，更是學校德育或訓輔老師近年經常要面對和處理的事情。

究竟這是否一直存在的問題？與家庭社經地位有沒有關係？是單親家庭或倚賴其他照顧者所產生的問題，在社會不同層面壓力下導致的情況，還是傳媒和網絡世界透明化所帶來的影響？

要保護我們的下一代，我們又可以怎樣做？相信此書能幫助我們好好探討和反思，特別在培育下一代時，能更聰明和謹慎地處理。

——鍾穎欣

（元朗區小學校長會前主席，天水圍金巴崙長老會耀道小學前校長）

媒體的界限

性與暴力的傳播學研究

梁麗娟　著

香港中文大學出版社

《媒體的界限：性與暴力的傳播學研究》
　梁麗娟 著

通識教育叢書
　叢書主編：梁美儀

國際統一書號 (ISBN)：978-988-237-250-4

出版：香港中文大學出版社
　　　香港 新界 沙田 · 香港中文大學
　　　傳真：+852 2603 7355
　　　電郵：cup@cuhk.edu.hk
　　　網址：cup.cuhk.edu.hk

Media Boundaries: A Communication Study on Sex and Violence (in Chinese)
　By Leung Lai-kuen Grace

General Education Series
　Series Editor: Leung Mei-yee

ISBN: 978-988-237-250-4

Published by The Chinese University of Hong Kong Press
　　　　　The Chinese University of Hong Kong
　　　　　Sha Tin, N.T., Hong Kong
　　　　　Fax: +852 2603 7355
　　　　　Email: cup@cuhk.edu.hk
　　　　　Website: cup.cuhk.edu.hk

Printed in Hong Kong

獻給三個子女
以及他們那一代

時代或不如預期
希望你們仍能擇善而從

目錄

「通識教育叢書」總序

香港中文大學創校於1963年。中大從開始即把通識教育課程列作必修科，以實踐全人教育的理想。在不同的年代，大學不斷改革通識教育課程，回應社會和大學的需要。2012年學制改革，大學乘此良機推出全新通識教育基礎課程，同學必須修讀中外經典，與師友互相切磋，思考人生，探索世界。我希望在此向曾為通識課程出一分力的同事致以衷心感激，也要向撰寫和策劃「通識教育叢書」的同事和朋友致意。

大學通識教育部自1999年與中文大學出版社合作，出版「通識教育叢書」。出版通識教育書籍，是要傳播通識教育的精神，並以簡潔的文字，向社會人士介紹不同學科的知識。2005年起，出版的工作由鄭承峰通識教育研究中心負責，圖書的內容涵蓋哲學、物理、社會學、文化等等。這次出版的通識書籍，內容豐富，與過往的書籍比較毫不失色。這不但是中大同學的福氣，也是各位讀者的福氣。

撰寫通識書籍，是頗難的一樁事情。作者須引領讀者，重新審視平常生活裏很多被人忽視的東西，還要言簡意賅，解釋一些看似艱澀難懂的概念。「通識教育叢書」專為繁忙的都市人而寫，雖然不是厚甸甸的巨著，卻沒有放棄嚴謹準確的原則。我希望讀者能多用上下班乘車的機會，暫且放下手機，花一點時間閱讀這些書

籍，待作者帶領你去漫遊不同的國度、時空、文化，增廣見聞，用知識點綴生活。我相信只要你持之以恒，必能有所進益。

人生匆匆幾十寒暑，有些人淡泊自甘，有些人則汲汲於名利；有些人一生順遂，有些人卻失意無依。人生有許多的歡愉，更有不盡的無常和無奈。我們身處其中，如何進退迴旋，那需要審時度勢的機敏，鑑別善惡的明慧，以及敬讓謙和的虛心。人的稟賦各異，但我們卻可以藉教育改善自己。當然，有時間和機會多讀好書，親炙智者，那就最好不過。但生活忙碌或已離開校門的朋友不要失望，「通識教育叢書」正是為你編寫。不論你是否中大的學生，我也誠意邀請你進入通識教育的課堂，與我們談天說地。

最後，我必須藉此機會，感謝社會對中大通識教育的支持和讚譽。中大通識基礎課程獲美國通識及自由教育課程協會，頒授「2015年通識教育優化模範課程獎」。這項殊榮，使我想起當年創校先賢的遠大目光和開拓精神，以及承先啟後所須付出的努力。我們將再接再厲，貫徹中大的教育理想，以及「博文約禮」的精神。

香港中文大學前校長
沈祖堯教授

陳韜文序

　　梁麗娟博士任教「媒介、性與暴力」這一科已有多年，如今她把積累的知識和經驗綜合撰寫而成《媒體的界限：性與暴力的傳播學研究》一書。因這一課題而寫出厚厚的一本參考書或教科書，在香港應是創舉，足以顯示出作者對教授科目的認真和熱誠。

　　此書結合了三個最引人的元素——傳媒、性與暴力。傳媒受人矚目，主要是因為它們傳播無遠弗屆，給人有無比影響力的印象；性是人類與生俱來的傾向，與人息息相關，輕視不得；暴力充斥著社會，有時更危及性命及社會秩序，自然也受到莫大關注。此書現在把三者連在一起來探討，當中熾熱及引人遐想的情況顯而易見。

　　作者知道三者之中每一項都牽涉很多問題，故她把議題集中在傳媒、性慾和暴力互動的關係上，旨在探討傳媒如何表述性慾和暴力及其對社會的影響，不會包括三者各自延伸的問題。因為她知所取捨，是以本書的內容雖然豐富多樣，但仍能緊扣主題。

　　本書鋪排很有系統，章節分明，都是環繞主題而開展的。作者在導言中先對性與暴力加以定義，並提綱挈領地簡介兩種媒介研究的傳統，然後才以不同書章仔細探討性慾、色情、情色、性暴力與傳媒的關係。特別值得一提的是，性暴力 (sexual violence) 是兩性之間出現的暴力，問題日趨嚴重，她也有分章專門探討。同時，

她以多個書章來探討媒介暴力的研究，觸及當中經典的取向及新的方向，以至不同媒體中的暴力表現。最後，她特開一章把媒介的性與暴力放在香港過去幾十年的社會脈絡來考察，從中觀察它們的演變與時代的印記。總結部分所呈現的是她對有關議題的判斷和進一步演繹，均值得參考。

本書的一個特點是本土與外來教材的有機結合，並沒有只談外國、忽略連結本地社會的通病。這一點是非常重要的，因為本土化的教材才能激發同學的興趣和思考。與這一特點相關的是本書用例不少，古今中外都有，娓娓道來，固然能加強讀者的了解和興趣，同時可以引發他們對周遭社會敏銳的觀察和分析。

傳媒生態在過往數十年間已有翻天覆地的變化。最明顯的一點是網絡媒體的興起，其重要性已超過傳統媒體。不過，傳統媒體尚未完全退場，曾經風騷一時的電影、電視仍佔有一席之地，只是影響力不及過去而已。本書的選材正反映出上述走向，可謂與時俱進。作者對電影、電視中的性及暴力問題固然多所論述，她對「互聯網下的性慾研究」以至「網絡上的暴力」也有分章專門的分析。不少經典的研究確是以電影電視為對象的，有時多談它們一點，應是恰當的。況且，學理大多時候是有跨媒體意義的，讀者也不應因研究對象有時是傳統媒體而忽略它的普遍參考價值。

性與暴力均牽涉到道德標準的問題。不過，作者的取向並非是泛道德性的，她無意推行某一特定道德標準，而所側重的則是書本的知識性和分析性，希望讀者能對有關分析架構多加認識。縱使如此，本書就道德、社會、文化對三者的規範作用也多所論述。有關規範無疑是有影響力的，也是相對的，是隨著時空的更迭而轉變的，實在沒有劃一標準的必要。這種開放客觀的處理一方面因

應一般大學教育的要求，同時也為面對時代變遷壓力的同學預留更多的探討空間。

　　總結而言，本書穿梭於研究學理與案例現象之間，兼顧傳統與當代媒體、本土與外國題材，整體視野寬廣而不失焦點，全書論述條理分明，誠然是關於「傳媒、性與暴力」三者關係的用心之作，應該會受到學生以及有興趣人士的歡迎。

陳韜文
香港中文大學新聞與傳播學院榮休教授

自序

　　撰寫這本書的目的，是希望為我任教的一個課程留下紀錄。

　　2021年3月，香港社會在疫情中討論一宗駭人聽聞的虐兒案，五歲的女死者身上被發現多於130處傷痕；2022年9月，同類的虐兒案死者是一名五歲男童，行兇者竟是他的親母。家暴問題畢竟成因複雜，當輿論沸沸揚揚地討論，到底是怎樣心理變態的父母才會對一個幼兒下如此毒手時，社會因疫病停擺，全世界都面對無日無之的家暴或性暴力上升的問題，較全球瘟疫更影響現代人的身心健康；暴力虐待無孔不入已不單是一個學術問題，而是與生存環境及生活質素息息相關、必須正視的現象。但與此同時，我們觀看《一秒拳王》（2020）、《小丑》（2019）等充斥暴力的電影，大多數觀眾看後沒有不安全的感覺，甚或有興奮的反應，因為對娛樂形式的暴力，觀眾往往有不同的解讀，例如從拳賽中看不到被暴打的痛楚，只看到競爭成功的快感；而電影《小丑》的背景並非一個真實的社會，虛擬的暴力只反映故事內失常的世界。兩種同樣來自媒體的暴力，為什麼出現截然不同的反應？而且，愈來愈多電影世界的故事取材自真實事件，甚至編劇也寫不出來的荒誕故事，例如2021年日本電影《母親》便是以真實新聞事件為藍本，講述一個極度自私、不負責任的母親為了一己私利，竟然要求17歲的兒子殺害外祖父母，從而獲得他們的遺產。有關家庭失序的影視作品近年愈來愈多，可以看到媒體中虛擬與現實的差距正在縮減。

　　作為一個任教「媒介、性與暴力」這科目的老師，應如何理解這些有血有肉的課題？它們不單是煽情及火爆的課題，亦是我們在身處的社會要面對的真實場景。因此選修這個科目的學生，往往抱有超越學術探究的期望；而教授這個科目要包括理論與實踐、海外研究所得與本地的應用，兼顧主修與通識學生，平衡不同年級、不同科目學生的能力及興趣，但學術界又缺乏合適的參考書。故希望借助這次整理，對學科範圍作一次籠統整合，將手上的資料提綱挈領，引發有意義的討論。

　　在釐定此書範圍時，我放棄了兩個具爭議性的話題。第一個與近年流行的「性別政治」有關，這是一個在西方非常熱門的題目，這裡沒有詳細介紹，主要因為課程重點放在情慾及媒介的角色上，因此對性別議題較為放輕；此外，性別政治在亞洲仍處於起步階段，因此有需要另闢蹊徑作詳細討論。另一個重要的議題是暴力與道德觀的關係，特別是2019年香港出現了一場震驚世界的社會運動，當時社會對暴力定義引起很大的爭議，亦牽涉到傳媒報導及處理新聞的手法和觀眾的認知問題；考慮到與本書其他章節所著重的娛樂性暴力議題不大連貫，決定以其他形式發表。

　　傳媒生態不斷改變，對性觀念及暴力的看法亦然，在龐大的研究範圍內，本書的重點集中整理傳播學過去在有關性與暴力近大半世紀的研究，再結合不同學科（如社會學、心理學、教育、醫學等）有關性及暴力的研究，選擇一些可以應用在香港或華人社會的部分加以討論。顯然不同的學科有不同的前設，因此導致各種結論。性與暴力的研究其中一個最重大的差異，是價值觀的不同，例如社會學及傳播學對青少年暴力問題的研究，與教育心理學或醫學便有明顯不同。前者未必假設性及暴力內容必然好或壞，可能更看重對社會制度的穩定性或暴力文化帶來的影響；後者從教育或

醫學角度，較看重這些爭議性內容對個人的身心發展，如腦部健康、情緒、沉溺問題的影響等。

除了學科前設有所不同，不同科目背景的同學會傾向選擇他們感到熟悉的研究範圍，由於課程範圍闊、同學差異大，在教授過程難免出現很多限制，一些議題未必能深入探討。此課程的設計，除了希望同學了解傳播學如何處理性暴力的研究，同時希望這些研究提供一些分析角度，讓同學了解現代社會的種種情況。當然，很多社會問題並非容易解決，或許學生及其身邊人面對同樣困境，但若能提升同學對議題的敏感度，鼓勵他們對困難作出積極回應，便能令所學不單停留在知識或概念層面。

回顧多年來接觸過的學生，發覺不同年代的氣質有明顯差別，早幾年的學生較開放敢言，近年來的學生開放及保守較為兩極化。男生及女生的表現亦有差異，在性別議題上，似乎男生沒有女生那麼熱衷表達自己的意見，但並不等如他們對這些議題沒有看法。例如兩性約會應否要「AA制」，有男生認為在拍拖階段仍未有明確承諾，應該各人負責自己的開銷，但有女生認為若應男生邀約，對方應該負責所有費用；又例如對#MeToo運動、渣男等的看法，兩性分歧都十分明顯，很難就這些議題達到共識。但在討論過後即使不能達到一致的意見，若然增加彼此的了解，可減低不必要及不合理的期望。

要一個生於嬰兒潮的老師設計千禧新一代關心的性與暴力課題，其實是難得的挑戰，亦讓我更了解新生代的煩惱。記得課堂上曾討論過約會強姦（date rape）的問題，有男生並不認同這種說法，認為性行為包含在約會之中應是普遍的共識，而男生亦有困難判斷女性是堅決抗拒抑或欲拒還迎，感覺女性有時心口不一；但有女生卻認為每一次觸及別人身體，都應事先獲得同意，不然不單欠

缺尊重，更屬於侵犯行為。但到底應如何處理這事先同意與否的問題？在酒酣耳熱之際，如何獲得對方理智的首肯？原則如何落實？這些都是這個時代獨有的課題，我從教學過程明白他們的需要多一點。

這個課程的學習報告要學生找一些媒體文本作分析及討論。印象中，男生較多選用涉及暴力題材的文本，可能與他們愛看動作片有關；而女生多選與性別相關的故事，特別是肯定女性情慾自主的題材。例如韓國電影《下女的誘惑》(2016)、印度電影《我罩袍下的口紅》(2016) 等，愈來愈多亞洲地區開始重視女性追求情慾的合理性，前者更開創韓片的情慾美學；對大多數亞洲女性來說，追求情慾滿足仍未廣為社會接受。我觀察到年輕學生成長的年代，媒體泛濫著暴力與情慾的內容。性侵的魔爪伸展到幼童，韓國電影《素媛》(2013)、《熔爐》(2011) 都是學生們不忍見到的真實事件；暴力電影如《小丑》、日本的《大逃殺》(2000)、港產片《踏血尋梅》(2015) 等，都是經常被書寫的文本。這些文本不約而同展現出一個「惡托邦」的世界，伴隨他們成長的是媒體暴力影像及真實世界形形色色的人慾橫流、家暴、性暴、反英雄、弱肉強食、精神分裂等社會問題。在充斥著負能量的媒體氛圍下，很多成人世界無力解決的問題以暴力方式延展至年輕人的生活當中，難怪近代年輕人容易抑鬱、對人欠缺信任、對人生亦較悲觀。

除了研究媒體文本，同學亦可以撰寫主題文章，關心的議題都是與他們生活息息相關的事情，例如社會日趨嚴重的性暴力或家庭暴力問題如何解決，內地「小鮮肉」文化的出現如何反映男性氣質的改變，「網紅臉」如何影響民眾的審美觀等。同學又可以通過訪問，分享一些涉及性或暴力的真實故事，以及這些故事牽涉的社會現象，如何用學得的概念來解釋。當遭遇到伴侶強迫上床、在

宿舍被偷窺、自願或非自願捲入性虐遊戲、被網上欺凌、與性生活相關的隱私被公開等，這一代要面對種種複雜的性或暴力難題，有時亦難以啟齒，這都是上一代很難想像的。而在撰寫報告的過程，不少同學都反省到情慾媒體主流化以及網絡色情媒體的暴力行為如何影響兩性關係的互動，對他們的成長亦是很大的考驗。

對老師來說，任教這課程既戰戰兢兢又富挑戰性，因為課堂主題內容與個人生活的聯繫，同學對此反應亦會較為強烈。其中有不少印象難忘的事件，例如有學生下課後一臉天真的問：什麼是「自我」？亦有學生在課程完結後向我表達，從其中一些電影的主角身上看到自己的經歷，令她十分感動，在告別前與我擁抱。彷彿這並非止於一個三個學分的科目，而是他們進入社會之前的成人禮，以及一個成長階段的反省。總結一個學期的學習，看到的世界好像很壞，人間充滿險惡，但面對艱難處境，每一個人都有選擇正面處理的可能。

這本書得以出版，首先要感謝香港中文大學通識教育部開展通識教育叢書，並接納本書作為其出版項目；其次要感謝香港中文大學出版社的協助，令本書可以順利出版；還有兩個部門的編輯及相關評審學者，感謝他們的寶貴意見。又感謝陳韜文教授撰寫序言，吳心怡校友提供插圖。讀大學的兒子閱讀我的初稿，感謝他從讀者的角度提供意見。本書作為一個起點，尚有很多未盡善之處，希望藉此拋磚引玉，引起社會上更多的關注與討論。

梁麗娟

2022 年 9 月

導言
媒體中的性及暴力問題，是否值得憂慮？

多年以前，我兒子仍是七八歲，還沒有個人電腦，有一次我在家中的電腦發現他用剪貼簿將一些涉及性（色情）及暴力（血腥）的動畫剪貼在檔案內，由於他沒有關掉檔案，只是縮小在作業平台上，讓我不經意看到他的網絡活動。兒童小小年紀，已經有機會接觸到性及暴力等備受爭議的資訊，而他們對此產生好奇亦非意外。那次經驗令我了解到兒童很早已經接觸到性及暴力的資訊，為人師長及父母如何啟導小孩判斷資訊的好壞，要十分小心。

但作為一個傳播學者，我明白到傳播內容並不是只有好與壞兩方面，在好與壞之間仍然包含不少灰色地帶，而傳播學對性及暴力題材的研究經過不同階段及採用不同方法，亦出現不一致的結論。作為傳播學者同時是一位母親，我了解到媒體使用者與教導者永恆存在的矛盾：前者視性與暴力為言論自由的指標，後者希望傳遞正確的價值觀。而在自由選擇與品味好壞之間，有沒有可能找到平衡點？本書的寫作目的，是總結傳播學過去就性與暴力的研究及討論，看這些研究能否解釋現代社會的狀況，提供分析架構及指引，讓使用者和教導者都有所依據。

性與暴力的題材已經是我們的生活揮之不去的一部分。正如Iadicola和Shupe（2012）提到，暴力問題是當今社會最令人關注的議題，它亦幾乎牽涉到所有的社會問題。「煽、色、腥」三個字亦差

不多總結了網絡及大眾媒體吸引受眾的元素，而其中性與暴力一向是媒體最受爭議亦最為矚目的內容。無論在社交網絡抑或報章新聞，每天都充斥著暴力毆鬥、廝殺、倫常慘案、情殺案等暴力題材；煽情的標題配以血腥的圖像，往往令人毛骨聳然。電影、電視、遊戲甚至是兒童動畫，都經常出現虛構的暴力及色情情節，無論真真假假，挑逗情慾和血腥影像水銀瀉地般通過智能手機、平版電腦、手提電腦等產品鋪天蓋地登堂入室，震撼程度愈來愈烈，卻只在於受眾的彈指之間。我們能否斷言，媒體受眾可以對這些虛擬影像無動於衷？正正就是性與暴力的煽情功能，成為商業媒體吸引使用者的主要賣點，長期被虛擬世界暴力及色情影像衝擊的媒體使用者，難免令人擔心年輕人如何得以保持理智而不受媒體的負面影響。

0.1 媒體性與暴力的定義，有何特點？

一般社會對性事及暴力行為都有不同程度的制約，目的也許分別為了維護社會制度，如家庭的完整性，以及政府對合法使用暴力的壟斷（Weber 2015: 129–98）。受眾從媒體獲得的性與暴力觀看經驗，除了突破現實生活種種限制，加上性與暴力內容同時為觀眾帶來刺激及情緒的牽動，所以被廣泛使用。但媒體性與暴力所涉及的範圍與真實世界的定義略有分別，本書只集中討論與傳播媒體有關的部分，即通過傳媒論述或建構的性與暴力形象／影像。

有關「性」的定義，大致可分為以下三個範疇：

（1）性別（sex）：性別是指一個人與生俱來的性別，主要由男或女的性器官來界定，這些先天區別令男性或女性展現出不同生理及心理上的特質。傳播媒體在男女本質的論述上，通常會在知名人

士中選取有代表性的型男美女，作為男性與女性的典型。例如傳媒機構每年舉行的港男、港姐選舉活動，便反映不同時代對不同性別特徵的偏好，例如對高矮肥瘦有不同美的標準，但這些被傳媒表揚的性別定型，對性別美醜的想像通常較為單一，侷限社會大眾對性別美醜形成同質化的想像，因此為有識之士所詬病。

（2）性別角色（gender）：性別是由生理特徵界定，性別角色卻由社會文化決定。換言之，性別角色的概念藏於我們腦海之中，代表社會對不同性別賦予不同的期望及行為準則，而這些期望及準則在本土文化，特別在媒體功能上可見端倪。例如「男主外、女主內」是傳統性別角色的分工，但同樣的分工是否投射在媒體的戲劇節目及故事形式之中？這些概念是否切合時代需要？男性專注於事業、女性希望嫁入豪門的迷思（Cinderella myth），又是否由現代傳媒發揚光大？現代社會對性別的二元對立有不少批評，傳媒是否正在鞏固傳統的性別標籤？西方社會對性別議題的討論，已經進化到二元對立之外，如無性別（agender）、第三性別（third gender）、雙性別（bigender）、性別流動（genderfluid）等。

（3）性慾（sexuality）：性慾是指一個人能夠感受到性興奮或對情慾有本能反應，透過與性伴侶的親密接觸，由性帶來快感及體驗親密關係的能力。大眾傳媒對性慾有不同層次的論述，傳統的觀念例如對女性貞操的判斷、女性應否介意男人對處女的看法、男女對婚前或婚外性行為的態度等，前衛一點的例如一夜情、換妻派對，傳媒都有它的說法。至於近年鼓吹的性慾平權如同性戀、雙性戀或者酷兒（queer）等，大眾傳媒都有討論。此外，近年來引起社會廣泛爭議，「專以暴露性器官或描繪性行為」（林芳玫 2006: 4）的色情文化，都是性慾橫流的現代社會的一個重要課題。此外，近年研究亦有關心現代人對性慾缺乏興趣（asexuality）的現象（Decker 2015）。

可是，亦有學者認為，性的定義遠超過以上三者。Plummer
(2003: 275–76) 指出，今時今日的性是指向多方面、不同目標的活
動，並不侷限於個人或人際關係層面，亦可以是一種娛樂、生活方
式或態度、社交平台調情的訊息，甚至是商品化及客體化的工具，
因為性的議題已滲透到文化的不同層面。近期學者轉向關注主流
文化情慾化 (mainstreamed sexuality) (Attwood 2004: 77–94) 的課題，
其中最明顯的特色是以一個人外表的性感程度來衡量個體的價值，
或作為自己的性別認同，然後又將這些成人世界的價值強加於小朋
友身體上。

　　暴力的定義有很多討論，因為暴力與否涉及一定的主觀性，
例如朋友間在酒吧內酒酣耳熱之際，互相推撞是否屬於暴力的表達
便見仁見智；全球普遍認同的是聯合國世界衛生組織 (World Health
Organization，簡稱「世衛」) 的定義 (Violence Prevention Alliance, n.d.)，
指暴力為「刻意使用身體的武力，透過威脅或真實接觸，令個人、
他人、針對一個組織或一個群體，導致或非常可能引致傷害、死
亡、心理受創、發展受到影響或者被剝削」。而 Barrie Gunter (1985)
又將暴力分為四類：

　　(1) 工具性暴力 (instrumental violence)：使用暴力達到某些目的；

　　(2) 表現性的暴力 (expressive violence)：為了表達憤怒；

　　(3) 故意的暴力 (intentional violence)：蓄意傷害他人；

　　(4) 非故意的暴力 (unintentional violence)：未有意圖傷害他人。

　　另一學者 James Potter (1999) 則針對侵犯的程度，細緻地定義
了暴力的不同面向：

　　(1) 侵襲 (身體上對人暴力襲擊)；

　　(2) 非直接侵犯 (惡意造謠、大力關門、大發雷霆)；

　　(3) 令人不勝其煩 (粗魯、無禮、臭脾氣)；

(4) 負能量 (針對權威組織或權威人士的對抗行動)；

(5) 負面情緒 (嫉妒或仇恨他人)。

從以上的定義及分類可以看出，暴力行為包括人際關係互動的不同層面，但在傳媒研究方法上，暴力的定義若根據上述類別便顯得過分寬廣，因此往往將暴力表達收窄為在不同媒體展現、造成個人或他人身體傷害的行為；至於非肢體接觸的精神暴力應如何量度，天災或意外造成的傷亡是否屬於暴力，則難有定論 (定義討論另見第一章，表1.3)。遊戲節目中的嬉笑棒打是否暴力？可導致參與者受傷的拳擊比賽，屬於體育抑或暴力行為？但傳媒展現的暴力與真實世界有明顯的分別，就是前者數量較多及較密集、將暴力行為英雄化、較少帶來傷害、毋須承擔法律後果，以及將暴力動作瑣碎化，例如以喜劇手法轉移觀眾注意力等 (Smith, Moyer-Guse, & Donnerstein 2004: 541–68)。在全球化的環境下，不少學者關心媒體暴力內容的泛濫會影響觀眾對社會的了解及實踐 (Carter & Weaver 2003: 1–20)，甚至與觀眾的犯罪傾向有關 (Weaver & Wakshlag 1986: 141–58)，因此譴責西方媒體輸出的意識形態影響世界各地文化，造成傷風敗俗如縱慾、暴力和個人主義等，嚴重傷害當地文化 (Kamalipour & Kuldip 2001: 1–4)。故此，媒體暴力比真實暴力更引人注目，在於歐美的暴力文化對其他地方本土文化的滲透。

除了牽涉的範圍非常多元化，暴力對人類帶來的後果亦十分嚴重。根據耶魯大學醫學院 Stephen Morris (2007) 醫生的分析，暴力可導致受害者死亡或者出現病態的處境。他根據世衛的資料，統計出全球每年約有160萬人因暴力而死亡，其中謀殺致死的有50多萬人，自殺的有80多萬，因戰爭致死的有30多萬人，對社會帶來的經濟損失及社交關係的破壞難以估計。至於由暴力導致創傷

的人數雖然沒法正式統計，但確實會造成心理傷害、家庭解體及個人潛能無法發揮等，此問題在發展中國家尤其嚴重。

　　造成人際間及社會上出現暴力的成因複雜，個人因素包括有生理上的睪酮激素較高或腦部受損，心理上的反社會人格、壓力及挫折等；社會因素包括經濟、邊緣化及社會壓力、社會控制鬆懈、適應困難、受不良環境感染等（Alvarez & Bachman 2017: 35–61）。總結暴力出現的原因，世衛認為有個人、關係、社區及社會這四個主要因素（Violence Prevention Alliance, n.d.）（見圖 0.1），而眾多因素中，與傳媒有關的主要是媒體暴力內容泛濫，容易令受眾以為社會認同暴力文化，並以此作為規範。因為傳媒愛使用暴力形式表現支配與被支配的社會地位，因此受眾很容易聯想暴力是獲取權力及支配地位的重要手段。社會上崇尚以暴力解決問題的次文化，亦會與其他個人及關係等因素（例如貧窮、家庭問題、社區犯罪率等）互動，令暴力情況惡化。

圖 0.1　暴力出現的因素

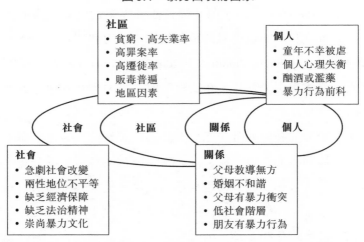

出處：World Health Organization (2014), *World Report on Violence and Health*, Chapter 2, p. 12, http://www.who.int/violence_injury_prevention/violence/world_report/chapters/en/

知多一點點：名譽殺人

名譽殺人（honour killing）指家族、部族或社群成員為了維護家族名譽、清理門戶而進行謀殺，多發生在封建時代或文化風俗較為保守的地區。聯合國人口基金會估計，每年全球各地發生的名譽殺人事件可能高達 5,000 宗。受害者通常是女性，但也有少數男性被家族內的女性因名譽之故殺害。兇手通常是與受害者有較近血緣關係的男性家庭成員。受害者被害的原因主要是「失貞」和「不檢點」，常見的情況有被強姦、懷疑通姦、打扮時髦、舉止輕浮、意圖自由戀愛、拒絕被指定的婚姻、想要離婚等。

近年的例子是巴基斯坦 26 歲 Instagram 女網紅巴洛赫（Qandeel Baloch），她以性感形象和大膽言論見稱，且不時在社交網站上載艷舞片段，但她兩名親兄弟 Waseem Baloch 及 Aslam Shaheen 卻認為其行為令家族蒙羞，於 2016 年 7 月將她勒死。巴洛赫的父母在 2019 年 8 月向法庭表示，兩兄弟以「名譽殺人」名義殺害巴洛赫，他們決定原諒二人，令兩兄弟獲撤銷控罪。

0.2 媒體性與暴力的研究

　　暴力研究是一個非常廣泛的課題，牽涉到心理學、社會學、政治學、經濟學等不同層面。傳播學的暴力研究起初集中於與政策有關的課題，特別是1960年代以後電影及電視作為大眾娛樂，應否管制影視媒體的暴力影像成為早期研究目標；後來的研究更關心傳媒的間接影響，即傳媒如何通過呈現（re-present）影像和建構（construct）故事（Branston & Stafford 2010）並不單純反映現實，建構及敘述一個故事比單純的影像呈現更有影響力，因為它可以將暴力內容神話化、英雄化或美學化等，甚至強化個人主義的意識，直接影響觀眾的潛意識，令他們拒絕接受傳統社會的規範等。例如電影《天生殺人狂》（*Natural Born Killer*, 1994）詳細描述兩位雌雄大盜如何反抗家庭、輕視法律及其他人的生命，以及如何通過暴力獲得個人權力及滿足感等，將主角的暴力行為英雄化。由於傳媒在社會塑造一個象徵性的環境，暴力問題被傳媒放大及廣泛報導，又重複在電視及電影故事出現，獲得認受性及合理性。根據彭麗君（2018: 201）的說法，「暴力的感官性強烈，容易吸引各地觀眾，加上暴力意義可以非常流動及空洞，令它容易被不同文化背景的電影共同運用」。彭的說法亦適用於情慾的內容，因為性與暴力內容具有龐大行銷潛力，藉商業利益的推動而被大量複製，滲透至社會不同媒體，包括動漫、網上遊戲、傳統媒體等。到底這些備受爭議的內容對社會大眾有何影響？各式各樣媒體的性及暴力內容泛濫，對社會文化是否有後遺症？網絡虛擬世界的暴力行為，包括性侵及殺人等行為，對真實世界的人際關係有何影響？近年美國校園槍擊案此起彼落，發展中地區的性暴力問題、著名藝人的性醜聞、網上的色情報復等，與媒體有何關係？性暴力更是一個全球化的議題，

無論政府、社會、媒體、家庭及個人都應重新審視及關注問題的嚴重性。

事實上，自20世紀中葉傳播研究開展以來，傳媒的性與暴力內容對受眾的影響，一直都是學者研究及追蹤的課題。有學者甚至指出（Potter 1999: 2），傳播學最初數十年的研究，一半以上跟媒體的影響有關。當然，「傳媒影響論」的研究並不侷限於性與暴力，亦包括勸說功能、對選舉的影響、訊息傳播模式等多個重要範圍。但隨著媒體生態及社會環境改變，泛濫的色情及暴力內容重新引起學術界的關注，檢視相關的研究令我們重新思考這些研究與香港社會的關係，以及不同地域的研究對其他社會的適切性。

傳播學對性及暴力的研究主要來自兩個研究傳統：一個是以實證主義為基礎、通過科學方法進行的研究，像上文提出的媒體影響論，主要從道德的角度關注媒體內容對受眾的影響；影響論以媒體為載體，探討傳播過程如何改變受眾的思維、理念及行為，傳統影響論曾主導傳播研究數十年。另一個是近年較流行、文化研究的詮釋方法（interpretive studies），重點是嘗試了解受眾如何詮釋媒體的內容，以及這些內容得到受眾歡迎的原因。

第一種傳統以科學化的客觀方法，通過實驗、收集數據及理論解釋等，驗證研究的假設，解釋暴力傳媒如何刺激受眾、性暴力如何令受眾沉迷等等。第二種研究傳統以受眾的主觀經驗為主體，看重受眾如何解讀傳媒的內容，並假設觀眾並非白紙一張，可以根據自己的經驗，對媒體暴力內容有不同的詮釋。兩種研究方式的不同在於它們對真相（truth）及現實（reality）有不同的理解：前者相信透過科學方法可以尋求客觀真理，找到放諸四海皆準的傳播現象及法則；後者卻認為真相可以是主觀及多重真實的，詮釋方法研究

的學者來自不同學科，如修辭學家、人文學者、批評理論家或後現代學者等，他們不似影響論者一樣有一套共同的科學語言及研究方法（Griffin 1991），因此可能有些混亂。兩種方法都各有優點及缺點，兩者結合或可以讓讀者更全面了解有關的問題。

傳播學以上兩方面傳統，反映這個學科由現代走向後現代論述的過程。在影響論大行其道的1950及1960年代中期，美國社會較為和諧及保守、尊重權威、奉公守法、重視社會秩序，對社會道德十分看重。因此影響論擔心的是傳媒宣揚破壞社會秩序及和諧人倫關係的暴力與情慾內容，如何撼動傳統社會價值，而作為社會一份子，有責任維護社會的完整性。因此，影響論是從道德角度判斷媒體暴力及情慾內容的好壞。

但自1960年代後期，美國社會由保守走向開放，連場的社會運動令傳統結構解體，權威陷落，批判性思考、相對主義及個人主義抬頭等，不但影響到社會價值，對學術研究亦帶來不少衝擊。詮釋論所強調的就是後現代思潮下沒有絕對真理，真相可以像瞎子摸象般分裂，因此解構（deconstruction）的方法是認知社會現實的主要途徑。

本書運用這兩個研究方向，第一部分探討媒體對情慾及色情等研究，除了探討影響論，亦包括了網絡上的情慾研究、情色及色情問題、性暴力問題等，並總結有關討論之不足。第二部分與暴力有關，探討傳播研究對暴力議題的轉變，包括影響論為主的多項研究，及其後詮釋方法的轉向，例子包括暴力美學與網絡暴力的興起，這一部分亦總結網絡暴力的最新研究。第十章嘗試以香港社會為文本，了解性與暴力的議題如何在不同年代的媒體中再呈現，如何反映那些年代的價值觀念。

　　説到底，性與暴力的共同特性有三個：(1) 對不少地方文化來說，它們代表著西方世界的意識形態，包括了縱慾、暴力與極端個人主義等 (彭麗君 2018: 202)；(2) 兩者感觀性強，容易引起受眾注意；(3) 性與暴力的定義可以非常流動，亦容易被不同的文化吸收及運用 (彭麗君 2018: 201)。因此，性與暴力的內容早已從大眾媒體進入商業文化領域，成為主流文化的重要組成部分，例如2009、2010年香港書展出現的「嘅模」現象及有關商品熱賣，以至香港科技大學邀請嘅模進入學府演講，或是動漫展送武器、網絡遊戲玩家一起參與殺戮等，都是媒體消費者無可避免的。撰寫本書的目的，是讓讀者在面對充斥著煽、色、腥的媒體中，探討如何提高個人理解、分析及欣賞媒體訊息的能力。

第一章
傳播研究的兩個傳統：
影響論與詮釋方法

1.1 性與暴力題材的爭議性

性與暴力都是媒體上被廣泛應用的題材，而過往二三十年，有關的題材無論在出現的密度及嚴重程度都有上升的趨勢，甚至出現在青少年電玩遊戲及兒童動畫之中。例如在 2009 年，日本遊戲機公司推出了一款《電車之狼 R》的性暴力遊戲，鼓勵玩家強暴女性。在遊戲中，玩家從地鐵站強姦一位婦女開始，隨後就可以強姦這位婦女的兩個女兒。遊戲中兩位女孩被設計成「學生處女」，在施暴過程中，女孩會淚流滿面。有關遊戲在日本被禁售，但在事件引起廣泛討論前，這款遊戲已經在亞馬遜網上商店出售，而進入印度市場後，引起當地輿論的關注，不少網民甚至可以在網上下載（百度百科，「強姦遊戲」）。

令人擔憂的是，性及暴力內容亦已進入兒童動畫，且在家長不知不覺之中。例如 *Peppa Pig*、*Thomas the Tank Engine*、*Minions* 等小孩愛看的、意識正面的漫畫，社交網絡內充滿以這些受歡迎卡通人物為包裝的暴力內容，表面上與一般動畫無異，令小孩及家長都不虞有詐（BBC Trending 2017），看下去卻貨不對辦。例如影片描述一個拿著巨型針筒的牙醫，用力把 Peppa Pig 的牙齒拔出來，導致她不住尖叫和哭泣，在配樂中還可以聽到痛苦的哭泣聲，即使牙醫的虐待傾向不明顯，但這已經偏離一個幼童應該看的內容。又例

如米奇老鼠的大耳朵被剪去，一個類似Peppa Pig的人物在熒幕上縱火，另一個卡通人物在沙灘上惡意剪斷女性的比堅尼泳衣等。除了熟悉的卡通形象，在影片分享平台YouTube亦可隨時找到不少充滿暴力及性想像的卡通動畫，例如*Happy Tree Friends*每集都有動物死亡、甚至被弄得血腥及支離破碎，*Princess Sofia Cesarean Birth Baby Game*、*Spank Dora Butt Game*等等，日本動漫在此等現象中更為瘋狂。上述種種現象令人不禁疑問，到底媒體世界的血腥及暴力程度是否有合理的程度？抑或只要有受眾，任何變態嘔心的內容皆可接受？而讓小孩子過早接觸暴力內容，對他們的心理會否造成傷害？

單靠市場機制作為篩選內容題材的準則，很容易出現劣幣驅逐良幣的局面。當性與暴力題材被傳媒不停重複使用、以至無處不在時，對社會現實上的暴力及性侵案件有何影響？到底會否導致同類事件逐年攀升？社會學家似乎都有不同看法。

1.2 社會上的暴力事件是否愈來愈多？

世衛在2002年首次發表了《世界暴力與健康報告》，分析暴力行為對受害者健康造成的影響。世衛估計，2002年有160萬人因暴力導致死亡，其中90%的受害者集中在中低收入國家；每年有300到700萬青少年因受到暴力傷害而送院；在2017年公布有關青少年死亡的全球研究報告中，估計每年全世界約有120萬名青少年死亡，每天平均約3,000人。「人與人之間的暴力」是巴西10至19歲青少年早夭的主因，與全球其他地區同齡青少年第一死因為交通事故有別（中央通訊社 2017）。世衛的研究顯示，遭受身體虐待、性

虐待及心理虐待的受害者更有可能出現抑鬱症、自殺傾向、過度吸煙或酗酒、吸毒、飲食失調、高風險性行為等。

至於暴力對女性的傷害，研究的發現令人震驚。世衛在2013年發表了《暴力對待婦女行為的全球區域概況》報告，全世界35%的婦女經歷過伴侶對其身體進行性暴力，而全球謀殺女性案件中有38%是伴侶所為，7%則經驗非伴侶的性暴力。受到這兩種暴力對待的女性佔全球受害女性的大多數，但全球女性面對的暴力形式遠超於此 (Sengupta 2015)。

香港的性暴力罪行個案舉報數字一向低於實際數字。香港警務署網頁在2017及2018年提供的數字分別是1,142和1,162宗，大部分屬非禮個案，而強姦或非法性交亦有百多宗。受害人當中，67% 被陌生人侵犯，13% 遭朋友侵犯。受害人身份有僱主、僱員、同事、照顧者等 (梁淑貞 2014)。輔導曾經歷性暴力婦女的本地組織「風雨蘭」與平等機會委員會 (2013) 的調查訪問了885名女性，發現超過25.5%的婦女曾遭家庭暴力；30歲以上的婦女中，有三成曾受過家庭暴力；在分居及離婚的女性中，60.9%曾經驗過家庭暴力，可見家暴問題是香港暴力問題中重要、亦常被忽略的一環。婦女遭性暴力的現象在世界各地亦相當普遍，特別在經濟發展較為滯後的地區如印度、非洲等，性暴力幾乎無日無之，且不少施暴者都可以逃之夭夭，毋須面對刑責。

但是，亦有社會學論者認為現代社會的暴力問題比起以往的世代是減少了，所以認為應該從樂觀的角度看待暴力問題。Steven Pinker (2018: 156–90) 在一本評估啟蒙運動成效的書中提出大量歷史數據，證明千禧年以後各種暴力情況，例如戰爭、種族屠殺、普通謀殺的死亡數字都比20世紀有所改善，因此現代社會比以前更

和平及安全。可是，由於傳媒對暴力新聞的渲染，令社會人士以為治安變差了，或是暴力情況嚴重了。Pinker的說法亦獲得過往傳播學研究的支持，認為暴力問題不過是主觀印象。根據Lowry、Nio和Leitner（2003: 61–73）幾位學者的研究，當問及美國人認為什麼是最嚴重的社會問題時，「罪案問題」由1992年3月的5%飆升到1994年8月的52%，但這期間當地社會的罪案率並沒有明顯改變。觀眾有如此巨大錯覺的原因，是因為傳媒鋪天蓋地追逐某幾宗駭人聽聞的暴力新聞，令觀眾誤以為嚴重罪案是社會最重要的課題；然而客觀上那個時期的美國，比歷史上任何一個時期的犯罪率都更低。

到底暴力情況是嚴重了，抑或實際減少了？也許沒有任何機構可以列出一系列準確的權威數字；聯合國及世衛的研究（2014: 5）亦承認很多國家對此問題認知不足，未能提供一些可靠及可供分析的數據。另一個問題是：媒體性與暴力題材的泛濫與現實上的社會問題是否有必然關係？這是另一個具爭議的問題，不同學者對兩者有不同的解說。最常見的假設是媒體涉及性侵、性騷擾及暴力的內容無處不在，被視為導致現實世界日益猖獗的性侵與暴力罪案的罪魁禍首，因為過度鼓吹及收看性侵與暴力內容，容易令受眾有樣學樣。

但另一個說法是媒體涉及性與暴力的內容不過反映社會的實際情況，無論國家、社會及人際間的衝突日益嚴重的話，自然會反映在媒體的內容上。因此傳媒中的暴力不過是社會暴力文化的反映，暴力及色情內容和受眾行為沒有必然關係，未必會導致受眾由好變壞。

即使假設暴力與性內容對受眾真的有影響，這些影響到底是好是壞，論者亦有不同意見，影響包括正面及負面。正面的影響

包括減低受眾的暴力傾向，令潛藏的暴力情緒得到抒發；而負面的影響是暴力行為的模仿，令現實世界的罪行或風化案增加。根據兩種假設會得出截然不同的政策取向，到底性與暴力內容是否需要政府的監管，直至目前仍人言人殊。

面對這些具爭議的課題，傳播學曾經做過什麼研究，又得到怎樣的結果？以下將介紹傳播學對相關議題的研究方法，並討論有關方法的理論基礎。

1.3 一張圖片，兩種研究

2013年4月，波士頓舉行每年一度的馬拉松比賽時，在終點線附近的觀眾區域有兩枚炸彈先後被引爆，爆炸造成3人死亡，183人受傷，其中17名傷者情況危殆。事後，警方發布了由馬拉松賽事沿途攝影機記錄下來的嫌疑犯照片，其中包括疑犯的正面清晰影像，並根據目擊者指認，鎖定疑犯是當時分別26歲及19歲的沙尼耶夫 (Tsarnaev) 兄弟。哥哥在拘捕行動中中槍死亡，弟弟逃走期間被拘捕。數星期後，著名潮流文化雜誌《滾石》(*Rolling Stone*) 將19歲疑兇照片放在封面上 (圖1.1)，該雜誌以報導流行音樂及全民偶像為主，這一期的封面為他建立一個明星一樣的形象，彷彿與其他當紅歌手或年輕偶像並列。

封面上印有粗體大字的題目「爆炸案製造者」(The Bomber) 及副標題「一個受歡迎、有前途的學生如何背棄他的家庭，成為伊斯蘭激進份子，最後變成殺人狂魔」。這樣的封面立即引來輿論熱烈的討論，例如波士頓市長便公開譴責雜誌此舉將恐怖份子明星化，令公眾誤以為「只要做一些石破天驚的罪案，就立即街知巷聞」，結果只會鼓勵更多有潛藏反社會傾向的人仿效 (新浪新聞 2013)。

圖1.1　《滾石》(*Rolling Stone*) 雜誌曾以波士頓馬拉松爆炸案中放置炸
　　　　彈的少年 Dzhokhar Tsarnaev 為封面人物，後來他被判處死刑。

　　市長對這事件的評價及態度，代表著典型的「影響論」邏輯：
傳媒美化恐怖份子或罪犯，引發更多有此傾向的人仿效他們的罪
行。影響論關心的是傳媒對事件的處理造成的影響，特別對一些
需要受保護的人，例如兒童、學生等，媒體的一些特定行為如何影
響他們？輿論及社會人士對傳媒的社會教化功能有較高的期望。
影響論的支持者相信，媒體有能力「洗腦」及灌輸社會價值，要量
度這類型雜誌的處理手法如何影響年輕人，做法是以實證研究，如
心理學實驗、社會學問卷調查等，了解雜誌渲染的副作用。

表1.1　比較影響論及詮釋方法的前設

影響／效果論	詮釋方法
媒體 →「洗腦／注射」→ 支配受眾	受眾 → 內心狀態 → 對同一媒體事件（如馬拉松爆炸案）有不同的理解

　　面對同樣事件，我們還可以用另一種研究方法，即詮釋或解讀的方法。詮釋理論主要關心另外一些問題，將媒體現象看成一種社會文本（text），關注受眾如何閱讀這樣的文本及社會現象：為什麼雜誌會將這樣一個備受爭議的人物放在封面？雜誌如何將他包裝？為什麼他的髮型如此設計？他的神態與一般流行文化的偶像有何不同？他的表情及造型，是否令人覺得充滿性魅力？加上他曾經參與一宗轟動一時的爆炸案，詮釋理論嘗試解讀這奇特的社會現象：為什麼雜誌會追捧一個危險人物，並視他為性感的化身？為何潮流雜誌會判斷這個新聞人物能吸引讀者目光？雜誌對讀者的喜好有何理解？這現象反映年輕讀者的什麼價值？

　　若針對波士頓馬拉松爆炸案疑犯的報導，影響論者會關心：傳媒的手法是否客觀、公正？這樣的報導對社會有何正面或負面的後果？對社會整體發展及進步有何好處及壞處？另一方面，詮釋方法論者會研究這種社會現象背後有何心理因素：為什麼雜誌會這樣處理這具爭議的人物？為什麼觀眾會喜歡看人物背後的故事？恐怖份子、犯罪份子明星化是一種怎樣的社會現象？如何解讀這些現象？這些現象怎樣反映社會及群眾心理的變化？這兩種研究由於截然不同的問題與假設，會得出不同的答案。

　　影響論與詮釋方法都是傳播學常用的研究方法，但兩者的來源各異，亦在不同的年代流行，可以反映過去幾十年傳播研究典範的轉移。傳播學是一門新興學科，隨著傳播科技大行其道而獲得社會各界的注視，最早的研究可以追溯至1920、1930年代，美國的電影工業抬頭，電影內出現大量有關暴力與性的內容，對傳統價值觀帶來強大衝擊，不少家長、教育工作者等關注電影對青少年的影響，於是一批心理學家、社會學家及教育學家便透過一個私人慈善基金

「佩恩基金會」(Payne Fund)的贊助，進行一系列有關傳播影響的研究，被稱為「第一次用科學方法進行傳播研究」，可以說是影響論研究的始祖 (Lowery & DeFleur 1995: 52)。研究發現，電影世界內多個性與暴力的場景與當時的道德標準背道而馳，但沒有實質證據證明電影會令觀眾道德墮落。但對有犯罪傾向的年輕人來說，電影與他們的犯罪行為卻有直接關係 (Gunter 1994: 164)。

1.4 影響論的源頭及理據

上述研究亦奠定早期傳播學的基礎。由於它是一個嶄新的學科，當時的研究主要來自跨學科的社會學家或心理學家等，以及以社會科學的方法進行，傳播學因此結合了不同學科的色彩。而早期的傳播學不少研究主要依循社會科學的實證方法，特別是針對暴力議題的研究。研究的對象由 1920、1930 年代的電影，到 1940、1950 年代的漫畫 (Wertham 1996: 417–20)，1950、1960 年代的電視研究 (Schramm 1961) 等，主要針對不同時代的普及媒體，關注它們在色情、暴力或恐怖的內容對兒童或青少年的影響。但這些研究仍然是由學術機構主導，未有政府的介入。

暴力研究受到政府廣泛的重視，主要是因為反戰浪潮、社會運動、校園暴力、總統及民權領袖被行刺等社會背景，令 1960 年代美國社會出現巨大的震盪，傳統價值解體，社區秩序受到破壞 (Lowery & DeFleur 1995: 291–313)。例如在 1958 至 1969 年之間，美國的罪案率 (包括謀殺、強姦、搶劫、襲擊等) 急升了一倍，發生了貧民區暴動及校園騷亂等，引發政府的關注。而這段期間發生的罪案特點是暴力、具破壞性，以及犯事者多是年輕人 (Eysenck

& Nias 1978: 17–18）。面對這些社會問題，政府或有關部門便嘗試以學術方法了解問題的成因，特別是衡量新興的電視媒體對構成青少年暴力問題有何責任。這些研究被稱為行政研究（administrative research）傳統。所謂「行政研究」是指學術為政策服務，希望透過對一些特定議題的研究，提供解決社會問題的方案。由於美國是一個移民國家，它的首要任務是維持不同族群之間的和平共處，建立社會的良好秩序及穩定運作。在傳播學最初發展的幾十年間，環繞暴力議題的研究不少都是源於達到這些目的的行政研究，因為政府或公共經費的支援，有關研究在傳播學科發展的首數十年達三千多種（Potter 1992: 2），相比其他議題，暴力研究因此有較全面及成熟的討論。

在不同的年代，有關媒體暴力研究的重點亦略有不同。1960年代初期，研究的重點是電視暴力內容與侵略行為的關係；1960年代中期，則著眼於研究社會及心理因素，即怎樣的心理機制下才會受到電視暴力的影響，導致受眾的侵略行為；而1970、1980年代以後，則著重暴力電視的內容分析。總括而言，美國學術界對暴力影響的研究是包羅萬有的：暴力內容的影響範圍可以包括受眾的態度、認知及行為，亦可以包括個別受眾的心理因素、環境因素、身處的社會結構、社會關係等。至於影響論主要的研究發現，將會在第六章詳細討論。

影響理論的前提是大眾傳媒具有強大的影響力，因此受眾難以抵擋。就像皮下注射理論（hypodermic needle theory）所提出的，傳媒就像注射一樣，將有害的思想注入受眾體內（Lasswell 1938）。這些研究假設受眾都是被動及容易受到影響的，其中最常見的比喻，是電視及雜誌媒體的廣告有效令產品促銷，因此傳媒傳送的性及暴

力內容亦會像廣告訊息一樣，把受眾潛藏的暴力傾向引發出來。當
然，這種說法缺乏有力的研究證據，而影響理論在1980、1990年
代亦面對發展的侷限。

其中的主要原因，是大眾傳媒擁有無遠弗屆影響力的假設，
不再符合社會環境及實際情況。電子傳媒由廣播走向「窄播」，收
費電視的興起、新興媒體的湧現等，令傳統媒體的影響力下滑。
此外，不少受眾研究顯示，媒體觀眾並非白紙一張，他們都受到不
少因素的影響；特別是英國文化研究對媒體觀眾的分析，發現即使
收看同一電視節目，不同的觀眾因為社會背景、教育水平及社會地
位不同，對節目內容會有不同的解讀 (Morley 1980)。這種分析方
法強調接收者的主體性及選擇性，為受眾研究開出一條新路，亦間
接指出影響論之不足：傳播是一個雙向的過程，不能單看其中一方
面的影響。因此，這些學者應用詮釋方法對不同受眾如何評論媒
體內容進行分析，影響傳播學後來的研究路向，以下將解釋詮釋方
法的起源及理念。

1.5 詮釋方法的源頭及理據

詮釋方法源自文學、歷史、神學及法學 (Hughes & Sharrock
1990: 97)。它結合社會學的現象學或象徵互動論，以及文學分析
的詮釋手法，理解社會是一個文化共同體，個別受眾的行為與社會
文化特徵不能分割。例如性別問題的理解不能單獨看媒體如何影
響受眾，而忽略社會文化的大環境：社會上是否有嚴重的性別定型
問題？這些定型是否令性別角色有偏差，而反映在媒體方面？若單
純針對傳媒表達手法而漠視社會文化的根源，即使傳媒改變了表達

方式，性別上的偏見亦不會改善。當針對媒體對受眾是否有具破壞性的影響力時，研究者應該將問題轉向社會及文化層面——媒體所展示的內容，無論是暴力、色情或其他性別問題，只不過反映這個社群共同存在的處境 (Hardt 1992: 218)。

　　不同受眾對同一文本可以有不同的看法，因為在閱讀文本的過程中，受眾會將自己的經驗、對社會的看法投射到文本當中，因此詮釋理論分析受眾如何閱讀或消費媒體文本，如何透過這些文本看到自己，以及確定自己的看法。「文本」一詞並不侷限於文字媒體，亦包括聲音或影像媒體，總之是由符號及符碼組成的訊息系統，它可以是一篇報導、一段錄音、一件新聞事件的論述等。以波士頓馬拉松炸彈案為例，雜誌對疑犯的興趣並不純然因為他俊俏的外表，亦與他的社會階層、身為與主流文化格格不入的外來移民如何融入種族分歧問題嚴重的美國社會有關。雜誌為這個具爭議的人物塑造出性感的形象，是否亦反映年輕一輩的道德判斷，對善惡的界線已不再執著，「英雄」無分正邪？研究者可以通過對受眾的回應及分析，解讀這個議題背後受眾的思想及意識，了解這些問題對社會的意義。

　　為什麼要理解社會意義？因為人是一種尋找意義的生物，要了解人類的活動，不能單單著眼於外在客觀環境 (通過實驗或調查方法得到)，亦要了解他們的主觀感受。要了解人類的心理狀態及潛藏意識，就需要一種與科學方法截然不同的分析方法，也就是詮釋方法，去了解這個社群或文化中一些習以為常的意識型態。因為媒體工作者在製作媒體內容時通常是回應受眾的需要，他們會不自覺地將當地社會的價值投射在作品之中。詮釋方法不但看媒體如何製作、為什麼製作，也看受眾的反應、受眾如何解讀有關的內

容，例如波士頓馬拉松疑犯的造型，如何反映傳媒為吸引受眾注意力，罔顧道德及法律的界線；而公眾對雜誌的反應，是支持抑或抗拒，不但反映公眾對事件的判斷，亦反映美國多元社會的道德界線如何變得模糊不清。

針對不同媒體，詮釋方法如何進行？對文字媒體而言，主要依從結構主義或語意分析等方法分析文本內容，了解表面意義背後隱藏的意識形態。對影像媒體而言，分析手法則較為複雜，因為影像媒介本身已經包括很多象徵性的符碼，例如鏡頭運用、鏡框大小及燈光運用已經有一定的意思，因此解讀這些影像必須先要分析故事的表達方式、敘事技巧、剪接手法等所代表的意思。

再以上述馬拉松的個案為例，受眾首先看到的是一個英俊的少年，觀眾要問自己：對這幅圖畫是有好感抑或厭惡？他的髮型是否經過設計？少年人的神態怎樣，令人有何感覺？他屬於哪一個種族、哪一個宗教？受眾對這個族裔有什麼聯想？會否聯想為威脅美國主流社會安全的恐怖份子？少年穿衣服的形象有何不同，在美國文化代表什麼？圖片的背景用什麼顏色，代表光明抑或黑暗？雜誌的文字說了什麼？它是同情抑或譴責馬拉松炸彈行動？以上都是詮釋過程會問到的問題，而如何回答這些問題，對整件事會有不同的解讀。

詮釋研究應用在暴力議題上，最早見於1990年代初期一個關於婦女如何看暴力的研究。學者Philip Schlesinger等人(1992)集中研究女性對與暴力有關的四種節目類型的感受。第一個是類似香港《警訊》的節目《罪案守望》(*Crime Watch*)，該集討論一個乘順風車的年輕女性被強姦及謀殺的案件；第二個節目是著名肥皂劇《東區人》(*EastEnders*)，情節涉及家庭暴力的內容；第三個是受歡

迎的戲劇節目《攜手合作》(*Closing Ranks*)，同樣探討家暴，但這次發生在一個警察家庭；最後一個是荷里活電影《暴劫梨花》(*The Accused*)，該片探討一宗極具爭議的強姦案，因為被告一方指是因女方挑逗而與她發生性行為。Schlesinger等以混合的研究方式，收集不同年齡、種族及社會階層女性觀眾對這幾個節目的看法。研究者首先將受訪者分為有接觸及沒有接觸暴力的個人經驗，又用問卷詢問被訪者的社會地位，再透過個別面談，了解她們對事件的看法。

　　該項研究發現很多有用的材料，加強學術界對媒體暴力內容複雜性的了解。例如研究發現，即使受訪者覺得暴力內容令人不安，但仍然不代表她們會抗拒收看。其中受訪者對《東區人》的反應最出人意表，因為該暴力行為涉及一個白人男性暴力對待黑人女性，受訪者看到的重點是種族歧視，而不是研究員所預期討論的家暴問題。同樣，觀眾對《罪案守望》的看法從節目對案件的處理轉移到女性獨自出行的安全問題。對《暴劫梨花》一片，受訪的女性幾乎都站在女主角的立場看。根據這些受訪者的感受，研究員作出一個極具挑戰性的結論：暴力內容會否影響模仿行為並非最重要的議題，更重要的是一群有機會或曾經成為受害者的女性對暴力內容有強烈反應或感覺；若暴力內容令女性經常覺得不安、脆弱、在社會上不受重視，或者常被描述為可以隨時成為欺凌或出氣的對象時，社會便需要正視及討論暴力內容的存在對弱勢一方是否公平。

　　由此可見，影響研究與詮釋研究來自兩個不同的科學傳統，它們的治學理念、研究方法、對問題的假設等都有很大差異，因此以兩個不同角度認識性及暴力問題，可以有互補之效。

1.6 比較影響論與詮釋方法

總結而言，影響論與詮釋方法都是傳播學處理暴力議題經常採用的研究手法，兩種方法有不同的理論基礎及來源。Hardt 對傳播學的理論傳統有詳細的討論，以下圖表對兩者作出綜合。

表 1.2　比較影響論與詮釋方法理論的根源

	影響論	詮釋方法
來源	美國的實證主義	英國的文化研究
假設	大眾傳媒有一定的社會功能，為社會帶來進步及生存環境的改變	傳媒的信息不是只有一種看法，對不同的受眾、在不同的社會環境以及不同的表達手法，同一信息可以有不同的理解
主要問題	傳媒怎樣影響社會？在哪些層面發揮影響力？	傳媒的信息有什麼意義？可以如何解讀？
研究目的	改革社會，解決社會問題	增進對社會的了解，增加認知層次
研究範圍	傳播過程、傳播影響	受眾如何透過解構媒體文本產生意義
方法	民意調查、觀眾研究	文本分析（textual analysis）

出處：Hardt（1992）

1.7 問題討論

(1) 何謂暴力？不同學者及研究對暴力有不同的理解，表 1.3 是部分參考資料的定義（Alvarez & Bachman 2017: 13），當中有何異同？你可以寫出自己的定義嗎？

(2) 比較表 1.3 的不同定義，你覺得哪一個較符合描述人際關係暴力的定義？哪一個較符合種族滅絕的暴力？兩者有何不同？又有什麼共通點？你認為定義暴力行為必須要具備哪些元素？

(3) 你對媒體上的暴力觀感如何？你是否認為傳媒使用太多暴力內容，抑或多少都沒有所謂，視乎個人接受的程度而異？

(4) 你能夠回答詮釋方法所列出有關波士頓馬拉松爆炸案疑犯的問題嗎（第 1.5 節，頁 24）？你對這個雜誌封面的印象如何？

(5) 你認為兩種研究方法各有什麼好處或不足？它們可以看到問題的層面有何不同？

(6) 若以上述兩種研究方法分析校園欺凌，你會得出什麼不同的結論？

(7) 風靡全球的 Netflix 原創劇集《魷魚遊戲》（2021）引起很大迴響，不少學生爭相仿效劇中充滿暴力的遊戲玩法，令老師及家長極度擔心。嘗試以影響論及詮釋方法去解釋這種媒體現象，你對事件得到什麼不同的看法？

(8) 觀看晚間電視新聞，看它如何處理與本地或國際有關的暴力新聞。無論是內容、重點、角度或血腥程度來說，比較社交媒體的處理手法，有何不同？哪些涉及暴力的新聞較多報導？哪些侵犯者或受害者較易受到傳媒關注？

表 1.3　暴力的一些定義

Webster's New Collegiate Dictionary	使用武力傷害或欺凌……以激烈、憤怒、雷霆之勢，並經常帶來摧毀的武力或行動
The National Panel on the Understanding and Control of Violent Behavior	個別人士刻意恐嚇、企圖對他人構成身體傷害的行為
Newman（1998）	一連串事件，無論出於原因抑或是結果，導致他人的人身或財物損傷
Iadicola 和 Shupe（2003）	暴力是任何對一人或眾人造成人身或心理傷害行動或結構性安排
Weiner、Zahn、Sagi 和 Merton（1990）	由一人或多人以威脅、或意圖使用武力，最後導致一人或多人身體或心理上的傷害
Bartol 和 Bartol（2005）	摧毀性武力進攻，目的是傷害他人或物件

性慾與媒體

第二章
媒體與性

性是人類本能，亦是人之大欲，被視為所有人的共同議題（de Botton 2012），因為它牽涉到創造生命的神秘力量及個人私密的接觸。自古以來，性慾及性行為等話題在不同社會普遍被視作一種禁忌，不單不能公開討論，更傾向將之約束在宗教（神性）、家庭（私密）等領域之內，對婚姻以外的性關係更視為不道德的行為。到了當代社會，縱然東西方文化都經歷過不同程度的性解放，與性相關的學術研究仍然相當有限，多限於19及20世紀出現的情慾文學，以及在心理學、醫學上發表的研究與討論。

學術界對性及性別話題的研究興趣，最早見於19世紀末奧地利心理分析家佛洛依德（Sigmund Freud），他認為性是人類行為的重要推動力；與他差不多同期的英國心理學家靄理士（Havelock Ellis）寫了共七冊的性心理學巨著，卻不獲准在英國出版，靄理士只得在美國出版。金賽（Alfred Kinsey）對美國人的性行為調查釐訂了性學研究的實證基礎。自從法國學者傅柯（Michel Foucault）幾部《性史》（1976–1984）出版以及美國女權主義學者巴特勒（Judith Butler）的酷兒理論後，性學研究更上一層樓（Allen & Felluga n.d.）。不同學科近年來都有探討性與性別的課題，例如生物學對男女腦部結構分歧的研究，人類學對社會文化如何塑造不同性別氣質的田野調查，後現代後結構主義者對性別對立的批判，心理分析看潛意識如何與媒體訊息互動，女權主義者對兩性平等、性愛自由的追求等。

有別於上述的討論，本書主要以傳播學的角度，關注傳播媒體對性慾的呈現及論述，以及它對現代人性生活的認知及實踐。事實上，除了學術領域，大眾傳媒在20世紀幾乎壟斷了社會對性及相關議題的討論，它亦成為青少年接觸性知識的重要渠道；要了解現代人的性愛觀，從當地的流行文化可見端倪。本章至第五章的討論以傳播學為主，當中亦涉及性別研究、社會學、心理學、文化研究等學術領域。

2.1 性的定義及其理論發展

性 (sex) 是一個多義詞，它的定義可以根據巴特勒在「異性戀矩陣」(heterosexual matrix) 提出的三元系統：性—性別—性向 (sex-gender-sexuality) 劃分。以巴特勒的看法，人們如何看到身體的特徵，影響他們該如何行動；社會的性別來自於身體的性 (大部分時間是指外顯的性器官)，而性向就來自於性別。性被認為是天生的，而女性氣質和男性氣質也源自身體，所以男性就應該做男性的行為，反之亦然 (Butler 1988)。

因此，性的定義亦可以建基於巴特勒提出的三元系統，以及三者衍生的不同議題；再加上由這三者演化出來的性身份，表2.1 扼要將與性有關的不同議題分類出來。

性別與性別角色的討論早在啟蒙時期出現，而性慾 (sexuality) 這個字彙最早見於1836年，當時一個英國詩人描述植物應否有雌雄分類 (Hill 2009: 27)，與現時的理解相去甚遠；直到1937年，sexuality 這個字加上 hetero- (異)、homo- (同) 兩個字首，分別代表異性愛以及同性愛兩種不同的性傾向，性慾這個詞的不同含意才逐步發展出來 (Bristow 1997)。性與性慾的討論及社會上的看法，過

去兩個世紀在西方世界出現很大的轉變，表2.2嘗試綜合不同時期
對性的認知與討論（Allen & Felluga n.d.），隨後再指出大眾傳媒如何
介入其中。

表2.1　與性相關的不同議題

範疇	身體／器官	討論議題
生理性別（sex）（外在）	與生俱來的性器	性權是否平等、兩性對性行為要求的異同
社會性別（gender）（外在）	頭腦認知	性別差異和性別氣質是先天抑或後天造成，兩性在不同文化被賦予的角色、行為表現有何不同，以及當事人對角色的認同感等
性慾（sexuality）（內在）	內心世界	通過哪些刺激，可以觸動個人的性衝動？傾向與同性、異性或雙性發生戀情？
性身份（sexual identity）（內在）	全人	如何通過自己的性別、性別特徵、性傾向等，內在化發展出自己認同及有別於他人的獨特身份？

表2.2　不同時期社會對性及性別的看法與討論

時期	主要看法
啟蒙時期（1660–1789）	**自然是界定世界一切秩序的標準**；性別分工與生理因素有關，男女的分野明顯，應順從上天的安排；平等、博愛、自由等思想冒起，影響女性及哲學家開始追求個人權益
19世紀初期	**性別自然分工論**在中產家庭被視為主流性慾理論，將非生育進行及非異性戀行為視為不正常；**公共空間**（工作、賺錢、政治領域）代表男性；**私人空間**（家庭、育兒、情感抒發領域）由女性主導；工業化社會家庭成為消費中心，中產主婦成為有閒消費者；**男男性交**在法律上視為不雅；將性放在醫學及心理學領域，以公共衛生方式管理
19世紀後期	**離婚法庭**出現；社會對女性的情慾發展加以管制；特別是針對妓女問題、性病傳播等，以政策加以防範，導致一些女權主義者、激進社會行動者抗議政策歧視女性，最後這些**法例被推翻**；**新女性概念**興起，女性拒絕單純困守於傳統家庭角色，希望以女性價值改造社會
20世紀初期	**女性平權**在選舉等不同領域得到勝利，令女性更加關注爭取社會上其他權利；女性的衣著及行為亦出現反叛及改變，例如在服飾上更多展現女性身體，在行為上女性亦更平等，如吸煙、喝酒、追求性愛，與男性看齊

2.2 西方兩次性革命以及傳媒的角色

不同時期社會對性態度的改變，都與社會環境及文化思潮改變有關。傳播媒體在這種急劇轉變的社會背景下，在塑造新女性形象、性觀念及性態度的改變上，扮演特別重要的角色，通過大眾傳媒呈現社會主流價值的改變。西方社會在20世紀初及中葉先後出現的二次性革命，都與女權運動興起，以及性慾作為人權及自由的看法改變有關。

性革命又稱為性解放，它並不是一系列有組織的社會行動，亦沒有推翻過什麼傳統制度，而是泛指對性的新思潮及有別於傳統的價值觀，特別針對基督教教條對性行為的約束，而性革命代表了新的社會性倫理及標準的興起（Kirkendall & Whitehurst 1971: ix）。

在性革命出現以前，西方社會的性倫理主要受維多利亞時代（1837–1901）的影響。雖然工業革命已經起步，科技亦急劇發展，但社會的文化及道德價值仍然相對保守，維多利亞時代的精神道德總綱是「備受尊重」（respectability），就是盡量避免在道德行為上被人指責，判定的準則主要根據中產人士信奉基督教信仰的行為及原則，對性的態度尤其管制及約束，不能輕易表露對情慾的渴望與興趣，認為它會帶來敗壞（Hill 2009: 81）。

性革命的前奏出現在1920至1930年代的美國社會，但當時沒有引起巨大的討論；有學者認為，西方性革命是一個累積、漸進的過程，並不是突如其來發生的（White 1992），雖然在20世紀初已經出現端倪，卻要到1960、1970年代才全面爆發改變的力量。學界對性革命出現的原因有多種解釋，但普遍認為它是西方整個社會「後工業化」發展的產物，以及對19至20世紀初、維多利亞時代過分約束的反叛回應。

2.2.1 第一次性革命

工業化的發展令西方社會出現不少根本上的改變，而這些改變亦成為日後性解放的基礎。其中最明顯的是工業發展導致都市化的出現，城市人對生活的追求與鄉村不同，並由個人成就或生意上的滿足轉移至個人空餘的享受或休閒活動（D'Emilio & Freedman 1997）。因此，追求個人的快樂與滿足幾乎成為20世紀的主旋律，特別對女性而言，性解放將她們從生兒育女的家庭責任中釋放出來，性自由被視為人生的歡愉與快樂、身心健康的重要一環。同時，工業化令不少女性投入生產線，女性經濟的自立令她們擁有更多資源追尋個人理想及保護自身的權益，如19世紀末離婚法庭的出現，20世紀早期流行的跳舞場所，通過傳媒宣傳的潮流跳舞服飾以及化妝品等，都成為時尚女性的標誌。

而社會對性的態度，特別是中產階級以及知識份子，亦出現巨大的改變，背後推動的力量是情慾的世俗化、商業化及娛樂化：黑人流行音樂以及白人跳舞場所的興起，流行文學對性的開放態度，口服避孕藥的普及，以及現代醫學及精神分析對性生活的肯定等，都削弱了傳統社會對性事控制的力度。性行為從家庭及私人活動空間變得公開化，與追求快樂幸福的社會大氣候不謀而合，性生活的快樂脫離了家庭的生育任務，成為自我滿足的手段。

1930及1940年代著名的「金賽博士研究」（Kinsey, Pomeroy, & Martin 1948），記錄了這個階段性倫理及行為的轉變，最明顯的分別出現在青少年婚前性愛的表現上。婚前性愛可以說是清教徒禁制性慾的道德標準，並視為衡量對性解放接受程度的指標（Schaefer 2014: 3）。1900年以前出生的男生，在15歲時有性經驗者由34.5%躍升至1900年後出生的51.1%；而女生在這方面的數據亦有提升，

1900 年以前出生的女性，到 20 歲時 8% 有性經驗，1900–1909 年出生的在同樣年齡已有 18%，1910–1919 年出生的有 23%，而 1920–1929 年出生的則有 37%，可見兩性對婚前性愛的追求已經愈來愈普遍。可是，那段時期的性革命未有大規模出現，主要與後來經濟大蕭條以及美國捲入二次大戰、要求男性服役有關，而性病的肆虐亦窒礙第一階段性解放的發展。

但工業革命及消費主義的出現對性及情慾廣義上的影響不單侷限於男女雙方對婚前性愛的取態，亦影響現代人對性身份的看法。隨著電影、雜誌及廣告中塑造的美麗女性形象日漸普及，20 世紀初的女性開始面對另一條文化戰線，就是她們的身體作為自我身份界定的一個重要工具，這些情況是她們的母親或祖母輩毋須面對的。研究女性歷史的社會學者 Joan Jacobs Brumberg（1997: 97–98）在其著作《身體計劃》（*The Body Project*）中指出，女性身體作為自我表現及身份界定的意識始於 20 世紀初，當年的電影及流行時裝展現的女性時尚氣質，有別於過往保守的年代。女性的美態透過一定程度的裸露表達出來，在當時是手臂及美腿等，而女性這些部位的毛髮亦被視為不雅。Brumberg 認為女性從此擁有更多展示自己的身體的自主及自由，但卻要面對更多的內在壓力去控制飲食，以維持自己的身段線條，而這趨勢在以後幾十年間仍然持續，甚至變本加厲。

2.2.2 第二次性革命

性革命再次席捲歐美以至全世界，是在 1960 年以後的事。美國色情物品在戰後異常蓬勃地發展，尤其出現在男性雜誌，其中最引人注目的是高舉自由主義、並以裸露女體照片招徠的《花花公子》雜誌。該刊物自 1953 年開始發行，走中產「樂而不淫」的高格調路

線，出版銷量由第一期的五萬多本，躍升至 1972 年最高峰的超過 700 萬本，其後同類競爭對手如《閣樓》等陸續湧現。這類情色雜誌鼓吹的性解放以及享樂至上的社會價值，將性愛等同個人自由及權利；歐美社會向來重視自由及民主，雖然仍有保守勢力反對，但社會普遍對這些性價值採取一種開放及接受的態度。

而所謂的「性革命」包括了對傳統社會價值的挑戰，亦代表工業革命及以後消費經濟的社會新型態（Schaefer 2014: 2），這些新時代的價值包含以下幾方面：

（1）知識層面：破除傳統社會對性的迷信，例如處女情意結、對婦女守貞的壓力、對非處女的歧視等；

（2）政治層面：男女平等，特別在政治參與及投票上均擁有平等的權利；

（3）自由層面：身體自主，對裸露、性別偏好及性傾向的選擇有自主權的保障（維基百科，「性解放」）；

（4）價值的改變：性愛並非為婚姻及生殖而服務，可以純粹為滿足個人的快樂，因此性愛與婚姻的依存關係逐漸剝離。

由此可見，性解放是反對傳統社會將性侷限於社會關係之內，而將身體及性慾私人化並置於個人選擇之中，等同天賦人權的一部分，不容許壓迫與剝削。因此到了 1970 年代，美國人對性的態度已經出現巨大的轉變。一個 1969 年的調查發現，73% 受訪者反對雜誌上的全裸照片，81% 反對舞台上全裸，但到了 1973 年，數據卻分別下跌至 55% 及 65%；同一調查亦顯示，對婚前性愛的反對率由 68% 下降至 48%，而在 30 歲以下的受訪者中，只有 29% 認為婚前性愛有問題，可見美國人的性態度已全面改變。

性觀念的改變亦影響法律對避孕及墮胎政策的取態。過往西方社會讓法律扮演道德的角色，但隨著社會性觀念的開放，法律和

社會管理方面轉而採取功利主義及人權至上的原則。例如1973年美國最高法院 Roe v. Wade 案件的判決指，只有醫生及孕婦有權在首三個月內決定中止懷孕，但這個憲法保護的法案在2022年6月24日被最高法院推翻，賦予全美各州禁止墮胎的權利。另一方面，學術界對同性戀的看法亦有改變，美國心理學會在1973年將同性戀視作與性別混亂、戀物、易服等同類，而不像過往視之為心理失調。因為定義的改變，自1970年代至今，支持同性戀者仍在爭取同志平權，例如同性婚姻合法化。而大學校園內亦出現性愛權的爭議，過往以性別分隔方式安排住宿的政策受到挑戰，最終令不少大學宿舍管理層讓步，容許男女自由選擇同宿。

與此同時，有西方學者開始質疑性解放的成效。例如 Frankl (1974: 195–96) 認為性解放應該觸及更深層的專權社會結構問題，才能真正免於社會及文化的壓迫，但當時的性解放只停留在性慾自由開放的層次，無法帶來真正的社會改變。經過1960、1970年代性倫理的改變，西方性愛趨向娛樂化及自由化，與婚姻關係剝離，開始浮現不少社會問題，而西方媒體亦開始關注性解放對社會造成的影響。其中一個討論關於非婚生子女的增加，由1950年的4%和1960年的5.3%，躍升至1975年的14.2%（Hill 2009: 83）。縱然口服避孕藥普及，美國少女懷孕率仍居高不下，根據《時代》雜誌的報導，2005年15–19歲懷孕少女的比例，美國每千人有39個，屬發達國家之中最高、全球第二高，僅次於保加利亞（Wallis 2005）；貧窮的黑人青少年多出現單親家庭問題，被視為性解放衍生的後遺症。

對於西方的性解放運動何時告一段落，學者有不同的看法。《時代》雜誌曾出版一個名為「80年代的性生活，革命已經結束」（Hill 2014）的專題，一些流行雜誌也有討論相關議題，1980年代以

後，已經沒有人對性解放趨之若鶩，因為它無法兌現大部分的理想承諾（Peterson 1999），卻為西方世界帶來不少負面影響，像結婚年齡推遲、結婚率下降、離婚率上升、愈來愈多伴侶選擇同居等，都令整體的婚姻制度出現不能逆轉的改變（Hill 2009: 86）。亦有論者認為性解放似為滿足男性性慾而設，因為在性價值開放的社會，熱衷性事的男性更容易透過不同方式獲得性接觸的機會；相反，渴求浪漫及穩定關係的現代女性，雖然比她們的祖母那一代有更多情慾自主，卻減少了結婚的機會，以及較難找到有誠意建立穩定及親密關係的性伴侶（Barber 2009）。

2.3 大眾傳媒在性解放的角色

大眾傳媒在兩次性解放的出現中，扮演什麼角色？對性價值帶來什麼改變？學者有不同的看法，例如 Tom W. Smith（1990）認為，是大眾傳媒首先「發現」（discover）性革命，至少它發明了「性革命」這個專稱；早於1964年《時代》雜誌已指出，當時社會出現的道德觀轉變是性革命或性解放。而大眾傳媒站在潮流資訊的最前線，自然在頃刻之間傳播新消息或者新時尚，特別是對抗傳統的約束及保守的價值，大眾傳媒都樂於提出挑戰（WorldAtlas 2017）。

研究美國大眾傳媒與性革命關係的學者 Eric Schaefer（2014）指出，美國1960至1970年代的性革命其實是不折不扣的媒體革命，第一波性革命雖然帶來觀念上的開放，行為上的改變卻是在1950、1960年代以後，主要是因為大眾傳媒廣泛使用的性題材，令公眾認同性慾不再是個人私隱或侷限在睡房內的私事，而是一個可以公然展示、享受及討論的議題，這種情況在美國社會是史無前例的。

　　他們分析了大量當時的電影、電視、流行音樂、文學作品等，發現大眾傳媒作為主要載體，將原屬於私人生活的性愛或親密關係堂而皇之地帶進了公共空間。例如荷里活電影在1950、1960年代受到電視的衝擊，票房受壓，因此部分電影製作要走成人路線，以低廉製作成本及大量性愛場面（Schaefer 2014: 5），提供電視不能播放的娛樂級別，因此電影故事裡安排激烈的性愛場面，幾乎是主流荷里活電影的指定動作。1970代初年賣座的性愛電影，包括《深喉嚨》（*Deep Throat*, 1972）以及《巴黎最後探戈》（*Last Tango in Paris*, 1973）等，都打破了主流電影的道德底線。

　　情慾鏡頭及性愛電影的湧現，同時衝擊當時的電檢制度，像美國電影協會在1960年代後期頒布一項新的分級制度，以Ｘ級別代表包含性及暴力的題材，不適合16歲以下人士觀看。可是，Ｘ級別卻成為電影的招徠手段，有些電影甚至冠上ＸＸ或者ＸＸＸ級別，以突出其情慾的比重。

　　情慾的題材並非電影的專利，無論雜誌、報紙、電視節目、音樂錄像、文學等，都與1960、1970年代電影的情慾世界互相呼應。1980年代的流行音樂，無論是露骨的歌詞或者是令人澎湃的情慾影像，充滿了性愛的隱喻，成為音樂工業的主流；還有主流消費娛樂雜誌對影視藝人的窺探，特別對他們色慾隱私的追蹤，都不時成為都市熱話；不少學校甚至以多媒體方式推行性教育。大眾傳媒作為當代社會最有效傳播新思維或激進思想的工具，一些對抗傳統價值的「次文化」（sub-cultures）或「抗衡文化」（counter-cultures）都在大眾媒體中備受追捧，甚至一些過往被禁制的情色小說，在這開放的環境下從被貶抑的位置得到平反，如著名的《查泰萊夫人的情人》（*Lady Chatterley's Lover*, 1959）、《北回歸線》（*Tropic of Cancer*, 1934）、*Fanny Hill*（1748）等。

　　除了文字媒體的性愛內容在美國的公共空間大量湧現以外，情慾電影節亦成為國際情色電影分銷集散場地。自1970年代起，美國著名的情色電影節包括了三藩市及紐約兩地，歐洲則在阿姆斯特丹舉行，這些電影節不但提高情色電影的市場地位，由廉價的性商店進入殿堂，電影節對個別製作的選擇更是對情色電影藝術性的認可。此外，情色電影節再由主流分眾，變成另類；又例如有公然展示同志愛的大膽情慾電影節等，都為性愛提供不少多元化論述，可見媒體將虛擬公共空間大幅度情慾化。

　　對Schaefer（2014: 154）等人而言，大眾傳媒對性解放的推波助瀾最少有以下幾方面：

　　（1）**將公共空間私人化及情慾化**，至少令公私之間的界線模糊化。情慾電影首先以前衛電影或藝術電影結合，以性愛、毒品及政治等抗衡文化作口號，後來再獨立發展成為商業化的情慾商品。

　　（2）性慾媒體的普及令社會整體注意力轉移到性愛及**相關政策**上，甚至有1970年代由美國政府資助、詹森（Lyndon Johnson）總統親自主領的《淫褻及色情研究報告》。

　　（3）電視台對情慾文化推動或許不如電影般露骨直接，但在**挑戰傳統價值**上，其角色亦不可或缺。電視節目最常做的是對一夫一妻婚姻制度合理性的質疑、對異性戀霸權的批判，以及女性對情慾自主的肯定，特別是商業化女性的慾望及身材（Schaefer 2014: 82–83）。

　　（4）對**身份政治及個人消費權益**的高舉：美國公民權利公會（ACLU）對促進性革命功不可沒，該會主要在兩方面保護使用情色物品的受眾。第一方面是受眾獲取不同類型資訊、包括色情及情慾資訊的權利，是美國憲法第一修正案賦予的公民自由權利之一，令色情物品內容審查變得軟弱無力。第二方面是私隱權的保障，除了市民免於接收色情郵件的滋擾，私隱權更保障私人的性行為，

特別是公眾人物的公眾形象，不受干擾（Schaefer 2014: 369–70）。
此外，社會大眾對身份政治愈來愈敏感，例如針對種族、膚色、性
別、年齡等出現不同群組，傳媒亦藉此推廣切合這些群組需要、強
化他們性身份的商品。

綜合而言，性解放作為一場移風易俗的社會運動，若沒有傳
媒在背後推波助瀾便根本無法成事，但傳媒對性解放的興趣，似乎
只集中於性及情慾可以衍生的經濟利益，並不代表傳媒認真支持平
權運動、性別平等，或企圖打破父權主義及對女性身體控制等身體
政治議題。傳媒透過新聞、廣告、劇集、電影等故事重複呈現或
論述女性的身材或樣貌，目的除了滿足男性的凝視目光（male gaze）
（Mulvey 1975），將女性的身體物化、色情化及去人性化，以消費
女性的胴體（劉文 2015），更重要的還有販賣及推動消費文化，傳
遞一套扭曲的美醜標準，從中獲取廣告利潤。因此，大眾傳媒透
過相關社會運動從中取利，傳遞一套貌似開放的性觀念及性價值，
背後推動的理念仍然離不開消費主義的意識形態。

2.4 研究媒體性與性別的幾個主要路向

傳媒傳遞了不少與性別及情慾相關的內容。有從事內容分析
的學者估計，85%電影、82%電視節目、59%音樂錄像、37%歌
詞、22%電台節目、21%雜誌內出現與性相關的內容訊息（Tolman,
Diamond, & Bauermeister et al. 2014），這些訊息在不同程度上影響
受眾，特別是年輕人的性觀念及行為。學者普遍認為媒體是性教
育的主要傳遞者，不少青少年依賴傳媒尋找與性相關的資訊，例如
幾個學者在2001年一個覆蓋全美高中生的研究顯示，超過半數受

訪者表示他們從電視或流行雜誌學習到計劃生育、預防懷孕等性知識，雖然學校的健康教育、父母親以及朋友等也是性知識的來源，但後者的影響力顯然不及傳媒繪聲繪影的表達來得吸引（Sutton et al. 2001）。

　　媒體的情慾內容可以分為兩大類。第一類為非直接展現性行為（sexually non-explicit media），當中包括性暗示或者有刺激性衝動的行為，但並沒有實際的性行為出現，內容以娛樂及符合劇情需要為主；第二類涉及明顯的性行為（sexually explicit media），目的主要為引起觀眾的性趣，色情物品是顯然的代表。兩者令觀眾對性的認知、態度、行為等，都有不同程度的影響。前者的影響較後者輕微，例如會導致性觀念較開放、較易接受角色及性別定型、個人較早開始有性經驗、性經驗較為豐富、容易接受風險較高的性行為等（Hald 2013: 327–29）。至於使用明顯情慾媒體的人，會透過這些物品增加性知識，增進個人性生活的滿足感，甚至幫助他們克服性障礙等。據統計，50%–99% 男性及 30%–80% 女性有使用直接描述性愛的色情物品（Hald 2013: 328）；亦有批評指出，這些內容對婚姻、兩性角色以及性道德倫理有負面影響。

表2.3　媒體與性、性別或性慾相關的理論

學科來源	理論／概念	與性相關的範圍
（1）社會學	社教化理論	性別角色、性別身份
（2）心理學	認知、價值與行為	性慾
（3）女性主義	女性作為他者，社會性別影響生理性別	性慾
（4）文化研究	社會建構理論，男性的凝視	性別角色、性別身份

　　媒體與性、性別、性慾及性別身份等理論，主要可以從以上多個學科的觀點分析。這些方法並非涇渭分明、不相從屬，例如

社教化理論亦常見於心理學，女性主義也有採取心理分析的觀點，而文化研究亦有社會學的批判觀點等。

2.4.1 社教化過程／社會學習理論

　　人類成長過程會經歷社教化（socialization）的過程，了解社會或文化傳統對他們的期望，特別是性別角色的理解，因此社教化是成員學習扮演社會上不同角色、適應社會要求的過程，這過程很重視社會聯繫及社會經驗。社教化過程主要由社會組織如家庭及學校等帶動，通過大眾傳媒協助散布社會的主要文化價值。根據Kimball（1986）在1974年加拿大一個剛剛開始有電視廣播的小鎮做的研究，相比其他已有電視的小鎮，他發現未有電視轉播地區的孩子對兩性角色的態度較為寬鬆；但兩年之後，他進行同一調查，發現鎮內的小孩對性別的態度變得較刻版及定型，例如女孩子會較緊張同輩的目光，而男孩更看重將來的職業；兩性之間呈現的性別界線差異，亦比兩年前明顯。顯然，小孩子通過傳媒學習及繼承社會規範、傳統、意識形態等社會文化元素。

　　學習兩性角色亦是社會學習理論其中重要一環。雖然家庭及學校是學習性別角色的重要場所，但傳媒對性別模範的選取、對性別定型的偏好、對性別角色的刻板化論述等，都會影響年輕人對性別差異的理解及觀感。可是，大眾傳媒對兩性角色的呈現其實相當偏頗，例如《福布斯女性》雜誌報導過一個調查（Casserly 2012），訪問了二千個18至49歲的男性，他們普遍認為媒體對男性形象的描繪沒有代表性。根據他們的意見，銀幕上（包括電視、電影及廣告）看到的男性刻板形象多是群下之臣（skirt-chasers）（23%）、都會型男或美男子（metro-sexuals）（18%）和孔武有力的男子漢或英雄

（macho-men）（32%）；但一些好心腸的或做好事者(-31%)、勤勞工作和肯自我犧牲者(-30%)或者是保護家人的父親形象(-17%)，都未被傳媒肯定。可見傳媒的論述或對男性形象的呈現，與真實受訪者認為的「正常」男性形象有很大差距。

　　女性角色亦不遑多讓，不少研究都指出女性形象的代表性長期被低估，例如在英國廣告世界裡的主要角色只有13%是女性，但英國的就業市場卻有41%由女性組成；而在內容分析上，女性在家庭的位置多數在廚房，角色多是母親、家庭主婦等刻板形象（Branston & Stafford 1999）。典型女性表現的特質是較柔弱、感情用事、美貌、身材豐滿、瘦削、善解人意、願意委曲求全等，這些都與男性特質的主動進攻、富競爭力、理性、好色、強壯、具支配性等，成為強烈對比。

2.4.2 心理學研究

　　近代心理學也關心年輕人的社教化過程，發展心理學特別留意社會文化如何影響年輕人的價值、信念、行為及行動，在媒體訊息爆炸的環境下，年輕人自小已經從媒體獲得社會性別及性別氣質的訊息，影響他們對個人性別角色的認知與性別身份的建立（Pike & Jennings 2005: 83–91）。正如上文提到媒體對男女演員的性別定型與偏差，孩童及青少年缺乏批判能力，很容易認同媒體所傳遞或強化的性別訊息。一些傳播學者將不同媒體對性別議題的偏差如何影響年輕人對性知識的認知、態度及行為，綜合為下表：

表2.4　媒體內容對不同性別議題的影響

媒體	內容	影響
電視	女性角色多數是年輕及身材瘦削	節目及廣告所用的理想女性身材及形象影響少女如何評價自己的身體**（認知及態度）**
	經常談論性的題材；亦經常觸及性行為，雖然沒有前者那麼普遍	男女角色定型普遍為觀眾接受**（認知、態度及行為）**
	較少提及性行為的負面影響	收看電視較多的觀眾以為單親家庭是很輕鬆的一回事**（認知及態度）**
	較少談及避孕方法及家庭計劃	收看電視較多的觀眾較早及主動要求有性行為**（態度及行為）**
雜誌	三分之一的文章內容與拍拖約會有關，另外三分之一與外表儀容有關	長期接觸過瘦的模特兒形象，令女性讀者容易情緒低落，感到壓力、內疚以及對自己的身形不滿意**（認知、態度及行為）**
	六分之一的雜誌內容與健康的性行為有關	婦女雜誌刊登的女性形象令少女讀者對自己不滿**（認知、態度及行為）**
	婦女雜誌鼓勵女性將男性的利益放在首位，較個人的利益重要	
電影	浪漫及性行為情節幾乎出現在所有高票房的電影中	
	性行為的發生很少提及角色的性格如何互相吸引，以及對伴侶關係發展的期望	
音樂	音樂錄像強調女歌手的外形多於她的歌唱技巧	長期接觸音樂錄像的觀眾對婚前性行為態度較開放**（態度及行為）**
錄影帶	戀人關係與性行為經常掛鈎	長期接觸刻板定型的兩性情慾錄像的觀眾會較易牽涉到人際間的暴力**（認知、態度及行為）**

出處：Sex and Media（2002）

　　此外，美國心理學會（APA）特別關注媒體中與性相關的內容和訊息，如何影響女童的自我形象及性心理健康；學會在2005年成立了一個專案小組，研究媒體的性內容如何令現代女童趨向情慾化（sexualization）。所謂情慾化，包括以下任何一項特徵：

(1)個人價值建基於性方面的吸引力及行為，忽略其他性格特質；

(2)個人持守一套狹義的「外在吸引力等同性感」的標準；

(3)個人被客體化（objectified），被看成別人的性工具，儼如欠缺獨立自主作個人決定的能力；

(4)將情慾化的標準強加於另一個人身上（APA 2005）。

第四項對兒童來說尤為相關，特別是仍未發育、性器官未成熟發展及無法為個人性行為作出選擇的兒童，往往是成年人將情慾效果強加於兒童身上，以滿足後者的想像。至於兒童對性的好奇及正常探索，並不稱為情慾化。這個報告指出，不少傳媒將女性氣質侷限於典型的性感模樣：穿著暴露的服飾、擺出一副撩人的姿態、代表著女性的性暗示、標準化的美貌等。O'Donohue、Gold 和 McKay（1997）嘗試追蹤分析四十年來五本針對成年讀者的雜誌，雖然只有1.5%廣告使用兒童模特兒，以情慾形式帶出產品，其中85%是女童，但以情慾方式表達的廣告近年來愈來愈多，以成年女性穿著兒童服飾的性感廣告亦有增加趨勢（APA 2005: 2）。

心理學家擔心，兒童情慾化現象不但來自傳媒及廣告產品，更來自兒童身邊的人，例如父母會鼓勵兒童維持漂亮外表，甚至付錢給她們整容；女童之間互相監控彼此的身材是否符合性感標準，或者男孩視女孩為性玩物；女童購買或仿效性感明星的衣著，甚至自我物化（self-objectified），習慣以觀察者目光審視自己的外表等。不少研究顯示，少女比少男更容易自我物化，特別是青春期前的女性。由此可見，心理學研究主要關注傳媒對性的表達如何影響受眾的心理狀態。

2.4.3 女性主義研究

社會學及心理學探討生理性別與社會性別，特別是傳媒如何呈現社會的偏好與價值，如何影響受眾對這兩方面的認知、態度及

行為等。女性主義者在性與性別以外特別關注女性的身體與社會性別之間的關係，特別是女性如何建構自主意識。女性主義的目標是改變男性佔優的經濟文化社會結構，消除兩性差異以及女性依附男性的社會基礎（武桂杰 2009）。第一位提出身體重要性的是法國哲學家波伏娃（Simone de Beauvoir），她在《第二性》（1972）一書中提出一個重要問題：「女人是如何變成他者（other）？」她分析了生物學、馬克思主義、精神分析等，均沒解釋為何婦女會處於被壓迫及服從的位置。她後來提出，「在生理、心理和經濟上，沒有任何命運能夠決定人類女性在社會的表現形象。決定這種介乎男子與閹割者之間，所謂具有女性氣質的人，是整個文明」；因此，「女人不是天生的，而是變成的」。

波伏娃的說法強調男人和女人擁有不同性別氣質，都是社會文化孕育出來的結果，而這些社會文化帶有壓迫性及不平等，她的說法因此成為社會性別理論的起點。她從存在主義的論點分析，認為婦女存在的方式是由男性確定的，男人是主體、定義者；而女人是客體，根據男人的定義來行動、思考和看待自己，例如男性會視願意自我犧牲的女性為理想女性。波伏娃更認為主體與身體的關係上，兩性是有差異的，在父權社會，女性因為月經、生育、哺乳等生理現象，無法超越身體的制約，無法通過身體體驗獲得精神滿足，但男性卻可以超越身體的限制。因此，女性必須要超越自己的身體，才能找到存在價值與發展潛能。波伏娃對女性身體的分析，特別是懷孕女性對身體的厭惡、對慾望身體的肯定，被批評與大部分女性主觀的經驗相左（Elshtain 1981）。

美國的女權主義者巴特勒（Judith Butler）不同意波伏娃「生理性別是天生」的思路，她強調身體是可變的，而且正正是身體的持續行動與變化，形成了社會性別。巴特勒在《性別麻煩》（*Gender*

Trouble, 1990）中挑戰了女性主義理論關於女性主體與社會性別的概念，不同意生理性別被看作是天生、自然、固定、不受語言與文化影響的；而社會性別是文化任意地在生理性別之上建構的。她認為生理性別本身也是文化建構的結果，因為「從定義上來說，我們將看到生理性別其實自始至終就是社會性別」；「（社會）性別是對身體不斷地予以風格／程式化（stylization），是在一個高度刻板的管控框架裡不斷重複的一套行為，它們隨著時間的流逝而固化，產生了實在以及某種自然的存有的表像」。既然沒有某種內在的社會性別身份的「真理」，性別身份都不過是身體行動的結果，是不斷「操演」（performative acts）的結果。因此，生理性別與社會性別之間沒有必然的連繫，而社會性別與慾望之間可以很隨意及彈性，不需要以哪一方面為基礎，這亦是酷兒理論的其中一個基礎（Butler 1990: 171–90）。

　　巴特勒認為，社會性別的表演可以從代代相傳與性別身份相關的劇本（script）看得到（Butler 1988），由於人類是合群的生物，人類行動很容易模仿、內在化及以舞台方式表演出來，而所謂的社會性別氣質，不過是男性及女性不斷重複表演社會劇本認為合適的行為。媒體便不斷提供、更新或肯定有關的劇本、對話及行動，作為參考資料或應變手冊，例如男子向心儀對象表達愛意，為何一定要送花？男性或女性怎樣表現性感？巴特勒認為，每個人都成為自己社會性別的演員，而他們在自己性別上的演出就像在舞台上一樣。他們的演出不是出於自願的，而是根據社會制約及容許的方式，將社會性別內的慾望表現出來（Foucault 1976: 23）。

　　對性別化的身體的詮釋，巴特勒否定身體是天生固定的，其次分析這一物質效果的形成過程：各種行動構成了身體的輪廓、外表和特質，而這些行動並非天生的，而是被「性別」的法律所驅動，

讓後者以「合法」的異性戀方式去行動。透過參與酷兒與同性戀等社會運動過程中，巴特勒認識到身體政治的基本目標在於認識身體的物質性，這物質性並非天生、固定的，而是規範的異性戀體制管控的結果，酷兒的身體是在這種權力的夾縫中生存的（柯倩婷2010: 71–77）。

2.4.4 文化研究

最後一個較多討論性與性別研究的是文化研究。文化研究包括了性別研究、媒體研究、女性主義等不同部分。早年的文化研究由英國學者 Raymond Williams 和 Richard Hoggart 提出，文學不僅為受過高等教育的人服務，更應接近勞工階級。因為這階層喜歡通俗文化，所以「文化研究」以普及文化（popular culture）為研究文本。自1970年代英國文化研究領域開啟以後，其研究路線與美國不一樣。因為前者吸納了法蘭克福學派批判「文化工業」，批評資本主義大眾文化，早期文化研究傾向使用馬克思主義作批判架構，認為控制生產工具者本身就控制了文化。例如，恩格斯（Friedrich Engels）曾批評傳統社會男女分工的制度對女性不公平；而以財產繼承為主導的核心家庭制度更是男性對女性奴役與剝削，男女雙方在性滿足上絕對不是平等的，因為在維多利亞時代，男性有多個性伴侶可以被原諒，女性的話就不可能（Smith 1997）。但恩格斯對男女關係的分析被批評以階級矛盾的角度看兩性關係，遭到不少女性主義者的批評（Smith 1997）。

此外，英國伯明翰大學的當代文化研究中心主任霍爾（Stuart Hall，1968–1979年在任）亦不同意以馬克思「統治階級」的觀念看大眾文化，他認為資本主義「意識形態」不完全屬於某一個特定階級。他根據葛蘭西（Antonio Gramsci）的霸權概念，認為現代社會內流通的語言及文化符號都與政治經濟權力機構關係密不可分，大眾

傳媒呈現的說故事方式及訊息系統（如消費主義）永遠是一種建構（construction），而生活在當中的人既是文化的生產者，亦是消費者；因此，大眾可以透過拒絕生產者向消費者洗腦，從而作出政治鬥爭。他因此提出建構理論，以文化閱讀及解構方式，分析大眾文化如何在傳媒中生產、運轉和散布影響兩性的意識形態。對霍爾（Hall 1981: 235）而言，流行文化是一個「鬥爭場所，爭鬥存在於權力集團和大眾之間，這是個不斷演繹輸贏的場所」。讀者可以用不同的方式來閱讀、接收與詮釋媒體文本，正如一個消費者可以挪用、拋棄或挑戰一個產品的使用方式，因為消費者消費產品時會賦予物品不同的意義。

　　霍爾提出的編碼與解碼過程成為文化研究的基礎，亦有其他學者結合不同的左派及文化理論，編制成一套媒體分析方法（Berger 1991）。例如Arthur Berger解構廣告如何吸引女性，他舉出1978年4月刊登在《時尚》（*Vogue*）雜誌的其中一個貝儂黛（Benandre）護膚廣告為例子。該廣告呈現一個女性置身在玻璃浴缸中，在「地中海藍色」般的水中沐浴，廣告承諾其特殊的膠原質產品有助維持身體的滋潤。作者關注到很多化妝品廣告強調保濕及滋潤的概念，背後的恐懼是害怕身體變成一片乾燥的沙漠，令生命變得乾涸、缺乏生氣甚至無法生育。廣告以女性身體保持滋潤為訴求，其實與性慾相關，隱含女性恐怕自己身體失去繁殖能力一樣，肌膚脫水是失去吸引力及性能力的象徵（Berger 1991: 120–21）。

　　著名法國社會學家布迪厄（Bourdieu 1985: 56）提出，社會是由人的「行動場域」（fields）組成，這個場域由各種客觀權力關係構成不同的網絡系統。生存在當中的行動者根據其個人擁有的「資本」（capitals，包括經濟、社會及文化資本），構成他們位置及價值上的優勢或弱勢，而行動者的「生存心態」（habitus）即是對社會這樣的遊戲規則的看法及理解，運用其既有資本作象徵式的爭鬥（symbolic struggle)。Catherine Hakim (2010) 根據此說法，引申出「情慾資本」(erotic/sexual capital) 的概念，提出個人的性感形象可以增加社會資本及階級流動。以此理解大眾傳媒在說故事時再三呈現男女性別的不同刻板形象，或者將男女外貌與身型視作量度性別身份的主要特徵時，受眾很容易內在化地以為這是社會對男女角色的要求，亦誤以為這是社會文化的生存法則。他們根據社會環境的需求調整其生存心態，例如男性鍛鍊腹肌、女性豐胸美白瘦身等，都是增強個人社會資本、增加社會優勢的必要手段。當然，根據布迪厄的觀點，表2.4總結的媒體內容、所傳遞的兩性關係角色及價值觀，都是統治階級或資本家透過文化生產，強化其社會結構及意識形態的控制 (張錦華 2002: 75–77)，當中涉及觀眾對兩性關係的認知、態度和行為偏差，而這些偏差會影響現實社會兩性的權力平衡，以及弱勢一方長期出現受壓等現象，例如家庭暴力問題，便反映兩性社會地位的強弱懸殊。

2.5 結論

總結而言，傳播學對性、性別或性慾研究方面，並沒有如暴力研究一樣有一套系統及範圍自足的研究。傳播學裡解釋性別與兩性關係的理論，不少亦來自其他學科或者一些特定的研究，最常使用的主要來自心理學、社會學、文化研究等，當中包括條件反射理論、刺激轉移理論等多項。但這些理論或觀點較為零碎，下表嘗試整理上文未能概括的相關理論。

表2.5　傳播學使用的其他兩性理論

理論	重點	適用範圍
（1）**相互決定論** （reciprocal determinism） （Bandura 1986）	媒體對個人性別身份的影響，視乎使用者的個人因素、社會環境以及行為表現三者互動產生而成	與「近朱者赤、近墨者黑」相近，但更注重人的主體性，認為人不一定盲目接受傳媒訊息，而是選擇與自己特質相近者互動
（2）**"3AM" 理論模式** （Wright 2012）	對傳媒的訊息採納（acquisition）、啟動（activation）和應用（application）三個部分	會否應用還視乎一系列因素，例如受眾的道德感認為是否可以接受、環境因素（例如時間壓力或性衝動）等
（3）**條件反射理論** （conditioning） 關聯性學習 （Shettleworth 2010）	當兩件事物經常同時出現時，大腦對其中一件事物的記憶會附帶另一件事物	廣告銷售名車或者奢侈品時，會經常配合美女出現，當同類配搭反覆出現，令觀眾產生聯想，凡看到香車及豪宅，便條件反射式地以為美人亦唾手可得
（4）**刺激轉移理論** （excitation transfer） （Zillmann 1975）	傳媒的性內容帶來的刺激感，如何影響受眾觀賞後的情緒，最後轉移到他們的行為層面	觀賞恐怖片後出現的恐懼、疑惑及孤單的情緒，會轉移對同伴情感支援的需要，因此會強化友伴的性感印象及對性行為的渴望

想多一點點：Boys' Love 小說與動漫

Boys' Love（BL）是指以男男之愛為題材的作品，其受眾和創作者一般以女性為主。BL始於1960年代，當時被分類在少女漫畫中，主要從女性觀點出發。屬於浪漫主義和唯美主義作品（例如《魂斷威尼斯》），有著超越真實、追求浪漫、人物美形等共通點。BL雖與同志文學皆以描述男同性戀關係為主題，但早期BL為女性心中男同性戀關係的想像與對偉大愛情的投射，與真實世界之同性戀故事仍有所不同。BL與女性在父權社會受到的壓迫息息相關。透過閱讀BL作品，女性投射男性角色可以在父權社會中享受著更大的戀愛優勢，從女性的性別規範中暫時解放。香港的「鏡粉」（男團Mirror的支持者）對其偶像戀情的關注及討論，是否有對BL的理想投射呢？

2.6 香港媒體的情況

　　根據上述西方學者對性別及兩性關係的研究，香港傳媒在這些觀察有何相似及不同？關於香港傳媒對性身份及情慾的討論，可參考第十章。

表2.6　香港媒體情況討論

媒體	內容	討論
電視	女性角色多數是年輕及身材瘦削	如何展現不同類型的女性身材？是否以瘦削身材為主？
	節目內經常談論性的題材；亦經常觸及性行為，雖然沒有前者那麼普遍	性行為或情慾如何在電視劇中表達？明顯或暗示？嚴肅或嬉戲？會否視之為禁忌？
	較少提及性行為的負面影響	電視節目有否探討未婚成孕、墮胎、性病等問題？
雜誌	三分之一的文章與拍拖約會有關，另外三分之一與外表儀容有關	你同意媒體故意將約會及愛情的重要性放大嗎？儀容對個人又有多重要？
	六分之一的雜誌內容與健康的性行為有關	討論較多性議題的媒體是哪些？
	婦女雜誌鼓勵女性將男性的利益放在首位，較個人的利益重要	香港傳媒有傳遞男尊女卑的思想嗎？網絡世界如何討論兩性關係？
電影	浪漫及性行為情節幾乎出現在所有高票房的電影中	香港電影內的感情線是否主線？為什麼？
	女性演員較男演員談及更多浪漫關係	以藝人的偷情事件為例，娛樂新聞將兩性關係的重點放在哪兒？
音樂	音樂錄像強調女歌手的外形多於她的歌唱技巧	音樂錄像如何表現現代人的情慾？
錄影帶	戀人關係與性行為經常掛鈎	網絡電視的情慾尺度是否更寬鬆？

2.7 問題討論

(1) 性解放之前的人們普遍對情慾採取什麼態度，與當代社會有何不同？為什麼出現這些改變？

(2) 中國社會對性又採取什麼態度？你覺得與西方社會有哪些相同、相異之處？

(3) 西方的傳媒對推動性解放扮演什麼角色？為什麼要如此不遺餘力？傳媒是否真心相信兩性平等及自由開放的思想？何以見得？

(4) 以上提到的多個解釋理論，你認為哪一個解釋本地媒體的性內容對受眾的影響最有說服力？

(5) 近年香港社會出現的兼職男女朋友 (PTBF/PTGF) 以及特殊朋友 (friends with benefits / FWB) 現象，反映社會上年輕人對性的看法與傳媒的理解有何不同？

(6) 「內地社交平台近年出現不少兒童美妝主播，很多小朋友看完，都吵著叫媽媽買，甚至帶回學校分享。」(《眾新聞》2021年9月16日的報導，https://www.facebook.com/watch/?v=305190974697343) 你同意美國心理學會提出這些媒體訊息對女童情慾化的觀點嗎？何以見得？情慾化對女童的成長產生什麼問題？

第三章

互聯網普及下的性慾研究

3.1 網絡上的情慾世界

　　網絡世界是年輕人的烏托邦，因為在資訊爆炸的空間裡，有無窮無盡的新領域讓他們馳騁，可以擺脫現實的種種限制與枯燥乏味的生活，而網絡代表的是他們所嚮往的自由、自主及多姿多彩的世界。可惜，這個虛擬的電子世界亦是情慾泛濫之地，特別是色情事業迅速通過網絡接觸不少年輕網民。色情業目前是全美國最大的娛樂事業，例如在2006年，全球相關的收益高達970億美元，比美國最大的科網公司如微軟、谷歌、亞馬遜、eBay、雅虎、蘋果和Netflix的總和還要高（Ropelato 2014）。美國是全球擁有最多色情網站的國家，它蓬勃的色情事業背後與電訊公司、收費電視台、旅遊業等關係密切，它們亦僱用最優秀的說客與政商界建立密切關係，以發揮在政治經濟上的影響力。

　　下表說明色情物品在網絡世界的影響力：

表3.1　美國色情物品的時間軌跡

每秒鐘	3,074.64美元花費在色情物品上
	28,258個用戶在網上觀看色情物品
	372個網民在搜尋器上鍵入「成人」、「性」等字眼，搜尋色情內容
每39分鐘	一套色情電影或錄像製作完成

出處：國際中心（2015）

　　而全世界消費色情物品的國家中，中國排在首位，2006年花費了274億美元，佔全球28%；其次是南韓，花費了257億美元（27%）；然後是日本，花費199億（21%）；再其次才是美國，僅133億美元（14%）。單是亞洲幾個大國，已佔去色情產業整體收益的四分之三。因為龐大商業利益的推動，色情事業正逐步蠶食主流的傳媒文化，此部分將會在第四章探討。本章主要討論網絡開放及互動的本質，令與性相關的題材在網絡世界泛濫，有研究更估計有六分之一的網站與性有關，而接近一半的網民曾通過網絡接觸性知識，以下圖表展示另一組與性相關的數據：

表3.2　網上色情相關數據一覽

色情網站數量	420萬個（佔整體網站的12%）
每日通過搜索器搜尋色情物品次數	6,800萬次（佔整體搜索要求的25%）
每日色情物品電郵	25億封（佔整體電郵量的8%）
曾觀看網絡色情的網民	42.7%
非自願通過網絡接觸色情物品的網民	34%
每月下載色情物品次數	15億次（佔整體下載量的35%）
每日尋找兒童色情物品的要求次數	116,000次
年輕人在網絡聊天室遇過性挑逗的比例	89%
兒童首次接觸色情物品的平均年齡	11歲
美國網絡色情銷售總額	49億美元

出處：Ropelato（2014）

　　由以上圖表可見，色情物品在網絡世界的泛濫及滲透程度可以說是無孔不入，令年輕人防不勝防。不少孩童甚至在發育前已接觸到性資訊，問題是他們從網絡色情物品獲得的性知識及性態度，是否屬於一種正常、健康，包含自愛、愛人、了解親密關係等價值的人際關係？抑或在網絡上瘋狂轟炸的情慾世界，接收一些扭曲的性倫理觀念，令青少年陷入情慾的泥沼中而不自知，甚至無法自拔？

3.2 對青少年的影響

　　千禧世代的青少年屬於「網絡的原住民」，意謂他們出生以來已經活在網絡世界，從未經驗過沒有網絡的日子，可以說網絡世界主宰他們對世界的認知。對他們而言，上網提供最重要的資訊與娛樂，亦是與朋友保護聯繫的重要渠道，而他們亦通過網絡穿梭，尋找到形形色色的資訊，滿足對現實世界的好奇。根據雅蘭 (2012) 的《壓抑到泛濫：中國性趨勢解密》一書提到一個較近期的調查，指七成北京人有婚前性行為，但在 1989 年時，這個比例只有 15.5%；若以年齡分層來看，14–20 歲的一群首次性行為的平均年齡是 17 歲，但 31–40 歲組別平均 24 歲才有性接觸，可見性行為的發生時間大幅提早，主要原因是網絡的出現，令青少年在性方面更早熟。

　　網絡科技的廣泛應用亦改變社會對私隱的看法及處理，例如網絡被視為將性行為高度商業化的環境 (Peter & Valkenburg 2006)，它不但提供不同形式的性活動，例如接觸露骨的性愛資訊，甚至可以將性或裸露視為個人表達方式，將個人的性愛經驗與他人分享等。因此在這個網絡世代，性生活或性慾已經成為一種很隨意的個人溝通或向公眾自我表達的工具 (Ito et al. 2010)。過往性生活被認為是個人私隱，不輕易隨便與人談及，更遑論公開發表，但新世代卻有無數博客，不論男女，在網絡上公開分享自己私密的性經驗；中國在千禧年代初有木子美、[1] 芙蓉姐姐[2] 等現象，她們都是標榜新世代的自由與個性、「想做就去做」的代表。

1　木子美原為廣州《城市畫報》編輯，她在 2001 年在個人網誌上發表其性愛日記《遺情書》，迅速引起社會廣泛討論與爭議，被批評觸及道德及法律的底線。她後來人因博客內容而受到社會壓力，被迫辭去工作。參考維基百科，「木子美」。

2　芙蓉姐姐自 2003 年底起，在北大未名 BBS、水木清華 BBS 發帖，特別在水木社區發表大量照片，以怪誕服飾及奇怪姿勢引起網民揶揄及諷刺，其網誌亦大膽露骨。參考維基百科，「芙蓉姐姐」。

　　對青少年而言，他們原可以從學校、家庭以及朋輩中獲得與性相關的資訊，但網絡上搜索所得與其他途徑不同，青少年在網上的世界擁有更多的自主性 (Scarcelli 2018: 36)。他們一般對學校的性教育抱著批判的態度，因為學校多數著重德育及生物科學式的教導，較少關心青少年的自身經驗及感受；家庭或朋友普遍對性都是較保守及較少討論，網絡世界便能彌補現實社會的不足，它能保障年輕人免受道德審判，又不用面對處理相關問題的尷尬和焦慮。可是，網絡平台不能解答年輕人面對的所有性難題，而男女生對相關資訊的需求亦很不一樣，如男生一般較關心自己在性方面的表現，例如生殖器的長度是否合乎標準、性交平均時間、如何接觸女性的身體等；而女性更關心自己的身材與健康、如何與愛侶保持親密關係等，喜歡聽別人分享個人經驗，多過參考一些指南或手冊。用互聯網搜索性資訊最大的好處在於其匿名的特性，令年輕人可以與更多同年紀的人交流，而不用擔心身份被揭露，令他們可以更坦誠地交流性知識或經驗。

　　青少年可以通過網絡世界獲得性與親密關係相關的資訊：裸照、色情故事、性愛影片、別人的性經驗，甚至以情慾短訊方式與網友互動、視訊聊天等，滿足他們對性的好奇與想像。互聯網上的情慾世界對青少年而言，並非一個平行時空與現實生活對照，而是凝聚青少年的好奇與慾望的平台；線下的生活雖然重要，但線上的經驗可以增加與他人互動，青少年建立的自我身份很多時都是通過網上「同伴」的肯定而確立出來。互聯網的情慾世界向青少年展現什麼才是「正常」的情慾關係，而他們從網絡友伴得知的男女角色、親密關係的表達等，是否會影響他們處理真實關係的認知及態度？不少研究都抱著批判的目光，認為科技介入青少年的情慾幻想，會令問題更加複雜及嚴重 (Doring 2009)。

在自由選擇的網絡環境下，年輕人的性觀念亦較以往更開放，更重視個人的自主性，不受外在環境的制約。關心世代分別的 Jean Twenge（2006）稱千禧成長的世代為「自我中心的一代」（Generation Me），特徵就是做自己覺得舒服的事，不理會社會的規範。對性的態度傾向隨性做愛，動機是為了滿足自己的性慾和自然的衝動，他們傾向聆聽自己的內心做決定。不少人都以「爽一下」（hook up）取代約會；性伴侶的關係可以是「炮友」（有性關係的朋友），毋須發展浪漫關係或者承諾，而發生性關係的年齡也愈來愈小（Twenge 2006: 216–29）。Twenge 的研究也可以作為香港社會的參照，書中提到不同世代對婚前性行為態度的改變，1950 年代後期只有 30% 年輕人認同婚前性行為，但千禧世代則有 75%；女性態度轉變最大，同一問題 1950 年代女性認同者只有 12%，但千禧世代已增加到 80%。當然，性開放的態度亦會帶來較多的危險，其中年輕女孩感染性病的人數從 1987 年到 2003 年增長了六倍。美國中西部小鎮某高中學生在 18 個月內的性經驗調查，結果約有一半活躍於性生活，他們從 15 歲開始有性行為；832 位被訪學生中，有 288 人和複雜的性關係網絡有關，這些學生擁有很多性伴侶，那些性伴侶又各自擁有多重性伴侶，因此產生了非常複雜的性關係網絡，極容易傳播性病（Twenge 2006: 330）。總結這些得失，千禧世代的年輕人覺得自己比之前的世代幸運，因為他們不會像父母的一代受到更多限制。

3.3 虛擬性愛

虛擬性愛（cybersex / virtual sex）看似是網絡世界的新生事物，但它與早期的情慾電話其實十分類似，都是通過與陌生人互動催生性幻想，達到自慰的目的。互聯網的匿名功能，有利使用者通過

網絡平台、社群、遊戲等虛擬空間上聊天、留言、上傳照片、交換影像，作不同形式的互動。這些線上活動亦可以延伸至線下，例如通過交友或約會平台，網友可以隨時找到性接觸的對象。年輕人在網絡的世界更容易接觸到性伴侶，以虛擬抑或真實的形式出現，甚至不涉及任何費用。

　　虛擬性愛的好處是減低真正性愛涉及的風險，例如面對性暴力、意外懷孕、傳播性病等，同時提供傳統性愛的情感交流與親密感，特別對一些羞於表達自己性傾向、害怕被人拒絕的網民，虛擬空間為他們提供一個解放、自我接納的機會（McKenna, Green, & Smith 2001）。網絡世界亦提供不少新的性經驗及不同類型的性伴侶，以遊戲方式分享性趣，對參與者而言無疑是一個充權的經驗（Whitty 2008）。虛擬性愛容許參與者以不同身份、年齡、性別、膚色在網絡上建立一個新的身份，對年輕人來說，年齡不再是一種限制，亦讓他們突破自己的社交網絡。研究顯示，女性比男性（除了 18–24 歲群組）、同性戀或雙性戀者，更熱衷於參與虛擬性愛（Ross, Rosser, & Staton 2004）。

　　然而，虛擬性愛並非有益無損。研究指出熱衷網絡性愛者很容易上癮，因為網絡上很容易獲得性刺激，不少年輕人會經常流連性愛聊天室尋求慰藉，或者經常購買與性愛相關的商品或影片（Daneback et al. 2006: 53–67），若熱衷此道者已有固定性伴侶，則網上性愛或會使真實的關係出現危機，因為網絡情緣猶如第三者，影響情侶之間的向心力。虛擬關係中兩者若非出於對等的位置，例如成年人與青少年之間，後者很可能被欺凌或性騷擾，據美國一個隨機抽樣的調查，10–17 歲的年輕人有 18% 女性與 8% 男性曾在網上遇到性騷擾（Mitchell, Wolak, & Finkelhor 2007: 121）。很多人希

望藉虛擬網絡發展情侶關係，最終有可能捲入行騙圈套或勒索，令缺乏人生經驗的青少年防不勝防。

除了虛擬性愛，亦有不少網民透過網絡結識線下的性伴侶，其中同性戀或雙性戀者尤為活躍。網絡世界有助一些生活在孤獨中的網民結識性伴侶，但它同樣有機會帶來一些風險，例如沉溺行為，對伴侶不忠，面對非自願性行為或性暴力、性罪行如強姦等，以及性病、意外懷孕的風險（Doring 2009）。

3.3.1　網上約會程式

青少年由於性荷爾蒙的發展而對性躍躍欲試，加上叛逆的階段對傳統教導反感，對網絡世界的新鮮事物卻充滿好奇及幻想。近年網上約會的應用程式如Tinder等大行其道，不少年輕人都藉此交友，或成為發展一夜情、尋歡作樂的途徑。2014年，美國疾病控制及預防中心發表的數據顯示性傳染病的數字在美國上升，而愛滋病保健基金（AHF）認為一夜情及交友應用程式是導致性傳染病上升的原因之一，因為這些程式的出現令一夜情約會變得很容易（James 2018）。

撇開有否足夠數據顯示交友應用程式與性病數字上升有關，一夜情是否因這些程式變得更普遍，它們至少對兩性關係的態度會有影響。研究顯示使用這些交友程式的網民大多抱著一種「購物」心態，即單憑外表及包裝，去選擇希望結識的對象（Fullick 2013），令到程式的使用更加「遊戲化」，而遊戲心態很顯然會改變交友互動的行為表現（Zichermann & Cunningham 2011），像漁翁撒網、來者不拒、一腳踏多船、逢場作戲等。不少香港用家亦坦承，使用交友程式不用太認真，「認真便會輸」（余婉蘭 2016）。

　　Tinder自2012年開始提供服務，全球現有超過5,000萬用戶，每日進行2,400萬次配對（Smith & Andersen 2016），到了2016年已經有24種語言的服務。千禧世代成長的人，佔Tinder用戶六成，由於用戶可以免費下載程式，與附近的用戶直接聯繫，他們可以同時接觸不同的目標對象。除了Tinder，仍有不少林林總總的交友程式如Flip、Happen、Bumble、Skout、Lunch Click等，以不同的介面及特質，滿足不同用家的需要。這些程式的特色是以遊戲的手法吸引受眾使用，而背後驅使他們繼續使用的動機是人類對性的渴求，這些交友程式結合娛樂、獎勵與方便於一身（Zichermann & Cunningham 2011），而性就是這些交友程式最終的獎勵。

　　Jessica James（2018）的調查發現，大學階段的男生比女生更傾向用這些程式尋找性伴侶，與男生在性事方面更活躍有關，女性用家較著重發展長久關係；男性亦比女性花大約三倍以上的時間，觀看閱讀他人的資料，以及主動與有意結識的人交談，而能夠成功配對或約會女性，會增加男生的自信。

　　交友配對程式在外國大行其道，在香港卻沒有引起同樣熱潮，這與西方人較健談有關，遇到配給他們的對象，多可以自由發揮；反觀亞洲人較難與陌生人展開對話，亦較沒有耐性與陌生人對談、發掘對方的優點。男女結識朋友的機率亦有分別，據調查，大部分女性接觸一至四名對象就有回應，但男人要接觸超過二十位對象才會獲得回覆（James 2018: 19）。這些交友軟件顯然令尋找配對者更重視外表的吸引力，俊男美女自然更為吃香，而不善經營個人形象的用家難免較為吃虧。

　　此外，透過交友網站進行詐騙的新聞亦時有所聞。很多根本不存在的真人，透過高顏值照片或誘人的身材「請君入甕」，嘗試透過交友軟件開拓個人圈子的年輕人要加強警覺。例如國內便有

19歲大學生墮入網戀騙案，花費三百多萬送禮後，才揭發對方並非相中人，不過購買美女頭像進行欺騙（安祖娜 2021）。以網上情緣方式出現的騙案在香港尤為嚴重，特別是針對成年女性。根據香港警方數據，2021上半年共錄得822宗網絡情緣騙案，涉及騙款近2.9億港元，受害人85%為女性。其中30–39歲佔27%、40–49歲佔25%、20–29歲佔24%；騙徒會假扮成軍人、飛機師、油王，以寄禮物被海關扣查（39.8%）、投資（34.6%）、周轉不靈（25.6%）為藉口，通過網上轉帳、銀行戶口甚至虛擬貨幣行騙（楊倩 2021）。

3.3.2 情慾短訊

情慾訊息（sexting）是將性慾（sex）與傳訊息（texting）兩個字合成的新字，意思是通過手機或網絡聊天工具，交換與性相關的相片、短片或露骨的對話等。例如通過 Snapchat 傳遞的照片會在10秒鐘內自動消失，因此不少年輕人認為 sexting 沒有什麼後果而躍躍欲試，但事實上使用者仍有不同的方法儲存或轉發訊息。根據以傳播學研究著名的皮尤中心（Pew Center 2009）的分類，情慾訊息可以分為以下三類：

（1）兩個密友之間交換涉及性的影像；

（2）兩個密友之間的親密照片或影像，與第三者分享；

（3）兩個人之間仍未成為密友，藉分享相關影像，希望加深雙方的關係。

西方近年來興起這些手機及攝影活動，引起學者的研究興趣，雖然這項活動涉及各年齡層，但學者普遍對年輕用戶的使用習慣感興趣。研究發現，12–18歲的手機用戶在2012年只有6%–17%曾使用 sexting，而年輕成年人（young adults）的使用量則由12%–88%不等。亦有專門針對大學生做的調查顯示，三成學生曾發送裸照或接

近全裸的照片（Goldon-Messer et al. 2013: 301–306），而調查的學府則有六成受訪學生曾發送裸照或接近全裸的照片（Henderson & Morgan 2011: 31–39），69%受訪者曾發送與性有關的短訊。另一研究顯示，606個14–18歲受訪少年中，兩成承認曾發出涉及情慾的照片，而接近四成受訪者接收過露骨照片，其中四分之一人會將照片轉發，顯示sexting的保密性成疑（Strassberg, McKinnon, Sustaíta, & Rullo 2013）。

　　研究員又嘗試探索喜愛sexting的使用者的性格特徵，整體而言，他們都屬於較欠缺安全感的依附者（insecure attachment style），較擔心失去或避免依賴他人的人，會較多使用情慾短訊。有研究亦發現，焦慮感較高的人會較多使用情慾短訊（Weisskirch, Drouin, & Delevi 2016）。此外，調查亦發現神經質、自我形象較低、具有人格障礙、外向型等的人與情慾短訊有較強聯繫。早期的研究顯示，情慾短訊使用者的心理因素都是負面居多；但後來的研究卻顯示挑逗或性愛玩笑會促進愛侶或伴侶的性生活情趣，可見情慾短訊對心理健康正常的用家來說，可能令雙方的關係更緊密。至於情慾訊息與風險因素如一夜情、無保護的性行為、多於一位伴侶的性行為、網上與陌生人性聊等，研究顯示未有必然關係，但與沉迷酒精或吸食大麻等卻有相關聯繫（Galovan, Drouin, & McDaniel 2018）。

　　近期的研究指向強迫接收的情慾短訊與親密伴侶之間的暴力關係，情慾短訊成為欺凌的一種方式。有些人未必主動發送或樂於接收情慾短訊，有時是因為伴侶喜愛而被迫接收，有52%年輕成年人並不十分願意與親密愛侶交換情慾短訊，主要為了挑逗、作為性愛前戲、滿足伴侶的愛好甚至為了避免吵架，而不少女性主要因為對維持緊密關係感到焦慮，才使用這個做法（Drouin & Gobin 2014）。其後研究者跟進強迫接收情慾訊息的伴侶關係中的性暴力

情況，發現在480個年輕成年人中有22%收發過非自願（unwanted）的情慾訊息，亦有21%表示被強迫收發（coercion）；非自願是指在親密伴侶要求下發出或接收，並非由個人主導，而強迫接收或發出的情慾短訊一般帶有威脅意味，如性伴侶表明若不服從便會移情別戀，或以此量度對方的忠誠度等，當中女性較男性更多被強迫接收或發送情慾照片。這個研究亦發現，被強迫接收情慾短訊者會有較大機率出現強迫性行為、性暴力、焦慮、抑鬱症狀或者創傷後遺症（Drouin, Ross, & Gobin 2015）。

研究對sexting的看法好壞參半，但有些國家（如澳洲）便禁止18歲以下人士收發情慾訊息，因為該國認為未成年人士未有能力對涉及性的行為作出法律上有效的同意決定，因此法律有需要保護他們。不少國家禁止兒童色情物品，亦防止未成年人士發送個人裸照等活動。在某些國家，未經當事人許可，私自轉發他人的裸照亦可能涉及侵犯私隱或破壞信任等法例。有些人以「密友傳遞」的情慾訊息威脅其「密友」就範，否則將有關訊息公開；而一些性罪犯亦會通過社交網絡侵犯青少年的私隱，有些色情網站肆意盜竊及公開使用他人在社交網站或兒童的裸照，網民不可不慎。

3.3.3 性感自拍

性感自拍（sexy selfies）是一個備受爭議的課題，對喜愛作性感自拍的女性來說，她們同樣可以被理解為：（1）自我將身體物化／客體化，將自己貶為性玩物；或（2）拒絕新自由主義對性感的論述，認為是身體自主的表現（Evans & Riley 2015），亦可以作為個人向上流動的情慾資本（Hakim 2010）。所謂性感，可以定義為一個人如何體驗自己作為一個性慾個體，可以享受性快感及安全感，有能力對性作出選擇，亦可以用他／她的性主體為其身份（Tolman

2012)。兩者的矛盾在於，到底所謂「性感」是被動脆弱的氣質而可以被人論斷，還是一個獨立的行為，由當事人擁有？這矛盾不停在後女性主義的研究中出現，而傅柯提出另一個説法，就是「自我的技術」(technologies of the self)，提出女性通過物質或非物質的手法，以追求其性感的主體性 (Foucault 1988)。

自拍被視為在網絡密集的社會組合自己主體形象的行徑 (Hess 2015)，雖然不同文化對此有不同評價。自拍普遍被認為是一種溝通的工具、社交的手段以及自我創作的工具。未必所有學者會認同自拍代表個人表達或個人反省的工具，仍有不少人視它為自我物化或商業化的產物；但亦有學者指出，自拍可以增加個人的自我照顧、自我覺醒以及個體美學的欣賞。在這種重視個人體態的年代，自拍擴闊社群的想像令他們更了解何謂「上鏡」，它同時挑戰過去由商業社會主導的狹義性文化，甚至為傳統上由大眾傳媒定義的體態之美帶來新的啟發。有研究指出情慾自拍可以增強自拍者的自信，對個人的身體有新的視點及看法；但當然，自拍者本人要負責對自己身體性感形象的經營及控制，知道自己的目標及底線，不被追隨者牽著鼻子走，這是維繫自拍者主體性及個人快感的主要因素 (Tiidenberg 2018)。

3.4 網絡遊戲與性愛

網絡遊戲過去的對象普遍以兒童及青少年為主，因此較罕有以性作為網絡遊戲的題材。但自1990年代以後，美國遊戲評級的方法改變，在網絡世界出現了不少牽涉到性愛的遊戲，其中值得探討的有：(1) 性作為遊戲的機制，(2) 色情角色扮演，(3) 玩家單獨玩的性遊戲，以及 (4) 帶有色情的遊戲。

3.4.1 性作為遊戲的機制

　　這種遊戲主要以性作為參與者的成功目標或獎勵，性的表達可以很直接或隱晦，例如勝利者可以脫去其他玩家的衣服，或者有更多涉及色慾的內容。例如《龍騰世紀2》(*Dragon Age II*)，主角可以選擇戰士、法師和盜賊角色進行遊戲，也可以選擇自己的性別和樣貌，而遊戲的城鎮和野外都有一些非玩家角色 (non-player character, NPC) 和玩家進行交易，觸發劇情或事件的發展。玩家可以與NPC交談，了解他們的背景、性傾向，從而發展友誼或談戀愛、交換禮物、最後發生性關係等。雖然性交的場面只是虛擬並非真實，但學者批評這個電玩遊戲將人際關係簡化為一道公式：「談話A＋禮物B＝性愛」(Brown & Gallagher 2018)，當中缺乏浪漫想像、情投意合的化學作用以及複雜的人類性愛互動。除了《龍騰世紀2》，*Mass Effect* 等電玩都有性的元素，贏家會獲得一個獎牌，可以選擇與其中一個角色上床，而有關的獎牌亦會影響玩家在線上的整體分數。不少線上遊戲都設置了性愛元素，玩家可以與不同角色上床、有多個性伴侶甚至隨時殺死自己的性伴等；性可以主動或被動出現、作為一種獎勵、縮短玩家的路程等形式出現。

3.4.2 情慾角色的扮演

　　扮演情慾角色是虛擬性愛的一種，令參與者互動之外，可以享受電玩性愛。《魔獸遊戲》(*World of Warcraft*) 提供一個三維空間環境給玩家，亦有單純以文字描述的地牢等，無論位置在哪裡，所作所為都大同小異。

　　與其他網絡性愛相似，這些性行為都發生在虛擬的空間，由不同玩家互動，共同產生情慾感受 (Brown & Gallagher 2018: 194)。當然，並非所有遊戲都包含虛擬性愛，但這些電玩性愛與其他虛擬

性愛不同的地方在於遊戲玩家以其他身份採取行動，模仿故事角色及想像當時的情節及對白，與其他角色作情慾互動，這與其他虛擬世界的性愛以當事人第一身出發有所分別。

　　研究者普遍關注虛擬空間以虛擬角色調情及發展情慾關係，對真實生活及人生有什麼影響。有論者擔心網絡遊戲中的孤立，在虛擬空間的情慾互動會取代真實生活中的主動、健康、社交生活的良性互動。針對線上遊戲《第二生命》(Second Life) 的研究顯示，虛擬世界的親密關係沒有轉化真實世界的親密關係，但卻會提供另一種形式的親密關係 (Boellstorff 2008: 156)。一般而言，《第二生命》的不少玩家希望通過遊戲獲得創意與友誼，而非情慾表達。

　　研究《魔獸遊戲》玩家的情慾互動結果顯示，遊戲內的角色雖然會發展浪漫性愛的關係，但背後的玩家通常會發展另一層友誼；這種分歧出現的原因，主要是玩家之間存有另一個溝通的渠道，令他們可以區分角色關係與真人參與的情緒 (Brown 2015)。

3.4.3 玩家單獨玩的性遊戲

　　這種遊戲通常被視為讓玩家毫無顧忌、盡情展現他們的原始慾望，因此很可能對非玩家角色會有較暴力的表現或性侵等行為。這個假設獲得很多人認同，特別當霍士新聞報導 Mass Effect 遊戲讓玩家可以控制全裸及色情等場景的指控時，單獨玩的遊戲內的性環節成為眾矢之的 (Ferguson 2011)。但另有研究顯示，只有很少個人電玩包含這些色情元素，批評霍士新聞的說法誇張。事實上，即使主流電玩遊戲如《刺客教條》(Assassin's Creed) 或《巫師》(The Witcher) 包括性的元素，但都是非互動的性場面，並沒有如上述新聞所描寫的色情及露骨情節 (Brown & Gallagher 2018)。即使玩家在電玩中贏得自由及權力，但這些權力都不是絕對，而是受到限制的。其實性是

不少單獨的電玩設計的一部分，例如《東京叢林》(*Tokyo Jungle*) 的玩家要扮作其中一種動物，選擇配偶，交配並延續下一代；另一遊戲《十字軍之王2》(*Crusader King II*) 的玩家會經驗被指配的婚姻，然後選擇家族繼承人，當中經過爭權奪位等情節。整體而言，玩家單獨玩的遊戲會以不同形式及場景帶出性愛成分，令他們有不同處境下對性的理解及體驗 (Brown & Gallagher 2018: 19)。

3.4.4 色情電玩

　　最受香港社會關注及討論的電玩，應該是含有色情成分的限制級電子遊戲，在日本稱為「十八禁」遊戲 (H-Game)。H-Game中的「H」代表性愛，相信來自*hentai* (變態) 一字羅馬拼音的第一個字母，隱喻和色情有關。由於日本限制級年齡下限為18歲，所以稱為十八禁，大多以動漫圖畫加小說文字形式進行，亦有真人演出。1990年代是十八禁遊戲的全盛期，不少遊戲公司均有推出H-Game。因為電腦趨向個人化，大量本地年輕人接觸並沉迷十八禁遊戲，成為影響香港男性的日本流行文化之一。

　　據統計，每年日本出產的H-Game多達500套，大多以男性為銷售對象，內容多涉及少女和性愛，圍繞一男多女，題材亦十分廣泛，常以AVG (adventure game，冒險遊戲) 形式進行。2000年後，由於女性玩家增加，遊戲廠商開發出以女性為銷售對象的遊戲，例如BL (boys' love) 遊戲等，形式亦趨向多元化，增加了動作、射擊、立體視像等元素。部分十八禁遊戲沒有進口香港，但透過網絡發售在香港廣泛流傳，不少討論區均有「H-Game發布區」供會員下載。

　　十八禁遊戲主要滿足遊戲玩家對於性幻想的需求，因此經常以逼真的畫面建構一個與社會現實截然不同的場景。不少故事內容牽涉到男性對女性的大量脅迫性行為，多被稱為「鬼畜」，並在

故事中暗示女性對這類性侵犯事件的期待與不抵抗。但現實中，女性對於強暴事件反感，絕非如故事般輕描淡寫；而且，社會輿論與法律對這類犯罪行反應強烈，甚少有犯罪者能躲開法律制裁。

2009年2月，日本H-Game《電車之狼R》（*RapeLay*）在全球大賣，盜版更在台灣及香港出現，由於內容涉及殘殺、報復、強姦、奴役等色情及暴力場面，引起全球關注。美國有組織發起行動，號召全球一人一信向遊戲商和日本政府官員抗議。日本研發商Illusion聲明只是在國內推出，遊戲內容符合當地法例。但後來在壓力之下，日本電腦軟件業組織終於宣布，將禁止所有允許玩家對女性進行性侵犯的電腦遊戲軟件在市面銷售。香港方面，平等機會婦女聯席亦公開譴責相關遊戲。但在網上，如何下載及如何「玩」《電車之狼R》的討論仍是隨處可見（人民網 2010）。

時至今天，高清世代遊戲機相繼推出，遊戲生產商亦推出不少立體、仿真度高的電子遊戲。當中有一款版標榜以第一身經驗召妓的電子遊戲備受爭議，遊戲內容包括搶劫、槍殺妓女及搶肉金的環節，有渲染暴力及色情的情節，遊戲內不乏裸露及性交畫面，吸引不少年輕玩家躍躍欲試（李子輝、周詠欣 2014）。此外，多款曾被批評有渲染黑社會、暴力及色情之嫌的電子遊戲亦在本地遊戲店有售。

目前香港法例未有規定電子遊戲必須在發布前送檢，當局採取放任政策，社會人士擔心只會荼毒青少年。電影、報刊及物品管理辦事處表示未有接獲太多有關電子遊戲的投訴。2010年1月至2014年1月，該處只向一名電子遊戲發布人作出檢控，最後被法庭裁定發布不雅物品而罰款；期間雖接獲四宗暴力或不雅的投訴，惟經調查後不成立。

令人擔心的是不少表面上毫無破綻的兒童遊戲，亦可能是兒童性侵的溫床。中國大陸一款名為《小花仙》、面向少女及兒童換裝的網絡遊戲，在2017年被微博揭發「因為換裝價格比較昂貴，遊戲裡就混入了一批專門瞄準這些孩子的男人，他們用購買套裝的米米卡作為交換，讓女孩子發給他們自己的裸照，或者同他們裸聊，甚至要求孩子同他們發生關係」。[3] 而且這種侵犯的方式已經存在多年，即使事件被揭發，網站仍然繼續運作。同類的事件在各地出現，根據聯合國兒童基金會2016年公布的調查，有八成18歲受訪者認為未成年人面臨網絡性侵風險。[4]

3.5 對傳統社會價值及人際關係的衝擊

網上遊戲雖然有助宣洩課堂或工作的沉重壓力，暫時放下自身的煩惱，亦容易因升級獲得成就感，難怪獲得青少年的喜愛。但遊戲內的色情及暴力形式千奇百怪，特別是網絡遊戲供應商紛紛開發手機版本，不少年輕人更是日夜機不離手、沉醉其中，令人關注沉迷電玩出現的問題。

最常見的批評是沉迷玩電子遊戲影響學業，香港學生應付繁重的功課和參加興趣班等已經應接不暇，可支配的餘暇時間不多，若然沉迷玩電子遊戲的話自然會縮短睡眠時間，影響上課精神及身體健康。此外，沉迷電玩的學生自然亦較少花時間作戶外活動或

---

3 〈網曝某網絡遊戲存性侵幼女現象，是真的麼？〉，擷取自https://www.zixundingzhi.com/all/3230d1e46b1a3118.html。

4 〈聯合國調查發現未成年人面臨網絡性侵風險〉，擷取自https://read01.com/edm4y6.html。

做運動，對身心健康的影響不言而喻。世界衛生組織在2018年6月宣布，正式認定沉迷於網絡遊戲或電視遊戲而妨礙日常生活的「遊戲障礙」為新的疾病，列入最新版《國際疾病分類》。世衛認為遊戲成癮不斷蔓延，在世界各地已成為問題。世衛定義的遊戲障礙具有以下特徵：無法控制想玩遊戲的衝動，與日常生活相比更重視遊戲，即使出現健康受損等問題仍繼續玩。若這些症狀持續12個月，則可以診斷為患有遊戲障礙（中央通訊社 2018）。

看來，沉迷電子遊戲已經是一種全球關注的現象，也會對年輕人的人際關係造成影響，雖然電玩愛好者在一些群體遊戲中會遇到不少同好者，但由於身處於虛擬空間共同完成一些指定任務，缺乏正式接觸及互動交流，到真正面對面時，反而因缺乏了解而不懂得互相關懷；社交技巧不足，而且疏於練習以言語表達方式的交流、不懂得情緒表達或分享，影響人際關係能力的建立。本身性格較為內向，或人格有缺憾、性行為有偏差者，似乎更容易沉溺網絡的情慾世界，令問題更嚴重。

電子遊戲為求吸引用戶長期使用，通常會加入煽色腥的情節，特別是色情及暴力容易潛移默化，影響年輕人對事件的判斷。其中一個影響是令遊戲玩家分不清虛擬或真實，或者會將虛擬世界的暴力反應作為真實世界解決問題的方法，現實生活中遇到類似網絡遊戲的情境時，容易喪失理智判斷能力，作出過激的行為；另一項可能是像第二章（表2.5）提到刺激轉移（excitation transfer）理論的分析，即使遊戲結束了，用戶仍會不時停留及幻想當中激烈的情節及場景，令情緒難以完全平復，甚至變得有攻擊性、性格陰晴不定等。長久沉迷的話，玩家對暴力的接受程度增加，對別人痛苦的敏感度下降，道德底線便會拾級而下。

　　此外，長期浸淫在這類遊戲中，亦會影響青少年對自我的看法及價值觀。由於不少遊戲都是以第一身設計參與，令他們變得自我中心，全以個人喜好或情緒對待他人及NPC，例如有電子遊戲的情節可選擇打劫、殺人然後將對方踢落車，過程中會觸動遊戲玩家對設計角色的憤怒情緒，令他們對他人的同理心下降，更容易對被傷害或被攻擊者(尤其是女性)產生不尊重的看法。這些第一身設計令玩家只看重自己的快感，完全漠視其他人的感受。

　　另一方面，電子遊戲的設計及性愛場面亦影響玩家對兩性關係的理解。因為網絡世界的異性角色多是呼之則來、揮之則去，令玩家以為現實生活中的兩性關係都可以支配方式互動，但真實的人際關係卻是平等及互相遷就；而且網絡遊戲中與異性發生關係亦很隨便及容易，但現實卻不是這樣隨便發生。因此電玩世界令青少年容易在遊戲中取得成功感，現實中卻較難得到同樣的滿足，落差太大亦令他們更容易逃避及躲藏在虛擬世界中，造成了惡性循環。

想多一點點：與虛擬人物成婚

日本男子近藤顯彥在 2018 年辦正式婚禮，「迎娶」動漫女角初音未來，成為國際新聞。近藤整個住所都是初音未來的公仔，甚至有一個真人比例的超像真人偶，可以擺出不同姿勢拍照，他亦經常在 Twitter 分享自己與初音的甜蜜時光。另外，近藤亦有一部 Gatebox 全息投影器初代機，可以投射出一個立體的初音，並與近藤作簡單的日常生活對答。但 2020 年中，近藤家中的 Gatebox 初代機已經停止服務，他們因此無法再對話，近藤更笑說被迫與妻子「分開」！近藤這種虛擬婚姻現象是否可以用戀物、抑或迷戀自己投射的理想對象的心理狀態來解釋？

3.6 結論

　　網絡世界對青少年最吸引之處，是它幾乎開啟了現實世界的所有禁區，特別是情慾世界的禁區，令他們可以接觸真實世界避而不談的議題。這個情慾澎湃的海洋對處於性衝動高峰期的年輕人來說，自然散發著莫大的吸引力，他們熱切希望在此禁區內獲得精神上的解放，在網絡世界可以隨心所欲。可惜，這個網絡世界的烏托邦其實已經被巨大的商業力量支配及主導，年輕人在當中並不是經驗真正的自由及自主，只不過成為龐大色情及商業遊戲網站的俘虜。沒有禁區的情慾世界是沉迷上癮的另一個陷阱，令缺乏自制能力的年輕人難以自拔。

　　面對資訊爆炸及網上色情物品泛濫的衝擊，年輕人更要培養自身的「免疫能力」，建立積極的人生及價值觀，有健康的自我形象及人際關係網絡，且對網絡商業世界對使用者的操縱有基本認識，能夠以批判的目光了解及使用網絡世界的資訊及知識。社會、學校及家庭亦要提高年輕人的媒體素養（media literacy），就是對媒體內容分辨好壞的能力，能夠善用網絡世界的優勢作為提升個人綜合能力的機會，同時又懂得分辨有問題的內容，特別是色情及暴力的題材，能夠清楚了解當中的問題，有理智及自控能力，拒絕沉迷其中。這些調校的能力應該從小在家庭及學校培養，令年輕人面對網絡色情文化的衝擊時不至於無所適從。

3.7 問題討論

（1） 你是否同意網絡世界是一個自由、不受約束的空間？你認為這種自由有什麼好處及壞處？

（2） 世衛為什麼將網絡成癮定為一種疾病？以你個人的經驗，為什麼網絡上的活動/遊戲如此吸引年輕人？

（3） 你是否同意某些年輕人更易沉迷網絡的情慾活動？是哪些類型的人？

（4） 你認為政府應否將網絡遊戲分開不同級別，以保障青少年？

（5） 你認為像《電車之狼R》涉及性侵的幻想遊戲為什麼會受到歡迎？這些涉及法律灰色地帶的遊戲應否受到管制？

（6） 加拿大廣播公司（CBC）新聞於2020年7月發布"Child Sex Exploitation Is on the Rise in Canada during the Pandemic"一文，報導了新冠疫情大流行期間，加拿大孩子在網絡上花費的時間增多，導致網絡性剝削的案件激增。所謂性剝削，就是犯罪者會在直播網站、社交媒體和「暗網」（dark web）尋找兒童並線上聊天或親自面見，以便他們對孩童與青少年進行性侵犯。你認為這情況普遍嗎？年輕人可以如何避免？

（7） 根據香港警方在2021年11月8日公布的數據，該年首三季虐兒案達871宗，較2020年同期增加近66%，其中性侵犯案件佔近一半，特別是網絡上的性暴力危機。試討論什麼是媒體素養？如何提升兒童及年輕人對網絡媒體的分辨及批判能力，以避免網絡上的性暴力？

第四章
色情與情色

我們生活在一個充滿色情文化的世界，但我們知道這種文化對自己、人際關係以及社會有什麼影響嗎（Paul 2005: 11）？

「色情」令人聯想到「A片」（成人電影）或「四仔」（比三級片更暴露）的媒介。根據台灣學者林芳玫（2006: 4）的定義，狹義色情是「專指以暴露性器官或描繪性行為的媒介再現」；而廣義來說，任何以女性身體為中心、觀賞角度從男性出發的媒介，都可以視為色情。林芳玫這個廣義說法主要從女性主義的角度看，近年來色情的描述並不一定從男性角度出發，亦愈來愈多針對女性市場的色情產品。根據美國一項調查，色情產品市場使用者的男女比例大約是七比三（Chen 2010），而在2008年的一項大學生調查，有87%年輕男性及31%年輕女性表示曾在過去一年瀏覽色情網頁（Carroll et al. 2008）。若從功能角度定義，色情是為了令受眾享受淫蕩的性興奮而展現異乎尋常的交合方式、動作及相關描述，以滿足使用者對性超出常規的想像。色情有時會用來形容充滿猥褻含意的創作、文學和影片等。過往被視為不能登大雅之堂的色情物品，今時今日已經全面發展成為一個價值數以百億美元的產業，常見的包括有成人影片、情色雜誌、現場表演、電視節目、色情電話、特定網站、創意產品、數位色情等等，可見色情產品已經滲透至主流娛樂事業，成為它的重要部分。

「色情」與「情色」經常會混為一談。情色是帶有情慾意味的描繪，但卻偏重精神層面與感受，有濃厚的情感味道。最早提出兩者不同的是早期的女性運動領袖Gloria Steinem，於1980年代已指出兩者的差別（Hock 2010: 573）。而色情主要透過感官刺激，以直接滿足受眾的性慾，甚至引起受眾的支配慾。因此在反色情女性主義的定義中，色情是指「以暴力或污蔑的姿態來結合性與展現性器，並以讚賞、接納或鼓勵的基調來呈現這類行為」；情色卻是指「隱含或挑逗有關性的事物，但沒有性別歧視、種族歧視、年齡歧視、對障礙者的歧視、或對同志與跨性別有懼怕厭惡、或獵奇的意涵，而且尊重所描繪的人類與動物」（維基百科，「情色」）。Steinem的論述特別強調性的溝通角色、共同分享的愉快經驗、自由的選擇及參與者的平等位置。

4.1 兩者的異同

綜合而言，無論情色或色情的表達方式都是展現性器、裸體、性行為或挑逗等相關的動作甚至性交的過程，目的是刺激性慾及產生生理反應。前者包括對性的聯想、對性的感覺、性的影像，刺激一些令他們覺得愉快的慾望；後者包括一種性生理及心理上的反應，如令男性勃起、女性的性興奮，從而希望獲得解脫。但兩者的表達手法及目的差異卻很大（Levinson 2005）。

表4.1　比較色情與情色

	情色物品（erotica）	色情物品（porn）
情慾表達	較藝術性	較商業化
暴力	非暴力、經雙方同意下發生的性行為	有時會合理化及正常化性暴力行為，且多是男性針對女性
對生命的態度	不會踐踏生命，從性愛中表現積極及熱愛生活	有時會踐踏及貶低女性，對生命存否定的態度

4.1.1 情色與藝術

　　情色是從中性或正面的態度展現與性愛相關的影像或文字，像情色電影（erotic films）是指包括有性含意描述的電影，跟色情電影的主要差異在於情色電影未必以引起官能刺激為首要目的，有時藉性愛來表達一些哲學、美學的概念，或藉描寫與性相關的內容反映生活或生存狀況等，與色情電影以即時刺激受眾的性慾感官為目的大為不同（Levinson 2012）。例如曾獲得美國國家影評人協會頒發最佳影片和最佳導演獎的《布拉格之戀》（*The Unbearable Lightness of Being*, 1988），可以視作情色電影：男主角是一個喜歡追求女性及享受性愛的外科醫生，因此電影出現大量性愛場面，但電影要藉著這些性愛作出對比，強調性與愛的分別。男主角可以隨時與女性上床，但卻不輕易以生命愛上一個人及願意承擔她的生命，且故事發生在「布拉格之春」的大時代，強大的政治壓迫將二人悲劇的命運連繫起來，結局是情場浪子與他的真愛同時犧牲。因此，《布拉格之戀》即使有大量情色內容，例如裸露、愛撫、擁吻等動作，但最終目的並非廉價販賣性愛以達到官能的刺激，而是透過性展示極權政治制度對人性的扭曲和壓抑，只有通過性愛才能重拾自我，以及移民他鄉作無根者的飄泊，以突現愛的勇氣及承擔。

　　若以較高格調及美學手段展現情色物品，甚至將性愛的內容提升，或可稱之為情色藝術（erotic art）。情色藝術的重點在於藝術而非情色，它是通過情色作為主體達到一種藝術境界，令觀賞者能欣賞及思考當中的真、善和美，目的可以純粹是一種藝術表現、以哲學概念討論或傳播宗教的道理等，藉此反映不同時期的社會特質。所謂「藝術表達」有時會將性行為詩意化，或藉著一些意象代稱，例如中國古典文學常以「共赴巫山」或「翻雲覆雨」等表示性愛的纏綿。有學者以女性主義角度，研究女性裸露的肉體如何在西

方藝術中成為一種重要圖標，又如何不掉入色情與淫穢的陷阱。在西方古典藝術中，裸體是一種包括了完美、整全以及普遍性（universality）的理想境界，創作者不會以猥褻、商業化及局部放大的目光看裸體，而視女性的身軀為一整體（Nead 1990）。

例如荷蘭著名畫家林布蘭（Rembrandt van Rijn）的《沐浴的拔示巴》（*Bathsheba at Her Bath*, 1654）油畫，畫中的女主角拔示巴是一幅相當於真人大小的全裸女性，她坐在浴室旁邊沉思，左手握著毛巾，右手拿著一封信函。這幅作品來自舊約聖經故事，大衛王垂涎其下屬烏利亞妻子拔示巴的美色，設法要烏利亞戰死沙場然後將其妻收進後宮，這幅裸體畫就描述拔示巴收到大衛要求她入宮的信函，令她陷入忠君抑或愛丈夫的苦惱掙扎中，而浴中裸露的身體，就是她煩惱的根源，若不是大衛王無意看到她出浴，便不會惹來這樣的大麻煩。因此整個畫作的主題雖然是裸體，但目的是要讓觀賞者沉思這一段聖經故事，除了表達她複雜的內心世界與道德掙扎，亦反映古代女性對自身命運無法控制的無奈。

總括而言，在藝術層面，情慾以一種特殊形式存在，以道德作包裝，被美化、包含及容許存在於一個特定的空間，情慾表達的目的並非用作刺激或令觀賞者感到性興奮，相反是提供安撫及默想的作用。情色藝術想要表達的是人性裡面複雜及充滿神秘感的慾念，期望提升觀賞者對情慾的想像及思考，作無止境的探索；最終是表達社會的最高價值，以及一些值得流傳的普世價值。

4.1.2 色情的市場價值

相對而言，色情行業主要由商業機制操縱，它包括的範圍很闊，與性交易（sex trade）、成人娛樂（adult entertainment）等關係密

不可分。色情行業不單包括古老的娼妓或賣淫，甚至衍生出不少相關產業，如夜總會、脫衣舞俱樂部、色情電話、色情電影、色情網站、性愛用品及玩具、催情藥物、色情雜誌及小說等，可謂樣樣俱備，而且範圍不斷擴大。

　　由於涉及的產品類型及規模龐大，色情產業在美國的總收入難以獲得準確數字。美國哥倫比亞電視台估計，成人產業在美國每年總收入超過130億美元（Szymanski & Stewart-Richardson 2014）。全年約有13,000部色情影片出產，比起荷里活一年上映約507部電影、總值約88億美元還高。美國人每秒鐘花在色情作品上的金額達3,075美元，每39分鐘就有一部色情影像誕生（國際中心 2015），該報導因此總結色情行業是全球最賺錢的產業，甚至比運動產業及科技公司的利潤還要高。

　　色情行業已經是一個全球化的產業，據統計，美國是出產DVD及網絡色情片最多的國家，其次是德國。美國亦是提供最多色情網站的地區，佔全球六成，有4.3億個網頁；其次是荷蘭（26%），有1.9億個網頁；再其次是英國（7%），有5,200萬個網頁。其他主要國家還有德國（1%）、法國（0.78%）、加拿大（0.3%）、澳洲（0.3%）、日本（0.2%）等（Quora n.d.），相似之處是這些都是以民主自由為其社會價值的國家。

　　不少色情明星在美國已經成為家傳戶曉的名字，社會大眾不但沒有用另類目光判斷他們，他們高昂的身價更令不少人羨慕，甚至希望加入色情演員行列。根據英國《獨立報》的報導，已退役但仍非常有名的三級片女星Jenna Jameson，片酬曾高達3,000萬美元；她寫過一本暢銷書，亦經常在名流雜誌中曝光，令她成為主流文化偶像，其他身價過千萬的女星亦有不少（@livblair 2017）。西方

傳媒不住追捧這些色情偶像，廣播主持人例如 Howard Stern，經常在節目中討論色情片及訪問當中的參與者 (Dines 2010: 10)，令他們享有社交名人的位置，擺脫過往「色情」行業不入大雅之堂的負面標籤。

色情旅遊更已經成為吸引外國遊客其中一個重要環節，特別在經濟未全面發展的地區，不少女性從事色情事業，值得留意的是未成年少女賣淫情況特別嚴重，主要原因是大部分已發展國家對兒童色情都有較嚴格管制，但發展中地區卻以此為招徠，推動當地旅遊業。下面是從旅遊網站取得部分相關地區的一些數據：

表4.2　色情與旅遊

性旅遊地區	從事性工作人數／情況	值得留意之處
多明尼加共和國	6–10萬名婦女	跟未成年人發生性行為違法，但大多數性工作者都低於法定年齡
柬埔寨	以小孩為主打的「性旅遊業」正在崛起	以「處女」作為招牌，由於當地貧窮，父母會把孩子賣給商人當作性奴隸，亦有少女被騙入行
肯亞	未受過教育的女性約從12歲開始賣淫	只有60%性工作者使用安全套，愛滋病患者比例年年攀升
泰國	大約300萬人	其中三分之一是未成年人，許多妓女是人口販運的受害者

出處：植物代理人（2017）

蓬勃的色情產業正迅速影響全球文化及經濟活動，對不少從色情資訊認識性愛的年輕人來說，色情物品基本上已成為性愛的代名詞。有女權主義學者批評現代社會正身處一場龐大的實驗，背後策動者就是從色情產業謀取最大利益的商人，其中多數是男性，他們並非推動自由性愛的改革者 (Dines 2010)。由此可見，色情行業的商品化、普遍化及正常化，正影響年輕人對兩性親密關係的理解、兩性角色及性身份的認同。

4.2 色情物品分類

色情物品有不同的分類方式，傳統以來分為軟性色情（soft-core porn）與硬性色情（hard-core porn）兩種。所謂軟性色情的內容較溫和，包括性感、裸露甚至性愛（通常展現上半身），不會顯示性器官，拍攝時以特別角度或仿真形式呈現影像，亦較少涉及暴力元素；硬性色情則有正面全裸甚至私處特寫，毫無遮蔽地展現不同形式的交合過程。但無論軟性抑或硬性，色情物品的主要目的是引起使用者的性興奮及衝動，最終尋求解決性慾。

4.2.1 軟性色情：主流文化情慾化

1960年代以前，為維繫社會道德，美國社會特別是電影業，對裸露及性愛表現執行嚴格的製作守則，例如電影及電視鏡頭上，不容許看見男女二人同睡在一張床上，甚至劇情出現廁所的馬桶也屬於不雅。1950年代初，只有男性為對象的軟性色情雜誌如《花花公子》等，容許以欣賞的目光有限度展現女性的身體，如上半身裸露等。當時亦有大膽的硬性色情片公開播放，但只限少數特定影院或在成人用品店發售，有清楚的年齡限制，流通量很有限。

性解放運動及電視媒體的威脅，令電影內容管制出現了較寬鬆的局面。1968年美國電影協會（MPAA）主動制定了分級制度，希望爭取更廣闊的內容製作空間，最初分為四級，經1970、1980年代逐漸演變成五級，[1] 亦容許性愛、暴露及暴力等描述出現，時間的長短隨著級別的高低有所不同。

---

1 五個級別包括了G（一般觀眾）、PG（父母陪伴下觀看）、PG-13（13歲以下由父母陪同）、R（17歲以下由父母或成人陪同）、NC-17（17歲以下不能入場），詳情參見賴文遠（2005）。

隨著色情物品的市場化，軟性色情表達手法被不同媒體廣泛使用，藉以迎合不同市場及觀眾的需求。硬性色情一般遇到較強烈的禁制，但軟性色情卻容許在不同級別的電影中作為情慾表達的一部分，後期甚至可以出現在電視節目之中，例如音樂錄像便充滿不少性慾意象。近年來不少收費台為吸引觀眾，都有提供自家製作的軟性色情電影及電視劇，例如《權力遊戲》（*Game of Thrones*）、《大西洋帝國》（*Boardwalk Empire*）、《真愛如血》（*True Blood*）、《拉字至上》（*The L Word*）等，衝擊家庭觀眾對性慾接受程度的底線。

4.2.1.1 在廣告上的使用

性慾既是人之大欲，亦是令人難以抗拒的誘惑，廣告商亦會充分利用人性這種弱點，透過軟性色情的手法，影響訊息的接收，最終控制消費者的購買慾。軟性色情的手法包括：(1) 裸露的身體或線條；(2) 挑逗的性姿勢及撩人的行為；(3) 指涉與性相關的符號或密碼（sexual referent），像一語雙關的圖片或影射內容等，如「做女人『挺』好，令男人無法一手掌握」或「不再平易近人」，再配合女性豐滿胸部的圖片；以及 (4) 將有關性的訊息嵌入潛意識內（sexual embeds）（Reichert & Lambiase 2002）。

所謂將性的訊息嵌入潛意識內，是指針對潛意識發放的性訊息（subliminal messages）。一般受眾接收廣告時是經過理性思考、在意識清醒的狀態下吸收訊息，會對訊息進行思考及批判。但針對潛意識發放的訊息，令接收者像進入催眠狀態般，讓人不知不覺接收一些毫不為意的訊息。例如泰國電視台播放過一個雪糕廣告，推銷的不過是普通的雪糕球，但刮起雪糕後留下的痕跡，卻活生生地像一個裸女的正面圖像。[2] 這個圖像完全與廣告無關，但因為觀

2　參考片段 "10 Shocking Subliminal Messages Hidden in Commercials"，擷取自 https://www.youtube.com/watch?v=jbzb_4ThBNI。

賞者在不知不覺中看到，它就會進入腦海內，令人留下難以磨滅的印象。這種針對潛意識發放的廣告訊息還可以通過燈光、音樂等等，達到同樣的催眠效果。

戈夫曼（Goffman 1979）在其著作《性別與廣告》（*Gender Advertising*）中，討論到廣告如何使用性別的特質吸引消費者的興趣，如房間是廣告裡經常出現的場景，而床與地板都是拍攝廣告常使用的房間位置。根據戈夫曼的樣本，小孩與婦女坐臥在地板與床鋪上的次數遠比男性為多，而當他們坐在床上或地板上時，在畫面上都比站立或坐著的男士矮了一截；若果女性是躺在床上，她們便處於一種被動的狀態，只能防衛自己，不利於進攻。換言之，女性若是在廣告中躺下，所展現的只是傳統性行為的邀約方式，就像色情物品呈現的男女一樣。

4.2.1.2 在音樂錄像上的使用

Sut Jhally 在他製作有關音樂錄像（MTV）《夢想世界》（*Dreamworlds 3, 2007*）的紀錄片內，討論到男女性別角色及情慾如何被展現，而當中又如何凸顯兩者的權力關係。他的主要觀點是：音樂錄像與廣告及流行文化差異不大，都是提供一種對女性充滿貶抑及侷限的情慾觀念，主要反映青少年男性對異性的情慾幻想，其中更合理化及助長男性對女性的暴力行為。

Jhally 與一些女性主義學者（Kilbourne 1979; 1987）的說法相似，就是女性都是被物化成為男性的性玩物（詳見第五章的討論）。根據 Jhally（2007）的研究，音樂錄像在美國自 1981 年開始流行，最初只是作為歌手的宣傳工具，因此音樂錄像與廣告之間有不少相似之處。為了令唱片的宣傳在芸芸廣告中突圍而出，製作公司自 1983 年已留意到情慾影像如何引起樂迷的興趣，因此音樂錄像比一般廣告採用更多性感及暴力的影像。Jhally 關心的並不是音樂錄像是否有效的宣傳，而是它傳遞的訊息如何影響兩性在情慾上的互動。

　　Jhally又留意到，在音樂錄像內，女性的角色平均人數遠比男性多，很多時候是幾個標緻的女性共同追逐一個男歌手，顯示出男女力量的不平衡；而女性在當中的角色很多時都是裝飾性的，沒有對等的位置，既可以是舞蹈演員、樂隊其中一個成員、奔跑上台不能自控地尖叫送花的歌迷，甚或只是走過場的不知名角色，這些都是對女性形象的狹窄論述。

　　此外，音樂故事內的女性彷彿全都是充滿性饑渴的女性，無論在何時何地：教室、醫院、沙灘、廚房等，她們的性慾很容易被挑逗，亦經常渴望得到滿足；根據Jhally的說法，這其實是年輕男性慾望的投射，他們心裡非常渴望被女性的性慾俘虜，與一些急不及待地脫光他們衣服的異性上床；由於故事往往女性角色較多，很多時是幾女爭一男，女性彷彿都是為圍繞男性而生存，為了獲得青睞，願意為男性做任何事，包括性行為；男性的性幻想是兩性不需要經過任何暗戀、思念、追求或者情話綿綿，幾乎全都是由原始性慾驅動，每一次短暫的兩性互動都是以上床作結。錄像世界的女性衣著都十分性感，而女性樂意為男性寬衣解帶，亦隨時隨地歡迎任何男性，甚至讓陌生的過路人觀看她們的身體。兩性賦予（主動）看與被（動）看的位置，完全符合Laura Mulvey（1975）所說的：女性成為男性的獵物，通過鏡頭的運用、男性觀點及位置，被男性凝視（male gaze），以偷窺、戀物的心態，將女性身體物化為滿足男性情慾的工具。

　　而男性對女性身體、特別是誘人身材的凝視，根據一些女性主義學者的說法，他們只是將這些女性視作被男性捕捉的性玩物，而非有血有肉、有思想感情及完整人格的獨立個體（Bartky 1990; Fredrickson & Roberts 1997）。而在這些男強女弱以滿足男性幻想的慣性論述下，男性很容易產生一種特權（entitlement）的錯覺，以為

他們可以控制女性的身體，甚至隨便動粗。而在一些饒舌 (rap) 及嘻哈 (hip-hop) 音樂錄像中，經常會出現對女性不禮貌甚至粗魯的場面。Jhally 以此解釋為何美國大學女生被強姦的比例偏高，而2000 年在紐約市舉行每年一度的波多黎各日巡遊時，發生了女性參與者被一群男性肆意襲擊及扯去上衣的暴力事件，他認為是侵犯者長期浸淫在這些音樂錄像下的後果。

4.2.1.3 新聞媒體也不能倖免

　　新聞媒體，特別是印刷媒體，為了吸引受眾的注意力，幾乎已經採用軟性色情或情慾化的角度處理新聞及娛樂新聞；特別是娛樂新聞，充滿與性相關的想像，內容離不開女性的身材，常見的描述手法不外乎「35E」、「激突」、「走光」、「事業線」、「波濤洶湧」、「真空」、「索女」等偷窺女性身材或局部性聚焦的想像。描述男女關係更是無性不歡，例如「勾引」、「胸襲」、「車震」、「預度蜜月」、「造人成功」、「密會」、「閃／秘嫁」、「偷嗒人妻／夫」等，同樣出於偷窺別人隱私的心態，彷彿男女藝人之間除了性愛就沒有其他事情值得報導。

　　娛樂新聞有時難免煽情炒作，但即使社會新聞亦難免走向情慾化，例如對風化案的處理，往往被放大及用繪聲繪影的方式表現出來，例如〈30 年前涉狎 5 女生　訓導主任被控〉(《蘋果日報》，2018年 12 月 6 日)，〈變態喱士底褲賊〉(《壹周PLUS》，2018 年 12 月 18日)，〈幼稚園總監涉偷拍風化案被捕　涉 50 人包括老師學生及朋友〉(《香港經濟日報》，2018 年 11 月 26 日)，〈影未成年少女寫真兼鹹豬手「黃導演」涉非禮被捕〉(《香港01》，2018 年 8 月 19 日)，〈輕鐵風化案頻生　女生遭鹹豬手啞忍　夜歸三招自救〉(《香港01》，2018年 4 月 14 日)，〈與弱智妹亂倫　五旬無業漢囚 38 月〉(《明報》，2018年 12 月 18 日)，〈孝女 12 歲起啞忍遭父蹂躪　父認姦女兒 9 罪待判〉

（《明報》，2018年2月9日）等。這些涉及風化案的新聞幾乎無日無之，除了報章的煽情標題及譁眾取寵的處理方式為人詬病，風化案的普及甚至滲透至人際關係的每一個層面，即使親如家人亦不能倖免，反映香港社會情慾化的傾向正衝擊道德底線。

軟性色情的泛濫令主流文化趨向情慾化，網絡上的性暴露亦成為近年的趨勢，其中一個表現是一般人除了喜歡觀看別人，亦喜歡自拍，不少人愛在社交網絡暴露自己的身體，畢竟性身份亦是個人獨特身份的一種選擇，裸露成為自我表達的一種方式。有台灣評論者通過2008年香港「艷照門」事件了解受眾偷窺的慾望，當總結香港藝人陳冠希裸照風波時，作者以現代性造成人類的異化為基礎，認為結合科技的改變，激化人類的多重慾望，由此威脅到人倫的穩定性：

> 不能忽略的是新形式的人際關係已經誕生並且越發普及。我們依賴網路求「知」，漸漸發展出一個喜歡觀看的社會。誠然，網路發展提供我們更有彈性的管道分享自己，甚至「暴露」自己。然而，大量的暴露，讓每個人的獨特性同時降低了。個人化的空間，如網路日誌，（成）為一個新的非人格化概念。逐漸的型塑了「每個人都在說，卻沒有人在聽」的常態。
>
> 我們見到了人類的多種慾望——性慾、偷窺慾、暴露慾——如何在現代社會的變遷之下被激化，同時在技術發展的基礎上被滿足。（清華大學寫作中心 2008）

4.2.2 硬性色情：以言論自由之名

相對於軟性色情，硬性色情表達的性行為更暴力及變態，例如日本式的「剛左」（gonzo）或變態（hentai）色情產品，描寫女性身

體被凌辱、真身進行性接觸，很多時候更是同一時間與多位男性交手，人類在色情世界的存在被貶抑為「做愛機器」，彷彿生命不需要思想、感情或人際交流，無限放大只有性器與軀殼及不斷的性行為，除此之外人類存在不需要有任何目的。有女性主義學者形容，「人的靈魂、性格、過去和未來都已被榨乾、且不復存在」，影片的內容偏激及極端，殘暴程度更變本加厲（Dines 2010: 19）。

硬性色情的爭議性內容，在於它已完全脫離早期純粹性愛場面的展現，而趨向更暴力及非人化。這些踐踏人性的影像已成為硬性色情物品的主流，在劣幣驅逐良幣的市場環境下，一些高格調及高品質的影片已經被內容極端的影片所取代，而在場面的設計上往往挑戰人類的極限：一個女性可以同時應付多少個男性，她們的身體可以承受到哪個程度（Dines 2010: 19）？

其次，男女在色情片的世界中並不平等，女性在這些影片中通常會面對語言及身體的攻擊，男性通常是施虐的一方，被虐的女性會被給予「賤貨、婊子、淫娃、蕩婦、醜女、蠢人」甚至更差勁的稱呼，而色情片中的女性似乎毫不介意這些極之冒犯的說法。影片中的男性對女性身體的對待從來沒有一種合理的標準，暴力的虐待包括身體上的攻擊、擊臀、掌摑、肢體傷害等，出現的比例佔了研究內容的88%（Dines 2010: 26）。

此外，色情片的表達手法非常公式化，風格千篇一律，其中一個特徵是女性非常熱衷於性行為，無論男性要求的動作如何痛苦、貶低人格，甚至身體可能受傷，她們都會來者不拒。女性在這個世界裡永遠不用擔心懷孕、患上性病、被凌虐和被踐踏，似乎她們愈被羞辱卻感到愈興奮，對處理男性不合正常比例的精液亦甘之如飴；而男性就像沒有靈魂，沒有感情，對別人的痛苦毫無感覺，成為沒有任何道德包袱的性愛機器，彷彿有權對女性為所欲

為，無論何時、何地、何種形式都是男性作主，而色情的世界就是他們的支配與權力結合的頂峰。

在這種論述下的性行為是扭曲的兩性關係，完全與愛無關，完全不能稱之為「性愛」，亦只有「色」沒有「情」，因為情愛裡面包括的情感連繫、同理心、溫柔、關心、讚賞等正面情緒，都被影像中的恐懼、噁心、憤怒、嫌惡及蔑視等負面情緒所取代。傳統性愛場面出現的如接吻、擁抱、愛撫等多數人性經驗裡的行為，在色情片的世界卻絕少出現；按女性主義學者的解釋，色情片吸引男性觀眾實現他們心底主宰及支配女性的渴望，因此色情片商將它們的使用者塑造成為一批仇視女性的虐待狂（Dines 2010: 35）。

固然，以上的立場被指是接近行為主義及反色情女性主義的觀點，但仍有不少研究為色情片辯護，最多人引用的例如 Kutchinsky（1973）所著作有關丹麥色情物品合法化的分析，指出 1970 年代開放色情物品後，性犯罪率沒有增加，強暴率更下降。同樣情況亦發生在日本社會，色情物品雖非常普遍，其強暴率亦偏低（Padgett, Brislin-Slutz, & Neal 1989），因此色情物品沒有明顯害處，並認為它是民主社會追求言論自由所必須付出的代價。

4.3 色情的誘惑

在網絡的世界，接觸色情只是滑鼠一兩次點擊之間，根本是輕而易舉之事。網絡世界提供無窮無盡的色情物品，令使用者目不暇給，流連忘返。歐洲著名哲學家狄波頓（de Botton 2012: 140）諷刺地認為色情物品是針對男性先天缺憾的一項商品，像毒藥一樣令他們無法抗拒，甚至會短暫失去正常的理智及與美德相符的人類本能。

　　色情物品為什麼比一般的性滿足更令使用者興奮？當代的神經科學解釋這種不斷提升的感官經驗，認為大腦內有兩個不同的快樂系統：一個跟興奮有關，另一個跟滿足有關。前者就像胃口一樣，像很想吃一頓美食的胃口被激化，產生多巴胺（dopamine）的化學物質，提升使用者的緊張程度；後者卻跟完成性行為後的平靜滿足有關，大腦會分泌出腦內啡（endorphins），給人平和極樂的感覺。經常看色情物品的人，他們的大腦被無盡的性愛圖片刺激，發展出一種極度激化的胃口系統，令其大腦狀況出現改變（Eberstadt & Layden 2010）。

　　亦有學者從精神分析的角度，認為色情物品中的女性特徵並非女性氣質，而是男性慾望的反射，將女性身體作為男性慾望的象徵，就是男人期待被肯定及被接納的慾望。女人在父權文化中無法發出自己真正的聲音（Day 1988），在色情片中的呻吟並非自然的生理反應，而是色情片的指定動作，以滿足父權色情文化下男性的自戀慾望，也就是個人慾望與自己的自閉循環（loop of solipsism）——「高潮成為女人的義務而非權利」、「痛苦就是快樂」、「不要就是要」，這些文本的符碼令色情片的世界有其獨特的邏輯：好壞、對錯、苦樂的理解完全顛倒，完全符合男性的慾望，而他們所作的一切一定會獲得女性無條件的接受。

　　狄波頓（2012: 138）認同人類對性愛的渴望是原始慾望，難以壓抑亦不應該壓抑，但他亦指出色情物品對社會文化的影響，其一是令嚴肅文學的銷量節節下降，因為即使書本、特別是古典文學的趣味性如何吸引，都不能匹敵各式各樣的色情物品；其二是色情物品容易令使用者不能自拔，令他們花費不必要的時間沉醉在「激情」、「偷窺」、「淫賤」、「虐待」、「人妖」等等內容之中而無法抽身；其三是資源的錯置，以色情產業每年超過100億美元規模的計

算，狄波頓估計每年高達兩億人錯置金錢及時間在這方面，而本來可以將時間及金錢用在教養子女、改善健康、撰寫文章和裝飾家居之上。

根據狄波頓（2012: 14）的說法，色情物品短暫令人「遠遠脫離了尊嚴、快樂與道德」，現代人最大的挑戰是如何不會無可救藥地呆在電腦熒幕前，而願意選擇更有意義的活動，過自己認為理想的真實人生。

網絡色情的其中一個特質是容易使人上癮，因為它可以提供更個人化的感官體驗。有精神科醫生討論過色情網絡沉迷的表現，他將沉溺分為四個不同的階段，從以下圖表顯示出來：

表4.3　沉溺的四個階段

階段	名稱	特色
1	成癮 （addiction）	消費者被吸引，色情物品像催情藥一樣提供強而有力的刺激；消費者一般通過自慰尋求解決，愈聰明或IQ愈高者愈容易成癮，因為他們有更強的想像力；成癮的特徵是即使知道有害，仍不能停下來
2	升級 （escalation）	升級的表現在於使用者已經不能滿足已看到的色情物品，而尋求更多更粗暴及更猥瑣的色情物品，才能維持性興奮，而不受控地使用色情物品以及喜歡看一些極端露骨的性行為，會直接影響婚姻生活
3	脫敏 （desensitization）	密集的接觸令使用者對一些過去認為荒謬或噁心的色情物品，如暴力、雜交、令人厭惡及扭曲的性行為，視作習以為常及無動於衷，最終合理化
4	表現 （acting out sexually）	愈來愈傾向將內心的性慾表現出來，例如以色情物品展示的方式性交，或者出現偏差的行為，如濫交、偷窺、露體等；若此時得不到適切的幫助，可能會導致非法行為，如強姦或亂倫等

出處：Cline（2001）

英國作家Sean Thomas（2003）在倫敦《觀望者》（*The Spectator*）雜誌上，刊登了一篇談及自己如何經歷色情上癮的文章，作者生動描述自己如何由最初厭惡那些圖像，到最後沉溺其中，用他自己的說法是「互聯網令我驚覺自己有數之不盡的性幻想及性癖，在網上滿足這些慾望只會導致更多慾望」。調查顯示很多網絡色情成癮者最後都會殊途同歸，淪落於沉迷兒童色情之路。

4.4 對色情討論的分歧

根據林芳玫的分析，色情研究分為三個階段，包括色情物品牽涉到的社會、文化及倫理爭議點。在第一階段，研究者關心它會否促進整體犯罪率的上升，尤其是男性對女性的強暴，關心方向主要是行為主義的線性因果模式的想法。第二階段以行為主義實證主義方式進行，在實驗室內測量受試者觀看色情物品後的生理反應及行為；大量研究顯示，男性受測者暴露於色情物品後會出現攻擊行為，但自由派人士認為在實驗室的研究不能代表真實世界的反應。第三階段主要集中在個人認知以及態度研究，發現色情能強化人們對性別的刻板印象及強暴迷思。即使經過這些階段的發展，自由主義者仍堅持色情效果研究缺乏定論（inconclusive）（林芳玫 2006: 48–49）。

綜合美國社會對色情物品的討論經過幾十年的演變，主要可以劃分為兩派截然不同的立場。

表4.4　比較支持與反對色情物品的主要觀點

反對色情物品		支持色情物品	
傳統道德派，例如宗教及保守派人士	色情是淫穢的，會敗壞社會風氣	自由主義者	限制色情等於限制言論自由，民主社會應尊重市民觀賞色情的自由
行為科學家	色情暴力內容會影響觀眾態度、認知及行為，增加暴力傾向，但未必要禁止	支持性解放的女性主義者	色情可幫助解除性壓抑，開發性慾資源；管制對維繫女性平權及性小眾不利
反色情女性主義者	色情是理論，強姦是實踐，反映男性宰制的社會現實		

　　反對色情物品的學者中，以Andrea Dworkin（1979）和Catharine MacKinnon（1987）等女性主義學者較為突出，普遍認為色情物品：

　　（1）本質是歧視女性的，去分辨哪些是情慾展現的材料抑或是情慾行為，都是沒有意義的；

　　（2）色情物品反映男性的支配位置，以及對女性的非人化描述；

　　（3）色情物品將女性物化為男性洩慾的工具；

　　（4）色情物品代表社會上男性權力對女性的支配，而女性要繼續身處於一個非人化的位置，無法翻身；

　　（5）色情物品助長社會對女性的歧視，從而合理化強姦行為。

　　而支持色情物品最有力的自由主義者，則堅信言論自由是民主政治的基礎，它反對媒體任何形式的審查制度，即使色情是不好，社會應鼓勵不同形式的表達來淘汰不好的言論，而非以壓制的方式限制其出版。其中支持得最有力的Ronald Dworkin（1995）認為，在民主社會每個人都有權追求自己喜歡的生活方式，同時也應該尊重他人的生活方式，不應干涉他人的選擇與喜好，而政府基於平等的原則應採取中立，給予公民平等的尊重與關懷；Dworkin用了納粹言論、作詩及打彈珠三件事來說明政府的中立原則，指出納

粹言論屬政治層面，且違反民主，因此政府毋須保持中立，但作詩
及打彈珠則屬於私人生活偏好，因此政府應維持中立，對色情物品
的流通不應限制。

4.5 色情影響的爭論

上述有關色情物品立場的爭議，建基於大眾傳媒年代，一般
人主要透過大眾傳媒獲得色情物品，因此討論的焦點主要是管制問
題；但現今社會已進入網絡年代，色情資訊無遠弗屆，無論任何年
齡、性別都可以輕易接觸得到，因此對色情影響的關注是否應該
繼續沿用大眾傳媒年代的基本假設及分析框架，值得再詳細討論
（Manning 2008）。

總的來說，研究者發現色情物品、特別是網絡色情的使用，
對以下人士都有不良的影響：

表4.5　色情對哪些人有影響？

受傷害者	原因	研究證據
使用者的妻子、女友或伴侶	發現伴侶沉醉色情網站及網上性活動，會導致婚姻關係疏離，伴侶多感到被背叛、失落、不信任及憤怒，帶來心靈創傷	350人出席了2003年11月由美國婚姻律師學會舉辦的會議，與會者指出，有62%處理的離婚個案涉及互聯網，其中56%指其中一方涉及沉迷色情網頁（Paul 2004）；網絡色情削弱婚姻的專一及忠誠，並增加感染及傳播疾病的風險（Manning 2006）
兒童或青少年	向青少年銷售暴露物品屬於違法行為，但業界卻缺乏有效方法阻止青少年接觸有關物品	一群研究青少年行為的作者，在2006年對1,500名青少年作網上安全調查，發現有34%曾在網上接觸不想見到的性愛內容，另外每7人便有一人在網上受到性引誘，每11人便有一人受到性騷擾（Wolak, Mitchell, & Finkelhor 2006）；意大利一個青少年的調查發現，804個曾瀏覽色情網站的男孩，「性騷擾同輩或強迫他人性行為」的可能性較高（Bonino et al. 2006）

（續上表）

受傷害者	原因	研究證據
一般女性	令女性生活在一個充滿性扭曲、受性威脅及性暴力主導的世界	心理學教授費士傑（Susan Fiske）利用共振掃描分析男性觀看色情物品時的大腦活動，結果顯示他們觀看後會視女性為物品多於人類，因此費士傑認為若公司有色情圖畫，很難叫人不如此看待女同事（Sample 2009）
色情片女演員	弱勢兒童及婦女成為人口販賣的對象，以製作色情物品	每年有 14,500 至 17,500 人被販賣至美國，美國司法部及「國家失蹤及受迫害兒童中心」均同意色情物品是人口販賣問題惡化的原因，很多人口販子都有攝錄器材製作色情物品（McGinnis n.d.）
使用者本身	色情物品使人沉溺，色情物品與抑鬱及不快樂有關	色情物品使部分使用者對暴力感到麻木（Bridges 2010）；使用色情物品降低與伴侶的性滿足感，對自己從正常途徑享受性的能力開始失去信心，於是產生渴望的恐懼，繼而對愛的恐懼，那些沉溺在以為沒有風險性事的人其實陷入更大的風險，他們可能會失去愛的能力，而只有愛才能帶來世界的快樂（Scruton 2010）

　　以上資料，大部分取材自2008年12月在普林斯頓召開的一個研討會，題為《色情的社會代價——一份調查結果和建議聲明》（Stoner & Hughes 2010）。這個會議重點針對網絡色情，研討會大部分與會者來自臨床醫學及其他專業學科，以上研究反映部分來自不同領域專家的意見。

　　這些看法仍引起不少爭議，特別對自由主義者而言，堅信色情圖像「對人無害」（victimless），而使用色情物品是個人娛樂，不會影響其他人，只要生產者及使用者皆是成人，雙方同意便成；即使部分色情物品證實對家庭、婚姻及人際關係有明顯的傷害，他們仍然會堅持有「權」選擇接收色情資訊。

　　問題是，自由的權利是否絕對？因為色情物品的使用若明顯對人有害，有關的權利便應該受到限制，這亦是有關保護言論自由的美國憲法第一修正案的精神，就是霍姆斯（Oliver W. Holmes Jr.）法官的看法，認為一個人不能錯誤行使權利，例如無故在擁擠的戲院大叫「火燭！」。這一批學者希望透過發表這些研究，引起社會更多的關注。例如1964年，美國衛生總署發表一項報告，首次證實吸煙危害健康，結果帶來社會對吸煙看法的改變，但當時社會普遍仍認為吸煙對他人無害。若研究證實色情有害於社會，社會是否要採取一些行動？2020年底，全球最大的色情網站Pornhub因為被揭發充斥大量未經同意的性侵錄像而被迫下架。Pornhub便是一個專門售賣色情影片的平台，自2007年成立以來，任何人都可以開戶上傳影片，每月有35億次瀏覽，超越Netflix、雅虎及亞馬遜等影音網站（Vivian 2020）。但在2020年12月8日，《紐約時報》發表了一篇〈被Pornhub毀掉的孩子〉文章，對平台上非自願兒童色情影片進行深入調查，揭露它充斥著大量強暴及未成年人被性侵的偷拍影片，可隨便搜尋到數十萬條未成年人被性侵的影片。美國佛羅里達州有母親在女兒失蹤一年後，在該平台看到女兒被男子性侵的影片，藉此找回女兒；一個14歲的加州女孩遭性侵的影片被上傳到平台，被同學看到後舉報，最後將犯罪者繩之以法；還有不少未成年女孩在愛情關係中被騙，有些被要求拍攝性愛影片或裸照，被上傳至平台圖利（Vivian 2020），令不少女孩子因此患上抑鬱症，或者痛不欲生。此報導震驚網絡世界，導致200萬人聯署要關閉平台，有信用卡公司拒絕與平台合作，迫令此平台緊急修改政策，清除所有未經許可的影片，結果搜索欄幾日之間由1,350萬部影片減至少於300萬（聯合新聞網2020）。若色情內容牽涉到性罪行，社會應否坐視不理？

4.6 問題討論

(1) 你同意上述有關軟性色情的分析嗎？你是否同意本地的媒介文化有情慾化的現象？

(2) 試具體說明，你經常接觸的媒介如廣告、音樂錄像或網絡中，有哪些與情慾相關的題材？你認為它們向青少年說了什麼有關男性和女性的特質？

(3) 你同意傳媒描述的性感特質是現實的反映嗎？它與你身邊所接觸的男性或女性，有何相似或相異？

(4) 你認為色情物品，特別是網絡上的硬性色情，需要管制嗎？為什麼？

(5) 為什麼 Pornhub 要在 2020 年底將千萬條未經當事人同意的色情影片下架？若任由 Pornhub 將未經同意的色情影像發布，會產生什麼社會問題？Pornhub 在短時間內爆紅的現象，顯示社會上很多人利用性暴力圖利，會衍生什麼問題？

(6) 虛擬實境 (virtual reality, VR) 技術讓畫面中的一切彷彿都能伸手可及。根據 VRPorn.com 統計，[3] 六成的 VR 網站都是成人平台，如果在 Google 上搜尋「VR」，跳出的搜尋建議會優先出現「VR 女友」、「VR 成人片」等。你認為科技的進步，是否會令色情物品大爆發？

3　〈VR色情片大爆發，為何卻沒啥人在看？〉，《風傳媒》，2018 年 5 月 23 日，擷取自 https://www.storm.mg/lifestyle/440730?page=1。

知多一點點：韓國「N號房」事件

N號房事件又稱「博士房」事件，指2018年下半年至2020年3月間發生在南韓的性剝削案件。作案人在加密即時通訊軟件Telegram上建立多個聊天室，每個聊天室約有三四名受害者，分別以「1號房」、「2號房」命名房間，因此聊天室被統稱「N號房」。負責人通過Twitter等平台發布高薪兼職廣告吸引年輕女性，又騙取受害者的裸照或不雅影片，並將通過威脅她們得來的資料、相片、影片等發布在聊天室中，甚至進行直播，受害人被要求在身體上刻字、將蟲子放入性器官以及侵犯幼年親屬；部分受害者亦於線下遭受性侵，一些聊天室甚至對性侵行為進行錄影上載，約有26萬人付費觀看，被害女性有74人。至2021年止，風波仍未平息，雖然涉案主謀被捕，但相關的影片及相片還被瘋傳，仍有不少人為了相關內容而願意出高價取得，甚至發放於不同討論區供人下載。

想多一點點：出租男女友

PTGF（part-time girlfriend）及 PTBF（part-time boyfriend）近年在香港盛行，題材甚至被拍成電影。有錢的男女生以金錢來換取伴侶的陪伴，被認為是你情我願的交易。有部分年輕人趁大好青春，以容貌及肉體換取快錢，甘願出賣色相。他們認為做出租情人不像妓女般出賣身體，也可以純粹陪伴行街或吃喝，對工作有較多選擇，參與者不會勉強自己做不願意或違背個人原則的事情，個人自主性較高。你認為 PTGF/PTBF 與過去流行的援交模式有何不同？看似個人較為自主的 PTGF/PTBF，是否同時容易受到社團或黑社會份子的控制？年輕人投入這些工作的原因，與社會經濟環境及兩性關係商業化有什麼關係？

第五章
性暴力

　　美國白宮估計，每五名美國女大學生就有一人曾遭性侵；前總統奧巴馬在2014年1月24日發出呼籲，要迅速終結美國大學校園內的性暴力（劉澤謙2015）。

　　這項數據引起美國社會廣泛迴響。到底何謂性暴力？美國是否一個充滿性暴力的國家？根據世界衛生組織的定義，性暴力是指施暴者透過暴力或脅迫等手段，企圖強迫他人與自己發生任何形式的性關係，包括性騷擾、性暗示、販運人口等行為。不管受害者跟施暴者有何關係，無論發生在什麼時間或地點，這些行為都屬於性暴力。性暴力本質上帶有侵略性，目的是讓加害者展現主宰受害者的權力，性暴力的普遍性和公布的相關數據在世界各地均略有差異。一般相信，現有的資料不足以反映真實情況，目前的估算低估了問題的嚴重性。

圖5.1　主要的性暴力行為

在人人平等的現代社會，性暴力普遍被視為一項嚴重的社會問題，因為它冒犯了對人的基本尊重和身體自主，對受害者的身體和心理健康都會造成長期或短期的傷害，例如影響受害者的生育能力、增加感染性病的風險，心理上可能更難信任他人，亦可能導致自殺、自殘等行為。歷史上，女性是性暴力的主要受害者，但任何年齡和性別的人皆有可能受到性暴力的傷害，可以由雙親、監護人、親密伴侶、熟人或陌生人造成 (維基百科，「性暴力」)。

5.1 性暴力出現的原因

撇除戰爭或監獄等特殊環境下造成的暴力行為，世衛綜合了性暴力出現的高風險因素：

表5.1　性暴力的成因

個人方面	環境方面	社會方面
• 使用酒精與藥物 • 行為不良、犯罪 • 缺乏同理心 • 具侵略性、認同暴力 • 性啟蒙過早 * • 關於強制性行為的性幻想 * • 偏好高風險性行為和非人道性行為 • 暴露於煽色腥的媒體中 * • 仇恨女性 * • 遵循傳統的性別角色規範 * • 陽剛氣質過重 * • 自我虐待 • 曾遇上性侵犯	• 充斥肢體暴力與衝突的家庭 • 童年時期在身體、性或情感上受過虐待 • 不支持情感發展的家庭環境 • 親子關係不和睦，特別是與父親的關係 • 與對性方面有侵略性或陽剛氣質過重的人長期共處 • 和有性暴力與虐待傾向的人有親密關係	• 窮困潦倒 • 缺乏就業機會 • 司法和執法系統功能不彰 • 社會對性暴力的態度寬容 * • 對性暴力犯罪者的制裁過輕

出處：https://www.who.int/zh/news-room/fact-sheets/detail/violence-against-women

以上各項個人和社會因素中，有幾項 (以 * 標示) 特別與傳媒或色情媒介有關，包括性啟蒙過早、暴露於煽色腥的媒體中、仇恨女性、遵循傳統的性別角色規範、陽剛氣質過重等，都與傳播媒介

如何塑造男性的自我意識相關。事實上，傳播學及社會心理學的研究探討過不少性暴力議題，除了色情物品，亦與傳播媒體強化一些既有偏見以及物化女性有關。

5.2 被商品化及物化的女性

所謂「物化」（objectification）亦叫「客體化」，指一個人對待另一個人猶如一件物品，而非一個自主的人（Kilbourne 1979）。這是現代資本主義社會高速商品化及市場化的結果，因為資本主義將人的勞力、智力甚至身體看成商品的一部分，成為可以分割出來作為生產、交換、消費的東西，物化及商品化是現代社會異化的其中一種表現。批判學派用物化來抨擊被社會認為「正常」的剝削行為，特別針對社會結構與制度，例如工廠內的勞工合約將工人看作機器一樣，超長工時超低薪資，沒有溝通及表達意見的渠道；又例如在傳統家庭，妻子或女性像廉價勞工一樣附屬於父權之下，負責所有家務，沒有自己的聲音，這些都是物化的表現。

物化一詞最常被用來批判傳播媒體，尤其是廣告常將女性身體當成物件或性商品，喜歡消費女性身體，將她們貶低為性玩具或挑動情慾的工具（Jhally 1997），例如廣告將模特兒的性徵如胸部、腿部或臀部放大，將這些局部的身軀影像與跟她們完全無關的汽車、啤酒、家庭電器等商品並列，成為商品的襯托。廣告世界亦傾向將父權世界的審美觀強加在女性身上，現今流行的審美標準（Frith, Shaw, & Cheng 2005）以及廣告趨之若鶩的減肥、整形、美容等活動，莫不是商品世界主導下對女性身體的操縱。至於其他父權資本主義的商業行為，例如性買賣、色情行業等，都是將女性身體物化的行為。當然，傳媒不單物化女性，同時亦會物化男性，男性的裸體會用作廣告的宣傳工具，社會亦對男性要如何強壯肌肉

才叫「性感」作出定義，甚至生殖器的大小亦被物化。但相對而言，男性在廣告被物化的比例較少，物化女性的形式則較多樣化，例如「肢解」（見第5.2.2節）、扮演不同的寵物等。

除了社會層面，物化亦可以出現在個人層面。不少女性主義理論針對男性如何將女性物化為情慾工具，而將女性非人化及造成兩性的不平等。努斯鮑姆（Nussbaum 1995）提出女性被物化的七個方式：

表5.2　女性身體被物化的定義

階段	名稱	對待方式
1	工具化（instrumentality）	視女性為工具，以達到個人目的
2	拒絕其自主性（denial of autonomy）	視女性為沒有個人意志及自主能力
3	沒有決斷能力（inertness）	視女性為被動及沒有決斷能力
4	可以被替代（fungibility）	視女性為可以隨時被其他人替代或交換
5	可以被冒犯（violability）	視女性為可以隨時被冒犯或侵犯
6	擁有權（ownership）	視女性為自己可以全權擁有及控制
7	拒絕其主體性（denial of subjectivity）	視女性為毋須要理會其感受或經驗的工具

5.2.1 女性的自我物化

物化原是指一個人如何視另一個人作一件工具，自我物化（self-objectification）是一個人自願「成為」這樣的工具或物件，這經常是對他人對自身看法的一種回應。有學者發現，不少西方少女主動利用自己性感的身體，例如穿著暴露的衣服、表現得對性很開放及隨便，以贏得異性的注意力（Levy 2006）；她們以自己的性感路線為一種自我充權（empowerment）的策略，認為可以令她們在爭取異性注意方面突圍而出，但該學者認為這是她們自我物化的過程，這樣做只會令社會人士、特別是異性更加看重女性的性感身材及以此量度

女性價值，而女性同樣這樣看待自己，這種表現被稱為「淫蕩文化」（raunch culture）。學者跟隨一個美國真人騷節目《女孩發浪》（*Girls Gone Wild*）的錄影及製作過程，並訪問參與的女孩，發現美國社會的主流文化不但已經物化女性，更導致女性願意自我物化，令她們覺得在鏡頭前裸露胸部、參與濕身T恤比賽甚至觀看硬性色情影像，都是女性化及自我充權的表現。香港過去出現的「嘅模文化」，以及網上流行的「男朋友視頻」，其實同樣是自我物化的表現。

　　一群學者關心高度物化的文化環境對女性身心的影響（Fredrickson et al. 1998），而所謂「個人物化」就是將別人（如被異性不住評價及被視作性玩物）的觀點內在化成為自己的觀點，為了討人歡喜及符合別人的期望，女性更緊張別人如何看自己，多於自己的感受或個人期望（Calogero 2012），因此過度緊張自己的外表、體型是否符合別人的標準，她們會不住監察自己的衣著打扮是否符合社會的標準，又擔心自己的身材如何被評分，最後或會導致厭食、生理週期失常、精神健康受到威脅等。

圖5.2　自我物化／客體化的過程及風險

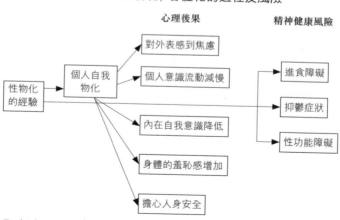

出處：Fredrickson et al.（1998）

5.2.2 女性自我物化與性暴力的關係

紀錄片《溫柔地殺死我們》(*Killing Us Softly*) 指出廣告片對女性身體的展現，多聚焦身體的一部分而非整個人，因此令觀眾的目光集中在她們身體性感的某一面，而非完整地考慮她們的思想、情感、能力等 (Kilbourne 1979)。這種將部分軀體非人化呈現的方式亦有「肢解」她們的意味。此外，不少廣告會將女性裝扮成不同動物，例如小兔、小貓、野豹等，以突出女性溫馴或狂野的一面，這種「動物化」的過程同樣有貶抑女性的意味。另一方面，廣告的圖像經常將女性放置在較低的位置，如坐在床上或如寵物般趴在地上，而男性則是站著或高高在上。這些處理手法都令女性沒法與男性平等，甚至將前者非人化或動物化；而將女性當作洩慾工具的情況出現時，暴力便變得合情合理，就像人類將動物操縱及暴力屠宰一樣 (Kilbourne 1979)。

另一位女性主義學者 Carol Adams (1990) 將男性如何暴力對待女性，與他們如何對待動物作出類比。她發現男性與女性的展現方法明顯凸現彼此地位的不公，而廣告商又大量使用女性身體作為大眾消費及觀賞的對象，令兩性產生一種根深柢固的迷思，就是男與女之間存在看與被看的對立 (Mulvey 1975)，女性要以「養眼」的身軀打動男性。女性身材的展現是以分割的方式出現，脫離她作為一個人的獨立性與完整性的觀點；經過長期對以上觀點的潛移默化，男性施暴者很容易將女性物化及工具化，而性暴力亦很容易出現，因為被物化的人已被剝奪「說不」以及自主身體的權力，觀看她們身段的人反而擁有主宰別人身體的權力 (Jhally 1997)。

5.3 強暴迷思

與物化相關的另一個概念，同樣影響性暴力的普及，就是「強暴迷思」（rape myth）。早於 1980 年代，不少研究指出觀看涉及強暴情節的色情物品，比單純的性愛描寫更能產生性攻擊的幻想（Malamuth et al. 1980）。一些實驗更發現無論受試者是否被激怒，觀看暴力色情都會增加受試者對女性的攻擊傾向，但不會將這傾向發洩在男性身上（Donnerstein & Berkowitz 1981）。研究顯示，色情片觀眾若大量接觸暴力對待女性的鏡頭，會減少對這類影片的負面評價，並且產生麻木不仁的反應，不認為它們貶抑女性，低估女性受到的傷害（Linz 1985）。

「強暴迷思」的說法自1970年代開始由不同的概念組合而成，由女權主義學者 Susan Brownmiller（1975）首先指出男性對強暴的一些偏見，例如他們故意模糊強暴的本質，將強暴的責任轉嫁到（女性）受害人，學者因此認為強暴迷思應包含「受害者」、「加害者」與「性暴力事件」本身這三種迷思概念。犯罪學家 Schwendinger 和 Schwendinger（1974）提出強暴迷思的說法，指出一些錯誤概念，例如「強暴是可以避免的」、「強暴是女性自招的」、「男性對女性強暴是因為不能控制的激情」等。Martha Burt（1980）更有系統地將這些概念整理成「強暴迷思量度表」（rape myth acceptance scale, RMA），以測量人們接受強暴迷思的程度，例如「只要她們願意，女性完全可以抗拒強暴」，「強暴犯是性饑渴的狂熱者」，「只有壞女孩才會被強暴」等。Burt 認為這些強暴迷思充滿了對強暴本質、強暴者及受害人的偏見、定型和錯誤觀念等，明顯對被強暴者不公。

　　幾位學者總結強暴迷思為「一些本身是錯誤的態度及信念，但卻被廣泛流傳及固執地堅持，用作否認及合理化男性對女性的性侵犯」。雖然學者對強暴迷思涉及的範圍看法不一，而不同文化及社會對這種行為亦有不同的態度，但他們都普遍認同強暴迷思包括以下四個方面：(1) 責備受害者，認為她們需要為被強暴負責；(2) 外界應抱存疑及不信的態度，去理解受害者對案情的描述；(3) 通常會為施暴者開脫；(4) 只有某一類型的女性才會被強暴 (Lonsway & Fitzgerald 1994)。

　　一些傳播學者亦關心到色情媒介中的強暴情節，會否影響強暴迷思的想法。許多實證研究顯示，觀看色情會強化觀眾的強暴迷思 (Zillmann & Bryant 1989)，特別認為：(1) 強姦是由於女性衣著暴露、行為挑逗而引起；(2) 女性喜歡被強暴；及 (3) 女性口不對心，「口裡說不，心裡卻很想要」。

　　這些想法影響人們對強暴案受害者的看法，令他們由同情受害者轉而提高加害者的支持度。研究的分析結果更顯示，接觸較多色情物品的人，不論是否包含暴力，都會增加對強暴迷思的接受程度 (Allen et al. 1995)。在強暴迷思的影響力下，女性口中說出來的「不」字無法達到溝通的效果，從語言學的角度，說出來的話不被理解、接受，以及不斷被扭曲，根本沒法達到對話的基礎 (Dworkin 1992)。

　　台灣學者羅燦煐歸納出以下由強暴迷思導致的刻板印象，而 Roger Hock 則針對每項迷思作出澄清：

表5.3　比較及拆解強暴迷思

分類	迷思	真實情況
有關加害者	• 強暴加害者大多是心理變態或有精神問題 • 強暴是因為不能控制性慾 • 加害者是因為見色起意 • 加害者的社會地位低	• 只有很少數的加害者有精神問題 • 強暴不純粹是性行為，亦包括暴力成分；不少強暴者都有正常的性伴侶，不能以不能控制性慾或暴力為強暴的藉口
有關受害者	• 好女孩不會被強暴 • 女人若盡力抵抗，男性絕不會成功 • 被強暴的女性，必然是衣著暴露或不檢點 • 女性被強暴是極大恥辱	• 任何女性都有機會被強暴 • 無論女性如何抵抗，體能及體型上都不及男性，且在暴力威脅下不易逃走 • 衣著是女性的選擇自由，不應由她們代替加害者承受強暴的責難 • 沒有人想被強暴，責難是對被強暴者的二次傷害
有關強暴事件	• 多發生在陌生人之間 • 多數約會強姦的指控，都令人懷疑其真確性 • 強姦控罪的成立需要涉及使用武器或暴力 • 只是個別男女的衝突	• 只有少數強暴事件與陌生人有關，大多數是相識的人，甚至是約會的人 • 指控說受害者起初同意性交，事後後悔而誣告加害者；事實上女性提出指控時要重複案情承受二次傷害、害怕被人閒言閒語、面對報復風險等，很少人會願意隨便誣告別人，更多人只會選擇沉默

出處：羅燦煐（1996）、Hock（2010）

5.3.1 傳統媒體如何強化強暴迷思？

　　性暴力案件報導的兩個問題包括強暴迷思，以及犯罪事件的放大報導（將這類問題看成很嚴重），給閱聽人某種想像的「社會真實」（Reiner 1997）。台灣學者蔡雁雯和蘇蘅（2016）總結這些所謂「真實」有四方面：

（1）報導容易偏向「常態化」、「個人化」及「瑣碎化」地處理男性對女性的性暴力，進而強化前者對後者的控制和父權意識型態（Benedict 1992; Soothill & Walby 1991）。

（2）為加害者和受害者貼標籤：以二分法將受害者視為「蕩婦」（vamp）或「處女」（virgin），前者顯示受害者因外表或行為放蕩，才會令男人受到強烈誘惑驅使而犯罪；後者將男性描繪為怪物，玷污無辜者。就前者而言，媒體的報導是對受害者的二次傷害。

（3）性犯罪案件的描繪具有「個人化」與「病態化」的趨向，刻意凸顯施暴者的精神狀況，忽視性暴力的性別政治目的，模糊對女性施暴的社會控制效果。由於依附建制的傳媒傾向邊緣化女性主義的觀點，令性暴力成為一種維持社會父權性別差異權力關係的形式（Stone 1993）。

（4）對非慣例性侵事件的扭曲：雖然性侵新聞常見，但只有少數會持續被關注；研究發現，媒體報導常忽略暴力攻擊對受害者的影響，令罪行變得瑣碎化（O'Hara 2012）。新聞採用二元對立的方式（如處女 vs. 妓女，好女孩 vs. 壞女孩）來呈現性暴力下的女受害者，隱含了社會結構中的性別支配與控制模式，更強化社會偏見，讓受害的女性承受再度被羞辱和指責的傷害（Meyers 1997）。

蘇蘅（2002）發現，台灣媒體向來重視犯罪新聞，性侵新聞的「暴力」加上「性」，內容又特別哄動，因此受到媒體青睞。加上台灣近年來發生幾件轟動社會的性侵案件，例如2012年富少李宗瑞涉嫌迷姦60名女性、偷拍性愛光碟，被媒體稱為「淫魔富少」。他在台北地方法院的審判被大幅報導，重點放在他的證詞，如「我們是一夜情，這是台灣夜店文化，大家出來玩，有意思就上床」（劉志原2013）。2013年土耳其籍男子王凱傑的性侵偷拍案，他在庭上表示「我沒性侵台灣女子，都是你情我願」（黃哲民2013）。報導的共通

點是被告指控性侵的女子都是出於自願，不承認性侵的事實。媒體
更將加害者塑造為擁有「理想條件」的男人，例如李宗瑞的家境富
裕、王凱傑長相俊俏等，令社會輿論開始責備受害者，忽略她們被
性侵與偷拍的事實。蔡雁雯和蘇薾（2016）認為主要原因是報紙將性
侵與性犯罪報導視為傾銷的商品，因而特別關注性犯罪的形式，希
望帶給閱聽人愉悅的快感（Soothill & Walby 1991）。

　　針對媒體如何在性侵新聞中強化強暴迷思的概念，蔡雁雯和
蘇薾的研究主要探討香港《蘋果日報》自2003年進軍台灣後，台灣
其他報社有關性侵新聞的報導風格與質量是否產生轉變。她們的
研究選擇了2002–2013年間的《中國時報》、《聯合報》與2003–2013
年出版的《蘋果日報》作為分析比較對象，根據資料庫關鍵字搜尋
「性侵」、「強暴」、「強姦」等詞作為研究樣本，總樣本數為407則。
她們的研究發現，《蘋果日報》的性侵新聞內容較詳盡，亦傾向以
圖像化方式表達，新聞消息來源主要為「法院」（63.8%）與「警方」
（39.4%）；至於這些性侵新聞與強暴迷思的關係，研究發現包含「淡
化強暴後果」、「強暴控訴令人懷疑」與「案件成立缺乏武力或暴力
證據」三方面，其中以「強暴控訴令人懷疑」（20.4%）所佔比例最
高，其次為「淡化強暴後果」（6.4%）與「案件成立缺乏武力或暴力
證據」（6.1%）。

　　兩位研究者發現台灣報紙喜用懷疑口吻報導性侵事件，性侵
新聞對「加害者」強暴迷思有兩個傾向：其一將加害者過度妖魔化，
認為他「具有強烈性渴望」，是變態或瘋狂的；但也會淡化加害者
的行為，認為他「不是會強暴人的人」，或者只是一時受到慾望的
驅使，不管哪一方都對加害者論述錯誤，為社會帶來扭曲的想法與
概念（蔡雁雯、蘇薾 2016: 116）。她們的研究指出性侵報導的加害
者「具有強烈性渴望」（40.5%）的比例最高，其次為「不是會強暴人

的人」(1.7%)。此外，針對「受害者」的強暴迷思共有八個類別，而「反悔」和「不反抗」仍是媒體偏重的報導框架。「穿著暴露或行為不檢」的說法，也包含責怪受害者夜歸、衣著暴露、從事特殊行業等，將招致性侵的責任推向受害者。

此研究以量化內容分析，比較十年前後報紙如何處理性侵新聞，發現《蘋果日報》進軍台灣後，台灣性侵新聞報導數目未有增加，但平均報導字數上升，版序放置較前；《聯合報》2013年的報導則數比2002年稍微增加，同年的報導則數亦是三報之最；《中國時報》雖然則數減少，且在2013年為三報中最少，但字數比2002年增加，版序也大幅提前。其次，研究發現，性侵新聞還是出現強烈的強暴迷思，無論是事件本身、對加害者或受害者而言，媒體有類型化性侵新聞的傾向。與外國比較，外國以「受害者強暴迷思」偏多，但台灣報紙含有較高比例的「加害者強暴迷思」，由此印證Brownmiller（1975）所聲稱，媒體潛藏著鞏固父權體制的「強暴支持文化」。

5.3.2 各地有關強暴迷思的討論

強暴迷思的研究自美國擴展到不同地方，特別是發展中地區或傳統父權主導的社會，例如兩位學者比較英國與印度693個大學生對「強暴迷思量度表」（RMA）的接受程度，結果發現雖然兩地的數值都不高（主要可能是大學生的背景較近中產階層、思想較開放等），但男性仍比女性較易相信強暴迷思（Barn & Powers 2018），特別是英國男生相信女性的挑逗對強暴有一定的責任，而印度男生則相信性衝動是造成強暴的合理原因。兩地比較之下，印度學生顯然較受強暴迷思的錯誤觀念影響，特別是一些較強階級背景的學生，印度社會的兩性角色、地位不平等、男尊女卑、父權主義等傳

統觀念作祟。若此研究能擴大到印度更多城市及區域，可以得到更有代表性的數據，讓政府及教育機構制定相關的政策，防止問題惡化。另一項在中國七間大學訪問975人的研究亦顯示，亞洲的男性比女性更容易受強暴迷思影響 (Jia et al. 2019)，研究者將美國的RMA修改成一個較接近中國國情版本的「CRMA」，結果發現中國男性與女性最大的分歧在於前者認為「女性暗地裡很渴望被強暴」（33.2% vs. 19.1%）和「很多女性被強暴時會易有性興奮」（31.8% vs. 17.1%）；與其他地方相似的分歧，是女方衣著性感暴露造成被強暴的責任（35.9% vs. 21.7%）。

然而，「強暴迷思」這概念亦要與時並進。20世紀的研究主要針對女性作為受害者，而男性主要被視為加害者，但近年有人提出所謂「新強暴迷思」，就過往的觀念作出補充，例如指「強暴是暴力，不是屬於性行為」，「強暴行為的男性都是病態的」，「所有人／性別都有機會被性侵」，將性侵與性別因素的關係弱化等。面對性侵問題普遍化，台灣的性權作者吳馨恩 (2016) 強調無論是新的或傳統的「強暴迷思」，大眾應該意識到所有社群都有可能受害，且要特別關注一些長期被忽視、處境邊緣及高風險受害、求助困難的男性／非傳統性別／兒童性侵倖存者等。

知多一點點：印度「男孩更衣室」事件

2020年5月，印度德里南部來自五所高中的男學生，透過社群媒體Instagram創立「男孩更衣室（Bois Locker Room）」聊天群組，專門分享非法偷拍的女學生照片，甚至相約性侵女孩。該群組目前已被官方封鎖，曾有百多名成員，群組的男孩年齡約16、17歲，最小僅13歲。約有百名學生誘姦、性侵、輪姦女性，並對她們污言穢語。事件曝光後引發當地社會憤怒，公眾擔憂校園性侵、厭女、性暴力低齡化等可怕現象會成為印度社會的日常。

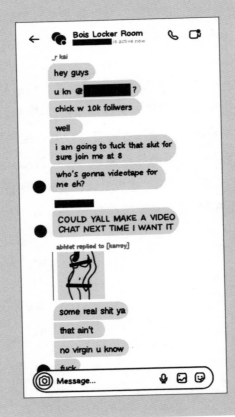

5.4 強暴文化

　　強暴迷思指的是一般人對性暴力抱有的錯誤概念，強暴文化（rape culture）則是一個社會學的概念，指性暴力因為社會成員態度及性行為的改變，在社會已幾乎普及到正常化的程度。強暴文化與強暴迷思的概念有不少相似，包括責難受害者、批評女性隨便及淫蕩、瑣碎化性暴力、否定性暴力的普遍性、不同意性暴力對受害者帶來傷害、將女性身體客體化等（維基百科，「強暴文化」）。

　　但強暴文化主要指社會上的文化環境如何鼓勵性暴力、強化強暴迷思，使用的方法可以包括將強暴重新定義為「較粗魯的性行為」，或者責難受害人作為性暴行的始作俑者。這個說法出現於1970年代，加拿大心理學家Alexandra Rutherford（2011）糾正美國社會以為強暴、亂倫、虐妻是罕見的想法，指出這些源於厭女及性別歧視的極端行為在美國社會其實十分普遍，只是受害者不願多談，真正的數字才被低估。一批女性主義學者嘗試從受害者的角度，通過研究及拍攝紀錄片，讓社會大眾了解傳媒及流行文化如何強化受眾對強暴的錯誤態度，又分析社會要如何改變，才能徹底消除性暴力行為。

　　其中最特別的是建議受害者挺身而出，才可以避免情況持續及惡化；最常見的處境包括當地警察對涉及性侵案件採取愛理不理的態度、甚至怪罪於受害人，保護受害者的組織不欲挑戰社會上的父權文化等。事實上，造成強暴文化的原因很多，與傳媒有關的主要有色情物品的影響、將女性客體化等。Diana Russell（1998）根據多因理論（multi-causal theory）建立解釋色情物品如何導致強暴行為的理論模式（見圖5.3），她認為色情影像的暴力將強暴、性侵以及其他的性虐行為變得瑣碎化，減低使用者對這些行為的厭惡感；色情影像最後導致強暴行為，因為它：

（1）加強男性的強暴意慾，令他們的慾望更強烈；

（2）削弱男性內心的自控能力，令他們的強暴慾望不受控制；

（3）降低社會上對男性自控的要求，令他們的強暴慾望不受控制；

（4）削弱潛在受害人抵禦強暴的能力，令她們以為根本無法抵抗。

圖5.3　色情暴力造成強暴行為的原因

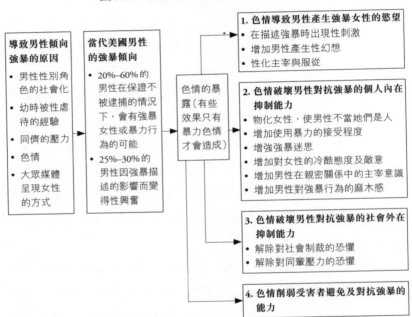

5.4.1 對抗強暴文化的行動

性暴力問題在美國已引起廣泛關注。《華盛頓郵報》和凱澤家庭基金會（Kaiser Family Foundation）2015年曾經做過一項調查，結果顯示，2011–2014年上過大學的人當中，20%的女性和5%的男

性稱在校期間曾受到性侵犯和性騷擾。《華盛頓郵報》稱，實際的受性侵人數可能大於調查結果 (Anderson & Clement 2015)，連老牌的常春藤名校也不能倖免。據美國教育部調查，2014年全美超過100所大學每年接獲10宗以上性侵案通報：布朗大學發生43宗，達特茅斯學院42宗，哈佛大學33宗。面對強暴文化，美國社會近年推動了不少改變，例如在2014年，加州率先簽署了「正面許可」(affirmative consent) 法案，規定涉及校園的性行為，只有對方給予明確的、口頭上的同意 (yes)，才不構成犯罪 (潘雨晴 2016)。

早在2012年，在北卡羅萊納州成立的志願團體，已推動雙方學習先要獲得對方同意，才可以有進一步的身體接觸。他們認為要減少不必要的傷害，人與人之間在進行以下接觸前，必須先要獲得對方的同意：(1) 性行為；(2) 擁抱或拍擊；(3) 攝影 (特別是涉及私隱的敏感相片)；(4) 送贈禮物 (特別涉及酒精類、香精、精油等)。

圖5.4 來自「11th Principle: Consent!」的強暴文化金字塔[1]

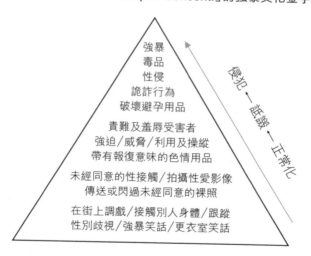

　　圖5.4是稱為「11th Principle: Consent!」的網上組織在Facebook發布的圖像，迅速在社交網站瘋傳（但同樣面對不少的攻擊）。此組織對性暴力的態度源自對強暴文化的理解，認為若在底層容忍不恰當的行為，只會助長及衍生上層的暴力行動。因此，想要改變結果，必須要從底層改變一些漫不經意的偏見開始。這個團體亦建議從小孩開始，讓成人教導他們如何學習身體自主，例如要給他們選擇是否喜歡被成人擁抱或親吻，容許他們有「說不」的選擇，尊重他們不願意身體被接觸的權利，讓他們可以說「你好」或揮手作為打招呼的方法。家人亦需要向其他成年人解釋孩子如何學習尊重自己及他人的身體，掌握自己身體的控制權。

5.4.2 席捲全球的#MeToo運動

　　#MeToo運動是一個國際及地區性的運動，主要為了譴責性騷擾及性侵犯行為。運動起源於2017年10月，影視名人維恩斯坦（Harvey Weinstein）因為性騷擾事件而被廣泛報導，女演員米蘭諾（Alyssa Milano）使用「#MeToo」這短句，鼓勵女性在推特（Twitter）上公開被性侵的經歷，使其他人能意識到問題的嚴重性及普遍性。數百萬人藉此標籤公開她們的不快經歷，包括不少知名人士。

　　「#MeToo」這短句原本在2006年開始，由一個紀錄片導演用來支持一個13歲被性侵的有色人種少女，她希望以同理心來實現賦權（empowerment through empathy），後來因米蘭諾使用此短句而發揚光大。一日之間，「#MeToo」在推特出現了20萬次，兩日更超過了50萬次；一日內有470萬人在1,200萬條文字中提到這標籤。演藝界、體育界均有越來越多性侵事件被揭發。2017年11月12日，數百人在荷里活參加了「還我職場遊行」（Take Back the Workplace March）以及「#MeToo倖存者遊行」（#MeToo Survivors' March），以

抗議性侵犯行為。此標籤亦已在全球最少85個國家使用，包括印度、巴基斯坦和英國。不少國家都將此短句本地化，用自己的文字鼓勵用戶公開涉嫌性侵犯與性騷擾者的姓名。

香港社會學家蔡玉萍 (2018) 總結 #MeToo 運動的四個特色：(1) 性侵及性騷擾倖存者以實名分享自己的故事及作出指控，表示她／他願意為自己的言論負責，而不是匿名攻擊他人；(2) #MeToo 以被社會公認為「第四公權力」的媒體作為主要申訴渠道，例如《紐約時報》在維恩斯坦事件中扮演重要的角色；(3) #MeToo 是因著對現存制度的不滿，希望透過制度外的行動，喚醒社會對性侵及性騷擾的關注及討論，取得公義及推動改革；(4) #MeToo 和其他社會運動不同，並沒有任何組織，主要由個別倖存者透過社交媒體，自發分享自己的故事。

雖然這個運動在很短時間已造成全球的迴響，但它亦遇到不少的批評及質疑。

有意見認為這短句標籤了被性騷擾及受性侵犯的受害者，還要她們公開受辱情況，不但對她們不公，亦令她們可能再度受傷害。亦有意見認為單靠公開事件無助解決問題，除了激起更多的憤怒外，無法進行更多有意義的溝通。有女權主義者抨擊這個運動，認為運動的目標欠明確：到底它要改變全部抑或部分男性？還有什麼更有效的行動？另外一些女性指出「#MeToo」包含範圍太廣，應該只集中公開最令人髮指的性侵，以免將所有男性都看成犯罪者，或是導致大眾對問題麻木 (維基百科，「#MeToo 運動」)。亦有人關心到法律後果，例如公開指控會否造成未審先判，被控訴者未經正常法律程序確認他們的罪行就被公開是否造成不公平；又批評此運動將過多公眾注意力投放在被控告性侵的人，而忽略要幫助遭受性侵的人找尋可行出路。

與此同時，有社會人士發現有些人利用「#MeToo」來謊報性侵，評論家指出謊報性侵的數量被低估，引述美國司法部和其他組織的數據，評估謊報大約有2%–10%。研究顯示了美國近年來謊報性侵的比率按年增加，有一些男孩的母親使用#ProtectOurBoys來譴責謊報性侵的案件。

香港亦有運動員受歐美的#MeToo運動啟發，在Facebook公開自己年輕時受教練性侵一事，震驚全港，掀起了一連串告白。香港賽馬會公開證實，有青少年馬術隊成員遭性騷擾，並稱已經解僱曾使用「涉及性騷擾不當用語」的騎術教練。體育界、娛樂圈和教會均有性侵倖存者挺身申訴。雖然首位運動員的控訴沒有成功入罪，但蔡玉萍認為在短短一年，香港的#MeToo對推動反性侵及反性騷擾已作出貢獻，至少成功引起社會對這些行為的關注及討論，增加公眾對性罪行的認識，使倖存者及受害者知道她們並不孤單，令社會為她們除去污名。#MeToo的出現亦直接加速了反性騷擾制度改革，特別在體育界與宗教界 (蔡玉萍 2018)，使社會認識到性罪行不是個別人士的遭遇，而是一個非常普遍的社會問題，反映社會文化及制度內權力不平如何造成性侵及性騷擾，使機構及組織有壓力進行改革，正視性侵及性騷擾問題。

5.5 男性對性暴力的回應

從女性主義者角度，#MeToo的確成功引起社會對性侵及性騷擾的討論，但這是否等於社會更同情受害者，抑或令分歧更大？歐洲媒體亦關注到#MeToo運動在亞洲地區未見得與歐美地區發揮相同影響力 (BBC 2017)。率先在香港響應此運動的女運動員公開自己在受訓期間被教練性騷擾的經歷，但沒有引起社會太大關注。

她的個人經歷獲得不少輿論支持，讚揚她的勇氣，但亦有招來批評。有網民質疑她為何只單方面提出指控，而不去報警或採取法律行動，認為此舉對受指控者「未審先判」。此外，知名作家陶傑（2017）亦提出質疑，認為「只須單方面貼張 Selfie，就可以令好多人變成『維恩斯坦』，或者 Kevin Spacey（凱文·史派西，知名演員）」。陶傑的言論在網上獲得不少贊同。

　　在香港，即使有女性響應 #MeToo 運動，男性仍堅持他們的質疑。例如灣仔區前區議員楊雪盈亦有響應 #MeToo，在 Facebook 講述自己在銅鑼灣大坑被男子從後撞向她非禮、以及自己報警的經歷，但被一些網民嘲諷「以後見到她要掉頭走」，免被誣告非禮；亦有人揶揄她想透過渲染性騷擾事件，作自我宣傳。楊雪盈事後向媒體表示受害已經很難受，還要被社會質疑，這些都是令受害人不敢挺身而出的原因（BBC 2017）。不少評論者將香港受害人對此運動的冷淡歸咎於華人社會對性避諱的傳統觀念，加上網絡世界指責文化嚴重，往往將事件責任歸咎於女性，令女性以為說出來也得不到支援，只會令自己再度受傷。其實，並非所有香港男性對 #MeToo 運動都缺乏支持，根據香港婦女基金會在 2021 年 6 月發表有關《探索香港年輕男士的性別觀》報告，只有 22% 被歸類為「大男人主義」者對 #MeToo 運動不存好感，亦只有不足三成被訪男性認為女性主義者及婦女運動對男性有負面影響，[2] 可見香港的年輕男性對女性的處境大多較為同情。

2　擷取自 https://twfhk.org/system/files/exploring_young_mens_masculinities_in_hong_kong_summary_chi_1.pdf。

5.5.1 校園性暴力文化是否被誇大？

男女對性暴力看法不同的情況並非香港獨有，當美國反性暴力行動如火如荼時，社交網絡上亦出現不少言論質疑：美國的校園性暴力情況是否如新聞報導描述般嚴重？所謂的「強暴文化」是否存在？一個被稱為右翼的網上平台「普拉格大學」（Prager University），在YouTube發布了質疑校園性侵數據可信性的視頻，兩年之間已經超過200萬人收看。[3] 視頻質疑每五個女性中有一個在美國大學校園被性侵的數據來源，其實是建基於一個缺乏系統、嚴謹方法、分別來自南部及北部兩間大學的網上調查，視頻將調查結果改稱為有五分之一的回應者曾經歷過未經同意的性接觸，而視頻根據美國司法部門的數據（Bureau of Justice Statistics），指出平均每52.6個大學生中只有一個有機會在四年內遇到性侵，因此校園性侵問題是不存在的「瘟疫」。這個説法獲得不少網友讚好，幾千條留言中有不少人同意數字被誇大，以及是女權主義者希望擴大其影響力的伎倆。

與此同時，亦有不少著作反擊這些指控，例如一份有關校園性暴力的研究指出，校園性侵問題的出現是由大眾傳媒如《紐約時報》的炒作以及奧巴馬政府年代被錯誤資訊誤導所致（Johnson & Taylor 2017）。這些震撼性的言論及性侵數字令美國校園嚴厲對待性侵問題，作者質疑有些政策甚至矯枉過正，破壞普通法精神「假定無罪」（presumed innocence）的公平原則，並在書裡列出大量個案及證據，指出有關的政策如何令一些無辜的男大學生淪為性罪犯，而社會又因為一些人的恐慌情緒而放棄尋求事實真相。

校園性侵問題的真相，隨著政治化的影響力變得愈來愈複雜。美國右翼媒體如霍士新聞便經常淡化這類問題，甚至否認校園存在

3　參考 "Are 1 in 5 Women Raped at College?"，擷取自 https://www.youtube.com/watch?v=K0mzqL50I-w。

嚴重性侵現象。霍士新聞曾製作專題節目，聲言美國校園「虛報性侵」並不鮮見。有嘉賓和主持還在電視節目上聲稱，很多女性因為她們完事後感到後悔，才「虛報性侵」。主持人奧賴利（Bill O'Reilly）談論2006年18歲女生Jennifer Moore遭姦殺案時甚至批評，受害人「是那些穿迷你裙和性感上衣的人，全世界的施暴者都會在凌晨選擇向這些人埋手」（余偉邦 2016），這些涼薄的言論顯然出於同一種怪罪受害者的指責。

5.5.2 男權運動／男性主義

面對性侵指控，美國社會重新關注男性在性關係上的角色，而男權運動（men's right movement）受到重視，成為男性主義運動的一部分，是1970年男性解放運動的分支。自女權運動興起，男權運動者關注他們所認為的男性劣勢、歧視及壓抑等問題。運動涵蓋了法律（包括家庭法律、父母對孩子的撫養權、生育權及家庭暴力）、政府職能（包括教育、義務兵役制和社會安全網絡）以及對男性歧視的健康等問題。一些學者認為男權運動被認為是女權主義的反向運動和衝擊，是一個主要以男性經驗為來源與動機的社會理論與政治運動。男性主義並不將女性視為敵人，只是同樣為父權制度下被歧視、壓迫、忽略的男性受害者提供保護、支持、鼓勵與協助（維基百科，「男權運動」）。

一些男權運動者認為女權主義已超過她們的目標要求，並開始威脅男性。他們認為男性作為一個整體，擁有制度上的權利和特權，是因為男性遭受比女性更多危害和損失，因此有需要提出一系列訴求（見表5.4）。歐洲一些國家在政治上轉變為保守、支持傳統家庭和性別關係的時期，亦成立了男權組織。在美國，男權運動與新保守主義緊密相連，也接受了新保守主義的遊說支持，他們的觀點廣泛覆蓋了新保守主義媒體。

表5.4 男權主義者的主要訴求

工作	男人比女人的自殺率更高，更大比例從事高危的工作如軍隊及救援等，因工作死亡者男性佔九成，男性在高中輟學的比率高於女性等
婚姻	很多男士認為他們得不到婚姻制度的利益，而離婚卻帶來負面情緒和財產後果，包括妻子的贍養費、孩子的撫養權和撫養費
家暴	男性權利爭取者指社會忽略由女性引發的家庭暴力，男性作為家暴受害人的數目在2014年已經超越女性，沒有被廣泛關注，因男性一般不願把自己描述成受害者；其實女人在人際關係上和男人一樣具有侵佔性，甚至比男人更有侵佔性，因此家庭暴力是性別對稱的
被誣告強姦	關注在強姦和性侵犯案對男性的誣告，要求保護男性避免遭受誣告；他們引用了卡寧（Eugene Kanin）和美國空軍的研究結果，指出40%–50%甚至更多強姦指控是虛假的
服兵役	僅對男性徵兵役就是歧視男性

出處：維基百科，「男權運動」；自然醒影院（2017）

　　男權運動倡議者批評女權主義走錯了路，一開始就採取對抗的方式，讓女權建築在仇恨的基礎上：1970年代明尼蘇達的「德盧斯模式」（Duluth model）的權力控制輪（power and control wheel）（Pence & Paymar 1993）指出，家暴問題根源在於男性，因為男人代表著權力和控制力。男權主義者認為在過去50年，女權主義一直在妖魔化男性：認為男性是施壓者，制定了只對他們有利的規則，以犧牲女性權益為代價，讓這個世界變成了一個重男輕女的社會，因此認為男人本質上是暴力的、壞的，帶有與生俱來的掠奪性和壓迫性，而男性氣概是一種疾病。激進的女權主義者不希望平權，而是希望婦女和女孩擁有特權。女權主義者希望教育男性不要強姦，認為只有男性才能杜絕強姦行為；他們宣揚停止對女人施暴，而不是停止一切暴力。

　　在男權主義者眼中，他們其實與女性同樣是父系社會的受害人，因為千百年來被定義了特定的性別角色，導致習以為常的傳

統。例如女性的權力、責任在生殖領域，男性在生產領域；女性
通常被認為是性對象，而男性則被認為是成功的對象；男性永遠扮
演指定的角色，並且只能屈服。生命也並非人人平等：直到現在，
如果在海上出現事故，救援時永遠是婦女和兒童優先，而不是任何
不會游泳的人，好像在說男性可以隨時被犧牲掉。

5.6 兩性未能逾越的認知鴻溝

從上述討論可以看到，對性暴力及性侵的立場，男性與女性
存在難以收窄的鴻溝。其中一件最有代表性、轟動美國的強暴案
件，發生在史丹福大學校園。犯案者是該校前校隊游泳健將及高
材生，於 2015 年初在校園的大型垃圾箱後面，強暴一名酒醉的少
女，被另外兩名路過的學生發現。這個男學生本想逃走，最後被
警方拘捕，他自辯因喝了很多酒，還訛稱對方清醒及同意。他後
來面對三項性侵控罪，大學解除他的學籍，他也不能再參與游泳
比賽，父母請了最好的律師為他辯護，又挖掘女生的私人生活。
他父親為他求情，說兒子活了 20 年，就因為「20 分鐘的行為」（"20
minutes of action"，意指短暫的行動，除了不承認性侵，亦顯示其
父對事件的輕蔑）而被控告，而且因為酒後亂性，因此兒子不應該
坐牢，裁決已在很多方面毀了他及全家（王詠芝 2016）。從父親把
性侵形容為「20 分鐘的行為」，已可見他心目中沒有受害人，漠視
對他人帶來的傷害，只咬定兒子是無辜的。

審訊時，受害者在被告與法官面前激動陳詞，洋洋十二頁，
鏗鏘有力（Baker 2016），她說：「我的傷害卻是看不見的，你奪去
了我的價值、我的隱私、我的活力、我的親密關係和我的信心。」
她不但陳述被強暴前後的詳情，更把肉體與心靈所受的傷害公諸於

世。她覺得自己很無辜，竟然因為一個毫不相干的人趁她醉酒後乘人之危，將她弄至半裸及侵犯；當她藉法律討回公道時，又面對辯方對她的人格謀殺，將她的私人生活、家庭生活和感情往事全抖出來；當她將這些事件公開時，彷彿再次被強暴及受到傷害。此案在全美國以至全球，引起激烈的討論及迴響。按照法例，被告應該判入獄2至14年，最後只判了六個月，且服刑三個月後因行為良好而假釋。法官解釋被告是因為酒後的道德感較低，加上傳媒廣泛關注已令他承受很大壓力，為了他的前途而輕判。但這個判決導致過百萬人聯署抗議，認為輕判對以後案件的負面影響太大，要求撤換或罷免判案的法官。

類似的事件不住重演。2017年，一位就讀於安大略省理工大學的華裔女生在酒醉後被男友強姦，身體受到嚴重的傷害。但男友沒有第一時間懺悔，也不肯認錯；女生沒去警察局報案，而是向大學提出投訴。經過漫長的等待，五個月來她只收到兩次校方來電，反覆求證：女生沒同意與男友發生性行為，是否事實？最終校方裁定男生違反學生行為守則，未經女方同意便發生性行為；因此罰他寫2,000字論文，題目是有關如何尊重他人，並清楚地表達性行為需得到「同意」的含義；2017年底前，他不能到大學上課，也暫停其大學校隊的一切活動 (北京晨報 2017)。面對校方的判決，雙方反應卻截然不同。男方投訴：這麼重？憑什麼不讓我上課？而受害者說：這麼輕？我要的公道呢？最後女生將事件告上法庭，但卻再次面對漫長的等待及身心的折騰。

從這些不住出現的新聞看到，男女雙方對性侵的看法及對彼此的傷害的理解存在巨大差異，男性很顯然會輕看性侵行動如何摧毀受害者的身心，社會大眾對明星級高材生運動員的盲目崇拜及投懷送抱，亦令他們未必同情受害女生的遭遇；對女性而言，要公開

表達這些不幸遭遇對她們帶來的恥辱與痛楚，並且未必能取回公道，是很多人無法明白的。

5.7 結論與反省

性暴力是嚴重的社會問題，在西方亦愈來愈受到重視，但仍找不到理想的解決辦法。最重要的除了兩性權益問題及對彼此身體的尊重以外，仍要回應大學校園內的酗酒問題及「約炮」(hook up) 文化，前者令人難以在清醒狀態下判別是非，而後者則令自願與非自願性行為的界線模糊。

事實上，要男女雙方彼此了解對方的痛苦及處境均毫不容易。但若抱有開放的態度及同理心，必能縮短彼此間認知的差異。在搜尋男權運動資料時，拍攝有關紀錄片《紅色藥丸》(*Red Pills*) [4] 的女導演 Cassie Jaye 本身是一個不折不扣的女權主義者，她因這套紀錄片訪問了不少男權及女權主義者，了解他們的世界及看法。她發現男性面對的危機也十分嚴峻，但卻未為傳媒留意：男人面對家暴問題，但家暴庇護所將他們拒之於門外，連警察部門也只叫他們快些逃跑，導演由最初的懷疑到最後的動搖，直言「幸好我不是個男人」。實際上，女權主義者當中有很多是男性，男權主義者中也有很多女性。所以無論男權女權，溝通才是正道，而平權才是所有人的最終訴求，任何特權都會為另一性別帶來不適（自然醒影院2017）。

除了紀錄片女導演的故事，另一個例子涉及一個白人男權主義者，他透過文章分享認識女性主義如何豐富對男權主義的想像，

4　擷取自 https://www.youtube.com/watch?v=wLzeakKC6fE。

最後成為平權者的經過（Cacao Mag 2016）。這位男性在Facebook上自白，他曾經是憤怒的男權主義者，怪責女人害得男人失去社會地位。他首先接觸到《傳播厭男症》（*Spreading Misandry: The Teaching of Contempt for Men in Popular Culture*, 2001）一書，但當他希望與同事交流讀後感時，卻面對奇異的目光，發覺即使自己僅僅只是認同「厭男症」，對同事沒有任何威脅，都會遇到敵視的目光，而同事對他的友善態度亦大不如前，之後更被解僱。後來他得了抑鬱症，思想混亂中只有在大學繼續追尋，通過大量文獻研究了解到社會的極端組織，例如男權和白人至上主義，文獻研究發現這些組織都利用了一些生活混亂、信仰衝突的年輕人，就像他一樣。期間他接觸不少極端的男權主義思想，有些甚至希望消滅女性主義，但他不希望走向極端，只承認自己是一個平權主義者。作者一直希望從男權主義者角度看男性及男子氣概等問題，但他接觸的右派男權主義並不能提供合適的研究路徑。唸研究院時，他接觸了由女權主義者撰寫的有關男權的文章，它們從女性生活及經驗的角度談論男性，令他認識到自己過往接觸的男權理論如何站不住腳，最後他發現男權運動面對的問題其實與女權主義一樣，只是雙方找不到正軌。因此他進入了女性主義研究的世界，而社會學亦讓他明白社會的不公平如何發生。

由此可見，無論男權主義抑或女權主義，都是你中有我、我中有你，不能各走極端；雙方都面對社會不公平的問題，需要放下成見，才能達到真正的彼此了解。

知多一點點：深偽技術

深偽技術（deep fake）是一種透過人工智能中的深度學習（deep learning）技術所創造的偽造訊息。深偽技術可以用於影像及聲音，只需要仿造對象的人物影音素材，就能製造出唯妙唯肖的假影片。有不少軟件開發者利用相關的技術來開發裸照生成器，然後放上網供人使用，從中獲利，受害者大多是女性；有報告指，2019年開始約有10.5萬的女性被相關程式製作假裸照或影片。深偽技術恐怖的地方，是讓懂得操作的人以極高的說服力，將別人沒有說過的話、沒有做過的事強壓在他／她身上。例如分手的情侶用「報復性色情影片」（revenge porn）要脅對方，但當報復性色情影片遇上深偽技術，將喚起人們心中更深層的恐懼。

5.8 問題討論

(1) 世界各地的性暴力問題出現不同的狀況。從傳媒的報導中，你認為香港哪一方面的性暴力最嚴重？

(2) 暴力與物化有何關係？為什麼物化女性會造成更多暴力問題？

(3) 你認為將前度的私密照片或錄像公開，是否一種性暴力？而使用深偽技術偽造知名人士的情慾片，又是否暴力行為？

(4) 為什麼香港的 #MeToo 運動不能引起廣泛的迴響？與本地人對性的看法有沒有關係？

(5) 根據香港婦女基金會在 2021 年 6 月發表有關《探索香港年輕男士的性別觀》報告（見第 5.5 節），幾乎所有類別的香港男性都認同強暴迷思。為什麼會出現這現象？

(6) 什麼是「男權主義」？你認為在父權高企的地方如香港，是否仍有機會發展男權？

(7) 你認為男女對性侵、性騷擾的看法，有沒有辦法收窄分歧？如何才能促進兩性彼此了解？

暴力與媒體

第六章
媒體與暴力問題的經典研究與侷限

6.1 早期研究

　　媒體暴力研究的數量浩如煙海，涉及的範圍亦十分廣泛，包括不同的媒體，其中最受關注的是媒體暴力對青少年的影響。自1950年代電視普及化以來，暴力影像會否引起青少年模仿導致侵略性或暴力行為，一直是暴力影響研究的焦點。本章抽取在學術界最具代表性、獲得較多討論的理論或研究，作重點式介紹。

　　對於媒體暴力內容對大眾暴力行為的影響，不少人都認為必然有因果關係，但Grossman及DeGaetano（1999: 23–24）在20世紀末卻作出以下的總結：

> 科學研究幾乎一致支持傳媒暴力是導致社會上真實暴力的一個主因，或決定性因素……自1950年以來（直至1999年），單在美國有總數超過3,500項有關媒體暴力對社會大眾影響的研究，若隨機抽取其中1,000個研究結果來分析，只有18個證實媒體內的娛樂暴力內容與受眾的暴力行為有真實關係。

　　大部分研究顯示，無論地區或性別，媒體的暴力影像會增加兒童短期及長期侵略行為的風險，但風險並不等於實際行動，亦未必是他們暴力行為的主因。其實一些1950、1960年代的研究早已有同樣的觀察。Wilbur Schramm及其同事在美加兩地十個社區於

1958–1960年進行了11次大型調查研究，加上內容分析及訪談等方式，研究電視暴力內容對兒童認知、情感和行為的影響。這個題為「兒童生活中的電視」的研究發現這些內容對兒童情緒的影響較為明顯，特別是突如其來的暴力對兒童觀眾產生的驚嚇效果最大；在認知層面，電視上出現的性行為及暴力描述，可能會令兒童更早熟，或對成長產生恐懼；但與暴力行為的關聯上，研究認為電視暴力並不是產生暴力行為的主因，它不過是其中一個促成的因素，而暴力行為的主因是兒童生活的缺憾，如家庭問題、被父母或朋友遺棄等（Lowery & DeFleur 1995: 255–63）。

　　「兒童生活中的電視」強調，受眾的差異（例如智力水平）會影響他們對暴力的接受程度。這個研究同時肯定了電視是兒童社教化（socialization）的一個重要工具，是他們成長共同經驗的重要來源。研究總結電視的影響時，認為大部分電視內容對大多數兒童觀眾都是無害無益的。這個看似矛盾的結論，令社會人士以及家長認為研究未有提供滿意的答案；有關媒體暴力的研究接踵而來，學者透過醫學、心理學、社會學等角度，應用其中的理論進行研究，以下介紹幾種對兩者關係較有代表性的解釋及理論。

表6.1　具有代表性的影響論研究

影響期	理論名稱	研究員	使用方法
短期影響	社會學習理論	Albert Bandura（1965）	心理學實驗
	淨化理論	Seymour Feshbach 和 Robert Singer（1971）	實地實驗
長期影響	涵化分析	George Gerbner（1969）	內容分析
	暴力行為的可預測性	Leonard D. Eron 和 Rowell Huesmann（1986）	追蹤研究

6.2 重要研究及發現

美國觀眾自 1960 年代起，通過電視媒體在家中目睹種種社會動盪，包括總統被刺殺、校園暴力、各式各樣的公民運動及反戰衝突等，而罪案率亦在 1958–1969 短短十年期間急升了一倍 (Lowery & DeFleur 1995: 291–92)，社會失去了戰後的寧靜，傳統價值瓦解及社會秩序受破壞。政府進行了不少有代表性的大型行政研究，以針對和解決媒體與暴力的問題，這些研究包括：

（1）暴力委員會研究暴力成因的報告 (1967–1968)；

（2）公共衛生局長關於電視與社會行為的報告 (三冊，1972)；

（3）美國國家心理健康研究所報告《電視與行為：十年的學術演進對八十年代的意義》(1983)；

（4）國家電視暴力研究 (1994–1997)。

不少重要理論或概念，都來自上述研究內容。下文嘗試抽取其中一些有代表性的理論，加以討論。

6.2.1 社會學習理論

社會學習理論 (social learning theory) 源於一個名為「寶寶娃娃」的實驗。該實驗由史丹福大學的 Albert Bandura 教授以行為心理學方式進行，記錄在上述公共衛生局長的報告第二冊《電視與社會學習》內。Bandura (1968: 123–39) 主要研究模仿與侵略行為的關係，他與助手設計了一個「寶寶娃娃」吹氣玩具，實驗的工具是播放一段關於一個小孩用一系列攻擊方法 (包括球棒等) 襲擊「寶寶娃娃」的片段。這個片段播給三組兒童觀看，第一組觀看者同時觀看第二段成年人讚賞小孩行為或給他/她獎勵的片段；第二組小孩第二段看的是成年人懲罰或告誡他/她的片段；最後一組是沒有觀看第

二段影片的對照組（control group）。播放影片後，研究員會安排三組兒童經過一個放置了「寶寶娃娃」及一支球棒的房間。Bandura 發現第一組及第三組的小孩幾乎都會仿效第一段影片的手法（copycat violence）攻擊「寶寶娃娃」，而看過懲罰後果的第二組小孩就不敢有同樣的表現；但隨著時間的推移，當第二組小孩看見第一組及第三組小孩向「寶寶娃娃」襲擊而沒被懲罰時，第二組的小孩亦開始蠢蠢欲動。這個實驗的結論非常直接：受眾會觀察學習（observational learning）電影或電視角色的行為，即是通過模仿學到新的攻擊及暴力行為。兒童特別具有這方面的學習能力，但有模仿能力並不一定會做出實際攻擊行動，主要仍取決於情境因素，例如實驗內的賞罰因素等等。隨後，Liebert 及 Baron（1971）的跟進研究進一步說明電視上的暴力內容，例如警探開槍及拳打腳踢等，大部分兒童在觀看後，短期間會出現明顯的攻擊行為，例如在遊戲中選擇使用攻擊手法、選擇玩具手槍或使用可以用作打鬥的玩具。他們認為兒童若持續接觸暴力內容，會間接助長他們攻擊他人的傾向，以及較難與人正常合作，特別是觀看了影視攻擊行為而獲獎賞的兒童，在行為上可能變得更暴力。這些實驗主要指出兒童或受眾對媒體暴力內容的模仿，及後者的社教化功能。

6.2.2 淨化理論

淨化理論（catharsis）最初由亞里士多德提出，他指出觀看悲劇可以淨化觀眾的恐懼、悲傷、憤怒等消極的情緒。這一種解釋被學者套用在媒體暴力的層面，指出潛藏在人性的侵略或暴力情緒累積到某一水平時，需要找到一些方法釋放它們，而媒體的暴力內容能夠有效將這些消極情緒宣洩出來。研究員 Seymour Feshbach 和 Robert Singer（1971）嘗試應用這理論做實驗，在加州及紐約挑選了

七間寄宿學校的625名男學生，進行為期六個星期的實驗，其中一半的學生只容許觀看完全沒有暴力成分的電視節目，另一半的學生觀看帶有暴力的電視節目。此研究發現有觀看暴力內容的學生在生活上較少展現暴力行為，例如動粗或打破器具等，而沒有觀看者則更多呈現暴力衝動。Feshbach及Singer解釋媒體的暴力內容有淨化的功能，給予觀眾對攻擊的想像，能將他們內心的憤怒、壓抑等消極情緒釋放，因此這個實驗的結果證明媒體的暴力內容反而有助青少年穩定情緒，消除他們的暴力傾向，通過媒體內容提供的想像及替代性參與，可以將積壓的情緒消解於無形。

　　以上的早期研究主要集中在大眾傳媒的短期影響以及受眾行為的改變上，以下將討論傳媒暴力內容的長期影響。

6.2.3 涵化分析

　　涵化分析（cultivational analysis）主要關心受眾對媒體暴力內容經過長時間的耳濡目染後，會否造成潛移默化的影響，受眾對社會的認知模式有沒有改變。George Gerbner（1976）選取「涵化」而捨「長期效果」一詞，主要希望突出受眾因為長期接觸大眾傳媒的訊息所造成認知的改變。電視是當時一般人接收資訊的主要來源，從中獲知社會價值及標準，以及大眾認同的主流文化。

　　涵化分析最早處理的題目是暴力問題。Gerbner與同事做了一個媒體影響理論的長期研究，其中一部分是電視內容的暴力指數（violence index），他們自1960年代開始，逐年抽樣統計美國電視戲劇裡的暴力內容，並創立了電視暴力指數，研究計算一般美國年輕人從電視接觸暴力題材的數量。Gerbner發現典型的美國人在18歲時，已經從家中的電視看過32,000宗謀殺及40,000宗涉嫌謀殺的劇情；研究又發現，電視的暴力指數在1960至1970年代沒有明顯改

變，暴力內容經常在電視出現，主要原因是這些內容製作成本低而收視率較高，電視台特別愛在廣告時段前播放，以留住觀眾不要轉台；國際媒體集團同時認為暴力內容翻譯成本較低而又可以行銷世界各地，具有強大市場價值。由此可見，暴力內容是根據一套市場規律製作的。

長期接觸電視暴力內容後會帶來認知上的負面影響，Gerbner稱之為「險惡世界」症候（mean world syndrome）。電視提供了一個象徵性環境，觀看愈多暴力內容的受眾（重度受試者），愈會想像電視以外的真實世界是一個比現實社會環境更危險的地方，看電視較多的人容易高估自己介入暴力的可行性、暴力罪行的比例，以及陌生人進行致命罪案的比例；因為在虛擬的電視世界，一成的角色會每個星期遇到暴力襲擊；而在現實生活中，只有1%成年人每年遇到一次暴力對待。受眾會將虛擬真實的環境看作個人的親身經歷，因此對大多數人都不予信任，又以為人們多半只顧自己、不願助人，較擔心自己的安全，願意接受警察擁有較多的權力，甚至犧牲個人權利亦在所不惜；Gerbner認為電視投射了一幅扭曲了的圖像，誇張了暴力的比重，令觀眾覺得現實世界同樣充滿暴力。

對個體而言，暴力內容除了令他們對世界感到莫名的恐懼，亦令他們對暴力行為減少敏感度（desensitization），同時提高了對違反社會公義及秩序的暴力行為的容忍程度。媒體批評者認為暴力電影令年青一代的受眾對真實生活的暴力缺乏敏銳觸覺。Gerbner的研究主要以內容分析的方法進行，認為媒體的暴力代表了一個高度選擇性、刻板化及扭曲的世界，而這些內容的影響是累積性的，對長期觀看者影響尤大；特別當電視中的角色和自己相似時，便更加強涵化的效果。

　　Gerbner的內容分析研究受到不少批評，在方法上有人質疑他們的暴力分類過度簡化，未能反映美國文化的多重意義，而暴力的解釋應從公眾角度而不是研究者角度出發，否則觀眾未必會對媒體暴力內容出現同樣的反應；而以此量度對長期觀眾態度的影響亦有問題，因為不少觀眾的價值觀自小已透過社教化獲得。

　　Lea和Young（1993）的研究進一步指出，若將社會階層、種族、社區鄰里等因素放進媒體與罪惡的關係裡，可以解釋受眾為什麼對周圍環境感到恐懼，因為生活在高罪案率社區的人看到電視的暴力內容，會強化他們對現實社會的恐懼，Lea和Young稱這些人面對的是「境況現實」（situational reality）。Gerbner分析暴力的方法在美國仍然繼續，1994–1997年間美國最大規模的「全國電視暴力研究」便是建立在Gerbner及影響研究的基礎上，它分析了23個電視頻道共10,000小時的錄像，每天由早到晚共三千多個節目，研究議題包括：電視用什麼方式描寫暴力？是激勵抑或批評暴力？傳媒暴力使觀眾恐懼抑或麻木多些？研究發現，接近六成的節目包含暴力情節或內容，研究員更發現37%的節目美化暴力，44%的節目合理化暴力，而使用暴力多半是沒有懲罰或後果的（Federman 1996; 1997）。

6.2.4 暴力行為的可預測性

　　公共衛生局長的報告第三冊內有一系列長期追蹤的研究，記錄了Lefkowitz和同事（1977）進行的「電視與兒童攻擊性：一項追蹤研究」。他們在紐約州同一地區測試了875個三年級的八歲學童，十年後，仍有近半數的436人進行第二次測試，兩次測試中他們回答大致相同的問題。研究發現，考慮過四個獨立因素：煽動原因、即時反應、認同感和社會文化地位，特別是父母的教導方法及環境

因素，可以有效預測年輕人的侵略行為。受訪者八歲時形成的收看習慣，會對他在兒童期及青春期的攻擊行為產生影響：在三年級收看愈多電視暴力的男孩，當時及十年後他們的攻擊行為就愈多；三年級收看電視的情況與當時攻擊行為的關係，與十年後攻擊行為的相關程度，後者更為明顯。Lefkowitz等人因此認為，電視對暴力行為的效果是累積性的，收看電視暴力的頻密程度與十年後攻擊行為的表現是有因果關係的。

此外，在美國國家心理健康研究所的報告內，記錄了E. D. McCarthy和同事（1975: 71–85）一項為期五年的研究。這個追蹤732名兒童的調查數據顯示，受訪者的攻擊性表現（如與同伴打架、與父母衝突、違法行為等）都與觀看電視暴力成正比。

另一項長期研究由Eron和Huesmann（1986）進行。他們研究了美國、芬蘭和波蘭不同年級兒童的情況，結論是電視暴力和男孩與女孩的攻擊傾向之間均有明顯的正關係，與早期的研究只發現男孩有此情況並不相同。此外，電視頻道的選擇也和受眾的攻擊行為有很高的關聯。

總括而言，這幾個追蹤研究嘗試以縱向角度，了解暴力電視內容收看習慣與受眾攻擊性行動的關係。結果幾乎一致顯示收看暴力內容的多寡，與受眾的暴力關聯成正比。但什麼因素導致這些關聯？這些研究提出了不同中介因素，例如家庭背景、教養方式、年輕人的個人因素等。

6.3 媒體暴力對受眾的影響

媒體的暴力內容為何會增加或減少受眾使用暴力的傾向？隨著由政府策動的大型研究告一段落，愈來愈多由個別專業團體發表

的相關研究出版，對此有較深入分析，例如美國國家心理健康研究
所報告以及其他的研究，總結了以下幾個暴力影像導致暴力行為的
因素（Bryant & Zillmann 1994）：

表6.2　媒體暴力內容影響受眾行為理論

理論名稱	提出者	內容重點
（1）模仿 （imitation）	Bandura（1978; 1979）	• 暴力是解決問題的方法 • 若媒體內容描述的場面與觀眾經驗的真實環境相似，很容易獲得暗示，從而出現侵略性的傾向
（2）減少抑制暴力的衝動 （disinhibitation）	Berkowitz（1962; 1965; 1974）	• 現實生活中，一般人在正常情況會壓抑使用暴力的衝動 • 但收看暴力節目後，觀眾會傾向合理化現實生活中的暴力行為，特別是那些收看節目前已感到憤怒的受眾
（3）激發過程 （arousal）	Tannenbaum 和 Zillmann（1975）	• 兒童因觀看電視節目受刺激，而變得異常活躍 • 暴力、情慾、甚至幽默的電視節目令觀眾感到刺激，激發他們的情緒反應
（4）敏感性降低 （desensitization）	Drabman 和 Thomas（1974）， Cline、Croft 和 Courrier（1973）	• 重複觀看電視暴力節目會減低受眾對暴力行為的情緒反應，從而逐漸接受真實生活中的暴力行為 • 受眾對節目內的暴力程度要求更高，才能滿足他們的口味 • 看電視暴力愈多的兒童，對暴力內容的情緒反應較看電視較少者弱
（5）淨化理論 （catharsis theory）	Feshbach 和 Singer （1971）	• 受眾透過暴力媒體發洩其攻擊慾望，抒發其他負面情緒，減少暴力傾向 • 支持此說法的研究較少，另一個照同樣方法複製的研究無法達致同一結果

　　電視暴力內容研究持續到1980年代，可是並非所有同類研究
都得到相同結果，有些研究甚至得出完全不同的結果。例如由美
國國家廣播公司（NBC）贊助、學者Ronald Milavsky（1982）與團隊
進行為期三年（1970–1973）的追蹤研究，定時追訪了3,200個中小
學生，量度他們的攻擊行為與收看暴力電視節目的多寡並作出聯

緊，分析暴力電視對受眾的短期及長期影響，發現暴力電視對受眾
攻擊行為或有短期影響，但卻缺乏證據會造成長期或累積性影響。
一本1980年代初由美國政府出版、名為《電視與行為：十年科學進
展與八十年代展望》的報告 (Pearl et al. 1982) 總結了1970年代電視
暴力研究，顯示電視並非無關痛癢的娛樂，而可以對受眾生活及行
為帶來重要影響。此報告亦顯示媒體暴力研究的路向有所改變，
除了擴闊電視的影響範圍至廣告及內容研究方面，一些研究亦視媒
體的暴力內容為一種催化劑，仍需要有其他因素的配合，例如認為
受眾若遇到暴力的刺激，可能因此獲得線索在生理或情緒上出現暴
力反應，特別當主角遇到挫折，或其暴力行為是出於自衛或報復
時。研究者亦發現，若暴力行為明顯為他人帶來苦難，能激發觀
眾的罪疚感，可以抑制他們的侵略行為。

6.4 研究方法的缺點與限制

有關傳媒暴力內容對受眾影響的研究，主要採用科學實證主
義 (positivism) 的研究方法，量度受眾長期浸淫在暴力影像內容對
他們的影響，包括攻擊意慾、對世界的恐懼、對暴力的敏感度等，
主要的方法分別是：

（1）實驗室／現場進行的實驗：大量有關媒體暴力的影響研究
以這種方法進行，因為它較能證實兩者的因果關係，另一個優點是
成本較其他方法低。例如在實驗室向受測試的兒童或成人播放暴
力電影或電視片段，然後問他們有關暴力的問題，他們所填寫的答
案一般與未看過同樣節目的對照組作比較。有些實驗亦會在實驗
室以外進行，例如受試者生活或起居的真實環境，以減少實驗效果
對他們的影響。

（2）調查/追蹤調查：調查可以填寫問卷或訪問形式進行；追蹤調查是同一批受測試的對象，相隔一定時間再進行調查。

（3）內容分析：將非量化的文獻材料轉化為可以量化的數據，並依據這些資料對文獻內容作量化分析，做出關於事實的判斷和推論。Gerbner 的涵化理論便採取了大量電視暴力內容分析的方法。

David Trend（2007: 38–44）認為，以這些用社會科學或數據分析等方法來研究暴力問題，有兩項先天缺點。

首先，人類行為的成因非常複雜，不像自然科學那樣可以孤立一些因素進行測試，研究員必須找出如何孤立某一種特定行為以進行測試的方法。人類行為（特別是暴力行動）受到很多不同因素影響，例如腦袋內的化學成分、先天環境、後天培養、文化及其他誘因等等，如何能夠準確釐清每一種因素與構成暴力行為的關係？很多受測試者並非白紙一張，他們除了受暴力電視內容影響外，還接觸各類媒體及廣告，如何可以準確量度哪些訊息會記得及仿效，哪些影像在純粹享受及消遣過後便忘掉？人不是機器，相同的暴力內容對不同人可以有不同的反應。

第二個在研究方法上的問題與邏輯有關。很多社會科學研究都會量度暴力媒體內容與行為改變的關聯程度，例如有研究指出，看過某套電影如《金剛》（*King Kong*）之後，男孩子會有較大可能壓爛玩具，但男孩這樣做並不一定完全因電影而起，可能還受到其他外在因素影響，電影不過是其中之一，因此若完全歸咎於電影便欠缺嚴謹。

Trend 進一步指出以下三種常見的社會科學研究方法，應用在暴力研究時的限制：

（1）**實驗室/現場進行的實驗**：這些研究發現媒體暴力內容能在短期內輕微增加受眾的攻擊行為。這類研究數量雖多，但不少

在內容上與方法上重複及欠缺新意。心理學家Jonathan Freedman（2002）重新檢視1970、1980年代87個較有份量的實驗，發現累計起來，只有37%支持媒體暴力內容對受眾行為有壞影響，41%反對，其餘22%模棱兩可。由此可見，若以整體研究量而言，媒體暴力內容與攻擊行為的關聯性並不算強。而且，實驗室內的研究經常被批評脫離現實，受試者在一個非天然的環境，表現與平時可能並不一樣。現場實驗較接近現實生活，但仍受其他因素的影響。例如Feshbach和Singer在1971年的實驗，發現沒有看暴力電視的學童較有收看的學童出現更多暴力及破壞性行動，因此支持淨化理論的說法，但後來部分沒有收看暴力節目的受試學生指出，他們感到憤怒是因為被剝削收看暴力節目的機會；研究者亦指出，雖然實驗在現場進行，但仍有其他外在因素影響實驗的結果。

（2）**調查/追蹤調查**：Freedman（2002）同時對以調查方式量度暴力媒體影響的研究作出評估，發現類似的模棱兩可的問題。累積各調查數據，暴力媒體導致暴力行為的相關系數介乎0.1與0.2之間，換言之，只有1%–4%的暴力表現可以歸咎於傳媒的刺激，統計學者認為這是很弱的聯繫；當調查的樣本縮小時，系數值更低，且不少調查事後重複進行時，未能獲得一致的結果。至於追蹤調查方面，其中一個著名的研究由Eron及Huesmann在1960至1980年代之間進行。這個為期22年的研究，成為美國國會在1990年代中制定的電視暴力內容限制及強制電視機內設置「V晶片」（V-chip，一個量度暴力指數的工具）的重要依據。但後來，Huesmann在紀錄片《暴力的神話》承認，是政府官員要求研究員發現暴力媒體的負面影響。作為科學家，他們的研究數據並不能有效肯定收看暴力節目的習慣會影響觀眾日後的暴力行為，根據他們的追蹤調查，只有很少

數的個案可以建立兩者的直接關聯。至於電視的出現是否導致美國的罪案率倍增，上述的紀錄片發現，歐洲及日本的罪案率在電視出現後沒有改變，後來甚至輕微下跌，這亦難以印證電視暴力內容對罪案率的影響 (Trend 2007: 42-43)。

（3）**內容分析**：內容分析面對的最大問題是如何定義暴力、將暴力行為分門別類，以及如何計算暴力行為，例如是否以時間或空間來計算。此方法的假設是暴力內容在節目內有一定的顯著性，對受眾自然有強大的影響力，但這種假設一向備受質疑（Burton 2005: 122）。近年美國最大型以內容分析作研究的是1998年出版的《全國電視暴力研究報告》，該報告指出有六成的廣播節目含有不同形式的暴力內容；同時指出，收看這些暴力電視節目的觀眾可能會出現三種危機：學懂侵略態度或行為、對暴力侵犯缺乏敏感度，以及增加對世界的恐懼，擔心自己成為受害人。其實這個內容分析報告是建基於其他暴力研究報告，單靠內容分析不能得出暴力電視內容導致攻擊行為的結論。而這份報告的推論邏輯就像千億電視廣告的影響力一樣，傳播得愈多，影響力愈大（Freedman 2002）。

整體而言，媒體暴力研究由於分歧很大，很難達到一致的看法。如前述最基本的暴力定義已難有共識，例如Gerbner將暴力定義為企圖或威脅傷害或殺害他人，不管在什麼環境或用什麼武器；他又認為卡通片內的暴力亦應計算在內，但另外一些學者則認為卡通片的喜劇元素及呈現缺乏真實感，不應計算在內。此外，對於暴力媒體與暴力行為之間到底是因果關係抑或是互相關聯，亦未有共識。而即使同意暴力媒體影響到暴力行為，到底是心理方面抑或身體面對挑戰時的機能反應，例如心跳、流汗、血壓升高等，也未有共識。

6.5 結論

　　對於暴力媒體對受眾有否造成暴力或侵犯的行為，學者有不同的意見，其中最有代表性的是 Rowell Huesmann。他經過五十年研究後總結，經常接觸暴力媒體會影響兒童的侵略行為，甚至持續至成年以後；但 Jonathan Freedman 則持相反意見，認為現有的科學證據不足以證實收看暴力內容會影響觀眾，或者令他們對暴力失去敏銳性（Media Awareness Network 2008）。由於研究內容的差異，學者以不同角度處理暴力內容問題，Graeme Burton 認為影響論的最大問題，是有太多與社會或媒體有關的條件因素影響個別觀眾接觸暴力內容的經驗，因此暴力內容帶來的影響很難一概而論。表6.3是 Burton 總結影響研究牽涉到的不同層面，分別是人物、媒體及文本、暴力行為三大部分。第一欄從觀眾角度出發，觀眾自身的背景影響他們理解及認同暴力影像內的施襲者與被襲者；第二、三欄分別指向媒體暴力的施襲者與遇襲者；第二列牽涉到媒體及文本的特性，亦會影響觀眾的接收；最後一列指出的暴力行動表達方式，包括了暴力形式、處境及結果等，同樣影響傳播效果。因此傳統影響力研究結果出現的差異，與這一系列互動因素有關。

表6.3　媒體暴力的展現如何影響其效果？

觀眾 年齡、性別、社教化程度 • 經常接觸朋輩價值？ • 是否較多討論影像的代表性？	襲擊者 年齡、性別、動機	遇襲者 年齡、性別、反應
媒體的特性 如文字或影像符號	媒體暴力 帶來的影響	文本的特性 • 例如戲劇或新聞 • 相對傳統慣例及文本特性，暴力內容的表現方式是否真實？
暴力行動特性 受傷、殺害 • 身體上或口頭上？ • 是否使用武器？	暴力行動的處境 故事內的社群對暴力的態度，觀眾在何處接觸此電影或節目（家中或戲院）？	暴力行動的結果 身體或心理傷害、死亡等

出處：Burton（2005: 124）

知多一點點：取消文化

取消文化（cancel culture）或稱指控文化，是一種社群抵制行為，目的在於意圖檢舉某人或某節目的內容不符合自己所認同的「政治正確」，發動輿論討伐並將其驅逐出所屬的社交圈或專業領域交流之線上、社群媒體或現實的活動，使其失去原有社會關係平台的公開支持，最終無法繼續存在而「被取消」。較近期的例子，有影星尊尼·特普（Johnny Depp）與前妻安柏·赫德（Amber Heard）離婚後互控家暴，官司糾纏多年讓他形象跌落谷底，被多部電影撤換角色，甚至由他演活而走紅全球的《魔盜王》（*Pirates of the Caribbean*）系列也因此喊停。他抱怨受「取消文化」影響的人只會群起攻擊，卻乏人追求真相。家暴案件在2022年4月開始審理，更多私人資料披露令輿論開始支持特普，特普最後獲得勝訴。

6.6 問題討論

(1) 媒體再呈現的暴力行為不限於肉身的攻擊，亦包括一些「冷暴力」如心理威脅、言語挑釁、情緒上的欺凌等。黃金時段播放的電視劇其實包括了不少冷暴力元素，例如有古裝宮廷劇集唇槍舌劍、陰謀迫害無日無之，令觀眾情緒不得安寧。冷暴力題材會否同樣荼毒新一代而需要管制？

(2) 美國志願組織「家長關注電視評議會」(Parent Television Council) 針對電視不當的內容，包括暴力及色情等，向有關傳媒施壓，過去就電視的暴力內容做過不少研究。[1] 香港是否需要成立同樣的組織，令新生一代可以在較健康正常的媒體環境中成長？

(3) 在美國，為了平衡言論自由及保護年青一代免受不良資訊荼毒，電視及電影等內容都採取分級制度，讓父母有權為子女選擇合適觀看的素材。你認為香港目前的分級制度是否足夠？應否像美國一樣，以監管的手法讓媒體機構對暴力題材及內容有更明確的分類？

(4) 目前本地不少所謂「闔家觀賞」級別的電影或電視都有一定程度的色情及暴力鏡頭，你認為這樣的尺度是否太過寬鬆？

(5) 在互聯網年代，傳統的大眾傳媒已失去過往作為守門者一樣領導群眾的影響力，如今網絡上出現的暴力又有何特色？試從網絡起底、網絡審判、取消文化的現象思考。

1　可參考 http://www.parentstv.org/PTC/publications/reports/welcome.asp。

第七章
暴力研究的轉向

7.1 媒體影響有限的研究潮流

　　暴力研究的爭議包括一些方法論的問題，例如「刺激－反應」的假設未獲得廣泛的研究證實；在因果關係上，媒體暴力亦非引起暴力行為的必要或充分條件，需經過一連串中介關係，例如個人差異、社會範疇、社會關係等，導致媒體效果及影響力受到削弱。

　　與此同時，1940 至 1960 年代之間，傳媒研究亦進入有限影響力的時期，不少研究例如 Joseph Klapper (1960) 的「選擇性接觸」、Paul Lazarsfeld (1948) 的「人民的選擇」、Elihu Katz (1957) 的「人際影響」等都否定了早期大眾傳播的強大影響力。這些研究轉而指出，媒體不是影響受眾的唯一途徑，媒體不過透過許多中介因素，在多種格局影響下發生作用，因此對受眾的影響是有限的。

　　雖然「有限影響論」並不是為了回應媒體暴力問題而進行，其實自 1970 年後，傳播研究從受眾角度逐步發展「使用及滿足」理論 (Blumler & Katz 1974)。這些研究主要關心觀眾如何使用傳媒來滿足個人的需要，因此觀眾被視為主動、有選擇性及有明確動機地使用大眾媒體，他們參與解讀媒體的訊息，而他們的需要可大致分為四類：

　　(1) 分散注意力及逃避日常生活的常規，以獲得刺激、鬆弛及釋放的感覺；

(2) 藉媒體內容製造話題，得以維持人際交往，不致被孤立；

(3) 從大眾媒體了解自己及與他人比較，有利建立個人身份；

(4) 從媒體得知社會大事，可以居安思危。

「使用及滿足」理論發現一般人在選擇媒體內容時傾向保守，選擇接觸的媒體主要是為了強化個人的觀點及人生價值：Klapper (1960) 的強化理論進一步解釋暴力電視節目不會顯著增加或減少觀眾的暴力傾向，原因是媒體訊息會經過多重關卡，如文化規律、社會角色、心理特徵、家庭背景等因素的過濾，才到達受眾心中，因此影響力已大打折扣；加上媒體充斥不同的觀點，一般人只會留意與自己相近的看法，而對與自己相違的觀點反而沒有那麼在意，因為一般受眾對媒體內容 (包括暴力訊息) 都是選擇性接收、了解及記憶 (DeFleur & Ball-Rokeach 1975)。公眾有意識地選擇收看媒體暴力內容以達到不同的目的，他們所選取的內容主要強化已有的價值，未必輕易受影響。

7.2 道德恐慌

既然暴力傳媒對公眾的影響有限，為什麼社會大眾對這些題材有如此巨大的反應，彷彿視之為洪水猛獸？這與20世紀西方教育論到兒童時期的發展有關，將童稚時期的孩童看作無知、脆弱及需要保護 (Wagg 1992)，甚至無法分辨影像的世界和真實的世界。「無知的童年理論」在西方經過廣泛的討論，特別是家長、教師、社工等經常與兒童接觸的人士，認為青少年特別容易受到媒體暴力內容的渲染，這種看法亦獲得不少社會人士、包括政客的支持。例如1993年發生轟動一時的英國幼童被兩個十歲男孩擄殺的案

件，[1] 法官認為孩童愛看暴力電影是行兇的其中一個原因，國會議員亦因此向政府施壓，引來學者重視「道德恐慌」的憂慮。

道德恐慌 (Cohen 1972) 指大多數人同時出現一種強烈感覺，擔心一小撮人在某特定時間會危害社會秩序，而認為有需要加強社會控制 (Thompson 1998)，例如媒體暴力內容在社會上是否需要加強規管的討論，對社會學家而言是典型的道德恐慌反應。上述虐殺案發生後，英國國會在1994年匆匆通過一項嚴格將影片分類的法案，理由是懷疑兩個小童曾觀看一些有問題的錄像，如《娃鬼回魂3》(*Child Play III*)。有學者撰文反駁該法案，認為建基的理據薄弱不堪 (Baker 2001)，但由於社會人士對有關暴力案件的反應過敏，擔心青少年容易受到影響，有可能模仿暴力行為，因此令右派政黨提出對傳媒較嚴苛的法案得以通過；可是，這種出於公眾恐慌的心理被批評者視作中世紀的獵巫行動，當暴力傳媒導致暴力行為仍未獲得社會科學的研究證實，所謂的暴力內容便成為代罪羔羊。

至於道德恐慌出現的原因，是每逢有新科技冒起，社會上總有聲音擔心新科技會為社會秩序帶來破壞。例如上述有關電影或漫畫對兒童影響的研究，便是出於這種道德恐慌的心態；又例如後來社會人士關注電視、互聯網、智能電話的出現對受眾的影響，都抱著相似的心理狀態。而每逢有駭人聽聞的重要新聞，如謀殺或暴力問題，便會引起同樣反應。在香港，具代表性的例子是1999

1　事件牽涉兩歲幼童James P. Bulger於1993年2月12日在利物浦某商場，被兩個十歲男童趁其母親不察覺時擄走，然後將其虐打、殺害、棄屍鐵路旁，兩日後警方發現幼童的殘肢，事件震驚全國。兩個十歲兒童因閉路電視而被認出身份，最後被控拐帶及謀殺罪，成為英國史上最年輕的被告。詳情見維基百科，"Murder of James Bulger"。

年審訊的「童黨燒屍案」，事件涉及14個少年集體虐殺一個彼此認識的朋友，手法被發現仿效《古惑仔》漫畫。有學者認為，這些個案提供了合理的道德恐慌證據，當社會無法解釋非理性的暴力行為，又無法化解社會的焦慮時，公眾會尋求一些政治手法緩和社會情緒，而這些暴力漫畫、電腦遊戲、暴力電影等最容易成為眾矢之的 (Trend 2007: 25)。

7.3 學術議題政治化

令問題更複雜的，是政治及商業利益的介入，令議題無法獨立、客觀、有效地進行。

正因學術上的研究出現嚴重分歧，無法將媒體暴力內容與侵略行為建立強力的因果關係，同時因為社會上不少人士對媒體暴力內容歇斯底里的恐懼，暴力內容是否需要規管成為迫切的政治議題。憂心忡忡的家長、關注兒童利益的團體、宗教人士，以及爭取家長支持的保守政客等，都希望學術界能為暴力媒體的壞影響提供更多證據，以加強嚴格的規管；但另一方面，跨國媒體財團、娛樂事業參與者，以及支持創作及言論自由的自由主義者，無論是製作者、消費者或倡議者等，同樣希望學術界能提供足夠證據，以合理化暴力內容的自由製作及流通。兩方面的支持者各自拉攏立場較為接近的學者或研究員，學術界難免在兩種力量拉鋸中感到左右為難。

最明顯的壓力與資金來源有關，由於不少研究都由政府或基金贊助，而贊助者的看法會否影響研究的獨立性是一個重要議題，例如討論追蹤方法上的漏洞時提到的研究 (見第6.4節)，Rowell Huesmann 承認研究團隊受到政府當局的壓力，希望找到暴力傳媒帶來不良影響的證據，以合理化其規管政策。

另一方面，新聞機構如何處理媒體暴力研究的報導，亦會影響自身集團的聲譽。學者 Elisabeth Noelle-Neumann（1974）寫過一篇文章，提出「沉默的螺旋」（spiral of silence）的概念，亦寫過一篇暴力研究與傳媒效應的文章，她認為媒體集團出於自身利益的考慮，往往不希望負面的研究結果引起公眾恐慌，令研究者轉而向傳媒施壓，因此都傾向低調處理；相反，若是研究結果顯示暴力傳媒的影響力輕微，傳媒就會大鑼大鼓地跟進，這截然不同的處理手法難免影響相關研究學者的心理平衡。另一方面，與傳媒的暴力相關的新聞亦時有所聞，例如上文提到的童黨燒屍案，但討論的時間十分短暫，往往到新聞效應消失就缺乏有心人跟進。媒體暴力問題被忽略的原因，除了缺乏轟動一時的新聞外，媒體不欲政府插手而讓有關討論「適可而止」亦是原因之一，令相關的社會議題無法在公共空間延續討論下去。此外，媒體向政府施壓並不限於輿論層面，亦出現在調查成員的委任方面。以美國為例，1960年代政府要成立一個暴力調查委員會時，Albert Bandura因對兒童模仿媒體暴力內容的實驗非常有名，被電視台使用否決權拒於委任門外。此例足見媒體暴力影響研究的政治角力非常厲害。

當然，暴力傳媒的研究不單是學術上的爭議，研究亦涉及社會不同社群的意識形態，以及商業或公眾利益的考慮，因此考慮規管與否多出於政治因素的角力而非科學上的證據。為平衡創作自由與保護兒童的矛盾，又要應付家長、傳媒產業、政黨等施予的不同壓力，美國國會經過多年辯論，在1990年代初決定推出消極防範的V-chip作為辦法，強制所有電視機裝上一塊可以量度節目級別的晶片，亦要求電視台將多個節目評級，由家長決定子女可以觀看的節目類別。但這種方法治標不治本，V-chip的成效一直被質疑（Silver 2002: 143–47），電視節目的暴力題材不單沒有減少，還有變

本加厲的趨勢。電視節目固然充斥著暴力內容，但電玩遊戲及新聞內容亦不遑多讓，政府對這方面的管制卻未提上政治議程。

7.4 觀眾為什麼愛看暴力內容？

即使暴力媒體的內容如此富爭議性，「市場需要」永遠是製作人繼續使用暴力題材的藉口。雖然有不少觀眾批評，亦有不少觀眾拒絕收看，但媒體的暴力內容仍有不少擁躉，更有不少是邊罵邊看的人。到底暴力內容的吸引力在哪裡？

Sparks 和 Sparks（2002）認為，暴力與恐怖片的本質很相似，都包含著潛在傷害或破壞的元素，而很多時候媒體暴力的表達方式令觀眾覺得很享受，具有吸引力。兩位作者提出媒體暴力內容吸引觀眾之處：

（1）**視覺享受**：暴力鏡頭一般都會有特殊的場面設計，例如爆破鏡頭或火光熊熊的場面，令觀眾屏息以待；又例如血花四濺的槍擊鏡頭，配上慢鏡頭等效果，充滿了強烈的電影元素。

（2）**破壞的美感**：這個說法由 Allen 和 Greenberger（1979）提出，他們以此解釋一些破壞行為的動機，這些美感包括破壞行為帶來的新奇、刺激、期望等元素。例如當用硬物打破一個玻璃杯時，它如何粉碎是不可測及難以預計的，粉碎時發出的聲音又每次不同，這些難以預計的元素、新鮮感及刺激感，學者認為可以解釋破壞行為的動機，和為何觀眾愛看。

（3）**官能刺激**：這個說法基本上揉合了以上兩個元素，不少喜愛媒體暴力內容的受眾主要為了追求官能刺激，例如涉及酷刑、問吊、屍體甚至性愛的場面，帶來驚嚇及震撼的感覺。無論暴力內

容是正面或負面，追逐暴力媒體帶來的官能刺激可能令受眾忽視潛藏的身體、社會、法律及財政風險，特別是對年輕受眾的心理傷害。

（4）**情感聯繫**：Dolf Zillmann（1998）認為，觀眾受暴力媒體吸引，亦與他們以感情投入主角的遭遇有關。觀眾一般都會對角色作出道德判斷，希望自己代入的角色最終能夠趨吉避凶，而希望令自己反感的角色獲得報應及懲罰。觀眾即使不愛看其中兇殘的暴力場面，都願意忍受直到看見期待的「邪不能勝正」的結局。這種情緒上的快感，是導致懲罰式暴力被追捧的原因之一。

（5）**觀賞以後的滿足感**：另一個說法認為，觀眾並不一定享受觀賞暴力或恐怖的影像，而最吸引他們的是觀賞以後的滿足感，對同類影片一看再看。其中一種解釋是 Seymour Feshbach 提出的淨化理論，看這些影片能有效幫助觀眾發洩心中積壓已久的負面情緒，令他們看過後減少暴力傾向。

（6）**興奮理論**：Zillmann 的理論亦認為，恐怖或暴力影像會令受眾獲得不同程度的驚嚇，而這些刺激最終會提升他們的個人情緒，特別是暴力行動的高潮，正邪對決進入緊張狀態；一旦影片結束，觀眾大都鬆一口氣，情緒得到舒緩，加上故事內的問題解決，產生正面的情緒。不少研究指出，觀眾看罷恐怖或暴力的電影，會產生興奮的情緒，就是這個原因（Sparks & Sparks 2002）。

以上的不同解釋並未包含所有理論，但介紹了一些重要的看法；事實上，不同的媒體例如電影、電視、漫畫、網絡遊戲等的暴力成分，帶來震撼及投入的效果各異，例如 3D 電影讓觀眾融入電影世界，網絡遊戲容許互動功能，對使用者造成不同的娛樂效果及吸引力，但最終仍然視乎使用者的動機，讓各種媒體滿足他們不同

的需要。此外，近年影視媒體將暴力鏡頭美學化 (參看第八章)，令暴力場面更吸引，美感大大提高，讓觀眾減低對暴力情節的厭惡及排拒的情緒。

7.5 暴力、娛樂效果與媒體的關係

今天林林總總的媒體產品，不少都離不開性與暴力，究竟是否因為暴力內容本身有很高的市場叫座力，媒體集團才大力生產？根據 George Gerbner 的說法，暴力內容並不一定最受觀眾歡迎，暴力片種並不是最賣座的商品；他指出很多在電視播放、又獲得很高收視的節目都屬非暴力。但媒體機構喜歡使用暴力題材，有以下原因：

(1) 有較高的市場價值，是較容易售賣的片種；

(2) 暴力鏡頭生產成本較低，能夠提升沉悶劇情的吸引力；

(3) 暴力情節可以令觀眾屏息以待，特別適合插播廣告前，觀眾願意繼續收看；

(4) 暴力情節以動作為主，不需要大量翻譯，特別適合針對海外市場的製作 (Jhally 2002)。

除了 Gerbner 提出的觀察，James Hamilton (1998) 亦以經濟的角度解釋媒體喜歡暴力元素的原因。根據廣告公司的調查，愛看暴力場面的主要是 18–34 歲的男女觀眾，這個年齡層正是廣告客戶極力爭取的對象，因此媒體機構會大量加入暴力元素，以留住廣告客戶的歡心。

基於上述原因，媒體機構在不同的製作上傾向加入暴力元素，例如動作片、驚慄片、災難片、罪惡片，甚至喜劇、真人騷、競技

節目等等；而暴力或動作元素已經成為娛樂節目不可分割的一部分，令它看起來是一般人的自然反應、好玩及無傷大雅。雖然社會輿論會批評這些內容對兒童及青少年有不良的影響，但影視集團經常以市場需求以及影像暴力並非真實為理由，合理化暴力元素的存在。加上影視集團財雄勢大，它們可以聘用公關公司以至政治說客，向規管的組織施壓。

　　問題是，媒體機構有時會濫用暴力元素，例如專為兒童製作的卡通片裡包含大量暴力及衝突場面，某些角色可能在毫無原因下使用暴力，但並非自衛或有特殊目的，純粹是為了好玩、有型、表現膽識，或以暴力來諷刺，然而觀眾未能理解諷刺的對象。總而言之，暴力元素的作用已經脫離傳統的懲惡懲奸、維護正義的合理常規，令人聯想到傷害他人或破壞秩序可以很有娛樂性及充滿快感。

　　其中一個例子是美國荷里活導演 Oliver Stone 拍攝的電影《天生殺人狂》（1994）。電影極具爭議，其中不少情節描述男女主角無緣無故殺人，傷害無辜的人。故事從第一幕餐廳殺人事件已經可以看到，兩人原本在公路旁的餐廳午餐，遇到兩個對女主角意圖不軌的食客，觸怒男主角因此大開殺戒。先不論調戲女性是否該死，連餐廳內其他無辜的食客、侍應亦不能倖免，而在暴力的表達上，殺人猶如遊戲般隨意，可以很有娛樂性：這邊廂女主角性感地跟隨樂曲起舞，另一邊廂已經在拳打腳踢，男女主角差不多殺光了所有在餐廳的人，他們的慣例是留一個活口以宣揚他們的「威水史」，結果是隨意抽籤誰應該死，對殺人行動既沒有內疚亦沒有歉意，而且血腥打鬥場面拍得很浪漫，很有電玩遊戲的超現實快感。兩位殺人如麻的主角最後不單成為媒體傳頌的英雄偶像，結果更快快樂樂地逍遙法外。同類型的暴力電影愈來愈多，亦愈來愈殘酷，不

少情節為娛樂而暴力，血腥場面不斷升級，且不少暴力電影叫好叫座，拍了多個續集，令社會上關注這些題材的人士擔心類似的電影會否對文化造成污染。

7.6 暴力研究的新路向

媒體暴力研究在1990年代由量化研究（quantitative）趨向質化研究（qualitative），由主要針對觀眾的行為轉變轉為分析觀眾對暴力影像的理解。除了第一章提及 Philip Schlesinger 等（1992）學者有關女性觀眾對暴力故事感受的研究之外，同一研究團隊亦在1998年研究88名來自不同階層及社會背景的男性觀眾對暴力影像的感覺。與1992年女性觀眾的研究相似，1998年的研究向男性觀眾播放四個不同的暴力故事，包括《東區人》（*EastEnders*）內有關酗酒與家庭暴力的情節、肥皂劇《旅程陷阱》（*Trip Trap*）內有關性暴力的情節，以及兩套荷里活賣座電影《本能》（*Basic Instinct*）和《魔鬼戰將》（*Under Seize*），發現男性觀眾對這些暴力影像的感受比女性觀眾更強烈及多元化。

Schlesinger 等發現，男性受訪者對暴力影像的判斷，主要受他們身處的階層或社群，及後者遵行的規範所影響。街頭打鬥或可被視為輕鬆平常，特別對一些生活在高危社區及很容易捲入同類打鬥的受訪者而言。而對女性被侵犯的暴力行為，男性受訪者的反應則受其真實程度影響。他們對真實描繪的暴力行為會較認真、甚至停下來思考，但對戲劇性的娛樂暴力題材則會不屑一顧。

Schlesinger 等（1992; 1998）學者為暴力研究開拓另一路徑：媒體暴力的影響不限於觀眾的行為及侵略性表現，尚有其他層面的影響不能忽略，例如他們的研究顯示男性及女性觀眾對暴力媒體有截

然不同的感覺及判斷。另一個學者 David Morrison（1999）就觀眾對暴力的主觀定義作大規模研究，了解觀眾對媒體暴力的理解是否一致。該研究接觸大量不同年齡組別、背景和觀賞經驗的受眾，讓他們接觸不同類型的暴力影像，甚至重新剪輯某些場面，以符合他們對暴力的定義。Morrison 發現，並非什麼特定的行為可以稱為暴力，重要的是發生這些行為的場景。他的研究團隊釐訂了以下幾個電影中常見的暴力場景：

表7.1　不同場景下的暴力指數

場景	特點	暴力指數
(1) 玩笑中的暴力	明顯是設計場面，缺乏真實感，以娛樂為主，即使有暴力亦不會血腥，不傷害感情	較低 (v)
(2) 描繪的暴力	以現實手法拍攝或表達的暴力行為，目的令觀眾覺得有機會在真實世界發生，當中經常使用特寫鏡頭及血腥場面，令觀眾覺得驚嚇及出現情緒反應	較高 (V)
(3) 真實的暴力	暴力在觀眾認知的真實世界或環境發生，其中最常見的是家暴或在酒吧內動武，可算是最接近觀眾個人經驗的描述；暴力指數的高低要視乎場面及規模，對觀眾帶來的震撼程度會有差異，例如真實屠殺的畫面一定會帶來很大的震撼	由低 (v) 至高 (V) 不等

以上分類只是指出觀眾對暴力場面的分類，以及可以影響暴力指數的高低，但仍未觸及如何定義暴力的問題，什麼動作或影像內容會被觀眾理解為暴力。Morrison 的研究為暴力定義綜合了兩大原則：(1) 描述的暴力內容性質與質素，以及 (2) 暴力內容的表達手法；前者被認為首要定義因素，後者為次要。因此，一段影像是否暴力，要視乎它是否被認為破壞了真實生活中的規矩。例如在酒吧中揮拳相向等在西方社會經常出現的情況，對不少觀眾而言並不是什麼嚴重暴力，但若以玻璃杯或玻璃瓶襲擊對方，則幾乎一致同意屬非常暴力。而受眾對暴力的界定亦牽涉行為是否合適、

公平、合理等原則。因此，Morrison 的定義對暴力研究帶來非常重要的啟發，即暴力影像的界定並不能靠表面量度打鬥影像或武力行動來決定，同時需要明白觀眾心目中的道德準繩。

7.7 以文化及心理分析解釋暴力的理論

以詮釋方法理解暴力影像的研究，由於範圍太廣泛，缺乏一致的研究方法，顯得較為散亂及多元化，但由觀眾詮釋而來的研究，則有很多有趣的發現：

(1) **防衛詮釋機制**：本機制認為暴力電影理應不是什麼好東西，愛看的人可能不知道它的壞處，或者觀眾本質上已經很壞。1990 年代中期，以暴力電影聞名的塔倫天奴（Quentin Tarantino）導演拍攝《低俗小說》（*Pulp Fiction*, 1994）一片，提升了暴力的層次，引起社會爭論。有學者嘗試了解暴力電影帶來怎樣的快感。Annette Hill（1997）的研究解釋，愛看暴力電影並非男士的專利，大部分女性與男性觀眾有相似的滿足感。最重要的不是暴力內容，而是暴力內容如何挑戰觀眾的底線，讓觀眾覺得精神上有挑戰性，以了解自己的界限。Hill 認為暴力電影的觀眾一般都具備詮釋的組合（portfolios of interpretation），在觀賞過程中了解暴力電影的特質，亦建立了一些防衛機制，例如了解電影目的是以不同方式測試觀眾，期待與準備享受暴力電影的心態，選擇性投入某一些角色、與另外一些角色保持距離，分辨真實與虛假的暴力，了解自己對影像暴力的接受程度等，幫助自己思考暴力。

(2) **劇本理論**（script theory）：理論指出媒體暴力並非導致暴力行為的關鍵，相反它教曉受眾如何詮釋及分析身在的處境，學習聯想在特定社會境況中如何扮演某些角色及行為（Huesmann 1998）。

劇本理論針對的是頭腦及認知的過程，幫助我們定義身在的處境及作出合適的回應。人們的行為及社會問題都受劇本引導，這理論亦解釋電視及電影如何作為影響觀眾態度及價值觀的媒體。特別在觀看暴力影像時，它提供一些動機、語言及處境，增加觀眾置身其中的可能性，教導觀眾如何詮釋一個衝突場面及如何以暴力行動作出回應。研究顯示，重複觀看暴力影像的受眾在面對不確定的處境時，往往會理解為負面的敵對環境，而長期及經常接觸暴力影像亦會令觀眾習以為常，降低接受使用暴力的門檻，傾向訴諸侵略行為以解決問題。

(3) **道德脫離理論** (theory of moral disengagement)：這個理論嘗試解釋為何好人會做壞事 (Bandura 1999)。一般而言，人類行為應該不會乖離個人或社會的道德標準，否則會受到良心的譴責。但資源豐富的人類有時即使進行破壞行為，亦會發展一套較容易令人接受的言詞或選擇性的辯解，以逃避良知的約束，不會將自己界定為壞人，方法是改變對某些負面行為的標籤，令它看起來不是那麼有爭議。例如戰爭時，軍人投射炸彈被理解成執行任務，甚或有相對的好處；越戰時期，美軍對越南的破壞被形容為解放共產政權欺壓的人民。恐怖份子將自己的行動視為無私的「聖戰」，以阻止敵人對自己人民的殘酷對待。總之別人的惡行更嚴重，自己的行為便相對沒有那麼差勁。當從事同樣恐怖活動的人愈多，參與者亦愈容易轉移及淡化個體的責任，最高層的決策者或最低層的執行者，都可以推說事件的發生與他們無關。此外，從事者亦可以忽略或避而不提事件對他人造成的傷害，藉此合理化自己的惡行。最後一項是將受眾非人化處理，令強加於他們身上的暴力看來合理；例如納粹時期德國稱猶太人為「老鼠」，令進侵者與受害者的距離擴大，從而合理化對後者的滅絕。

(4) **偏差的男性形象及論述**（masculinity in crisis）：有美國學者認為，暴力在美國如此普遍，經常是男性侵犯女性，與男性的氣質如何在媒體被論述有關。Jackson Katz（2002）引述美國的報紙報導，超過85%的謀殺案是男性殺害女性，即使女性犯案也主要是由於自衛或對抗虐待她們的男性；九成的打架案件都是發生在男性身上，引發家暴的源頭有95%是男性（Bass 1992）。Katz認為這情況的出現與媒體將男性權力和尊嚴，與病態的暴力及控制連結起來有關：孩童自小浸淫在傳媒所渲染的暴力文化中，錯誤認為男性要堅強、表現得冷酷、強大、有競爭力、不容易被人欺負等，在這種媒體文化下，暴力是男性表現權力及堅強的武器。男孩耳濡目染下，會將自己的性別特質建基於偏差的媒體文化上，造成社會上種種的暴力行為，這與錯誤的男性形象有關。因此，他認為解決的方法是改變男性將暴力等同權力的看法，以及拆解男性必須要操控及強大等假象，才能有效解決暴力問題。另一個專門研究暴力問題的學者James Gilligan（1996）認為，男性訴諸暴力的原因是源於他們的羞恥感及不安全感。他認為男性普遍有一種「比女性優越」的錯誤概念，一旦他們的位置被挑戰，又或者因特殊原因而感到恥辱時，便會訴諸暴力，加上社會及傳媒文化對男性使用暴力給予掌聲，相對而言女性卻沒有同樣的鼓勵。

7.8 結論：對暴力內容的不同規範

對比影響論與詮釋論兩種手法，建基於對暴力議題的不同假設與研究目標上，對受眾的理解亦南轅北轍。例如前者認為兒童是白紙一張，容易受媒體暴力的渲染，模仿錯誤行為；後者卻認為

兒童接收媒體訊息與他們的處境有關，對暴力訊息有不同的解讀，他們的思想雖然並未成熟，但仍可以是積極的受眾。

當出現一些真實的暴力事件，例如英國在1993年兩個十歲小童誘拐及虐殺兩歲小童後，Elizabeth Newson（1994）教授在翌年4月撰寫了一份暴力媒體影響力的報告，政府即在短短兩星期內在下議院通過收緊商業錄影帶的分級制度。但Newson教授的報告在學術界引起很大的爭議，普遍認為欠缺有力證據，而當時一面倒的新聞效應亦令該報告研究方法上的問題缺乏客觀討論（Barker 2001）。學術研究的分歧並不單停留在學術層次，因為不少學術研究都會影響公眾的討論及社會公共政策的取向。

對影響論的支持者來說，暴力傳媒是需要受到管制的，無論以什麼形式。例如美國國會在1991年通過的V-chip裝置，強制所有電視安裝，以方便家長為孩童選擇不同暴力層次的節目，顯然亦是認同暴力傳媒影響論的政策結果。

但對支持以詮釋方法了解暴力內容的學者來說，除了考慮言論自由及表達自由，以及暴力內容與藝術表達的關係外，他們認為更有效了解暴力內容如何影響年輕受眾的方法，是了解年輕受眾對這些內容的看法，而不是家長為他們選擇；客觀而言，隨著科技進步，個人通訊工具多元化發展，家長很難通過審查的方法控制年輕人看什麼。要幫助年輕人作明智的選擇，通過媒體教育的方法，讓他們了解暴力影像背後的意識形態及權力關係，可以培養他們分辨是非的能力。

7.9 問題討論

(1) 你有看過過度暴力的電影或電視節目嗎？你認為觀眾為什麼愛看？社會需要對之加以約束嗎？

(2) 對學生而言，理論是一些抽象的東西，看似與真實世界無關，但事實上很多公共政策的決定都與理論有關。你知道香港的電視台或電影放映對暴力內容有審查或規管嗎？這些規管又建基於什麼理論？

(3) 你認為社交網站上應否容許涉及暴力的真實片段或新聞上載？例如恐怖組織伊斯蘭國 (ISIS) 曾網絡直播處決無辜人士的片段，吸引不少觀眾收看，你認為網絡平台可以管制這些片段嗎？觀眾又為什麼喜愛收看及轉發？

(4) 你認為電視、電影與電玩遊戲的暴力情節應否採取不同標準？暴力情節如家暴、強姦、黑幫廝殺、戰場殺戮、肢解、大屠殺，你認為哪些適合在電視、電影或電玩遊戲中出現？為什麼？

第八章
電影裡的暴力

以詮釋手法看媒體暴力問題，關心的是從傳媒看到的暴力如何反映現代人的潛意識與內心的狀態。我們從這些暴力片段看到一個怎樣的社會？詮釋論者亦想了解暴力在人類社會存在的原因，以及它在媒體的故事論述上有怎樣的功能。

暴力其實是人類生存必要之惡，在弱肉強食的自然環境下，侵略與被俘虜是自然法則的一部分，可以說是自然界的平衡機制，人類社會亦不能倖免：國與國之間因戰爭帶來的殺戮，人與人、部落之間因為利益帶來的衝突打鬥，暴力可以理解為解決問題的手段，藉以達到新的平衡。這種為生存及解決問題的暴力常態，亦反映在電影之中。

8.1 電影與暴力

電影世界被稱為「夢工場」，是人類集體意識的投射。暴力與性都是人類本質的屬性，亦是人類面對生存及死亡威脅時必須掌握的能力，因此成為電影的兩大重要主題。自電影業發展以來，便離不開這兩個重要的觀賞元素。在電影創始階段的1895年，愛迪生公司便公映了蘇格蘭瑪麗皇后被斬首的片段，1896年又拍攝了名為《接吻》的默片。很多早期的電影已大量使用暴力元素，例如1903年的《火車大劫案》，敘述匪徒打劫後將乘客扔出窗外，以及

片末的匪徒大屠殺等；1916年的大型製作《黨同伐異》，有殺人、斬首、打鬥等片段，在在顯示暴力是吸引觀眾的賣點。隨後百多年的發展，電影內的性與暴力更變本加厲。

電影依賴暴力題材，主要與電影的視覺本質有關。電影是由影像與聲音組成的娛樂形式，早期電影以默片為主，視覺元素特別為電影敘事所倚重，而動作更是眾多視覺元素中最容易引起觀眾注意，因為劇中人的任何動作都意味著可能會有危險出現，人的生理與心理會引起某些本能反應，因此令觀眾更能集中注意（Arnheim 1974）。暴力場面正是通過五花八門的打鬥、槍戰、飛簷走壁或煙霧彌漫的爆炸鏡頭，吸引觀眾的目光。打鬥過程有勝有負，最容易製造銀幕英雄，同樣能牽動觀眾追捧偶像的情緒。

難怪古今中外不同類型的電影都充斥著暴力元素。無論是西部片、警匪片、黑幫片、偵探片、恐怖片、戰爭片、武俠片，甚至喜劇等，都包含了暴力情節，是觀眾的合理期望。暴力雖然有它的存在價值，但暴力本質上包含打架、破壞、人命傷亡等負面因素，對社會秩序存有一定威脅，不應被渲染或英雄化。為何暴力仍可以合理地存在電影之中，並廣泛應用？

內地學者汪獻平（2008: 56–76）曾洋洋灑灑分析暴力電影，她嘗試將暴力情節在電影的存在理據分為以下三類：

表8.1　暴力電影存在的理據

理據	特徵	例子
以故事名義：影片存在的理由	犯罪片：暴力是刻劃人物的有效方法，特別用來塑造英雄人物；暴力亦有效帶動故事情節，特別是罪案或偵探片的作案過程	《喋血雙雄》、《英雄本色》、《教父》三部曲
	恐怖片：包括殭屍片、連環殺手、靈幻片等，暴力的存在有利帶動劇情發展；因為恐怖的效果在於不知暴力襲擊何時出現、怎樣出現、對人體殘害的程度	《德州電鋸殺人狂》、《沉默的羔羊》、《月光光心慌慌》

（續上表）

理據	特徵	例子
以道德名義：以暴制暴及懲惡揚善	**暴力變成武力**，作為維持社會秩序及防止破壞行為蔓延的必要手段；劇情內的武力是在迫於無奈的情境下使用，出於道德及正義的目的，或宣揚儒家仁愛思想及武德等	《太極張三豐》、《唐山大兄》、《七武士》
以國家名義：合法的暴力	**國家合法地壟斷暴力**，其他個體或群體使用暴力都是非法的；以國家名義宣揚合法暴力的主要有戰爭片，宣傳民族英雄，合理化戰爭的殘暴，以達到徵兵的目的；但後期亦有不少反省戰爭影響的影片，或質疑發動戰事的合法性，亦有展示國家或民族精神、史詩式的戰爭片	《祖國的召喚》、《緬甸豎琴》、《獵鹿者》、《現代啟示錄》、《沙漠梟雄》

　　除了探討暴力內容存在的理據，汪獻平的研究亦嘗試了解暴力的表達方式，包括了以下幾個類別，有時作品兼具兩種特色，例如暴力唯美化及娛樂化同時出現。

表8.2　暴力電影的表達方式

方式	特徵	例子
暴力紀實化	• 暴力動作表現相對真實，酷似紀錄片 • 動作較為簡單利落，拳拳到肉，更加客觀可信 • 拍攝打鬥鏡頭時使用多部攝影機，盡量捕捉較關鍵的動作，以多角度剪接，鏡頭靈活，保留寫實味道	《人咬狗》、成龍1980年代主演的電影
暴力唯美化	• 將暴力打鬥拍得真實刺激又獨具風格，給予觀眾感官與心理的雙重享受 • 暴力浪漫化：打鬥中展現溫情及詩意的視聽美感 • 暴力舞蹈化：增加畫面的觀賞性及節奏感 • 暴力寫意化：以「屏蔽」方式，間接帶出暴力的恐怖，如《十三太保》的五馬分屍鏡頭	《喋血雙雄》、《英雄本色》、《十三太保》
暴力娛樂化	• 暴力像一種遊戲、娛樂手段，令暴力在滑稽氣氛下沖淡其殘酷的本質 • 不存在任何道德包袱或政治訴求，只要好玩、風趣、有點子，抹平一切可能的意義	《低俗小說》、《發條橙》、《殺人三部曲》
暴力噁心化	• 以極端暴力挑戰觀眾的底線 • 花樣百出的殘酷手段，慘不忍睹的施虐手法，超乎常理的血腥想像	《殺手阿一》

出處：汪獻平（2008: 77–93）

《殺手阿一》(*Ichi the Killer*) 的許多場景拍得從天花板到地上都是血，顯出一種十分誇張的血腥。以上汪獻平的分析大致梳理了暴力電影的分類及表達方式的變化，但她並沒有解釋這些變化為何出現，特別是暴力美學以外變本加厲的暴力形式，受眾除了以道德批判外，如何在其他層面、包括心理及生理層面作出批判。

8.2 電影暴力美學的起源

暴力電影的討論之中最引人爭議的，是近年流行的暴力美學。所謂暴力美學，將兩種看似矛盾、風馬牛不相及的概念並列。血腥暴力鏡頭給人的印象是兇殘成性甚至噁心，但美學則充滿美感及討人歡喜。暴力美學的字面意思是嘗試將暴力的美感帶出來，讓無論功夫、動作、打鬥等的血腥場面看起來都可以很有美態，這樣暴力的表達可以提升至藝術層次，達到美學的效果，以及藝術的境界。

根據百度百科的說法，暴力美學起源於美國，但它沒有交代誰是創始者。郝建 (2005: 2) 認為技術上可追溯到 1920 年代的俄國導演及理論家愛森斯坦 (Sergei Eisenstein)，他在 1923 年《左翼文藝戰線》上提出的「雜耍蒙太奇」，透過強化視覺、聽覺形象來改變觀眾對事件的認知。俄國電影作為暴力美學起源的說法較少人討論，較多人接受的是汪獻平 (2008) 的研究指出早期具代表性的導演：拍攝《日落黃沙》(1969) 的 Sam Peckinpah (Prince 2000)，和拍攝《的士司機》(1976) 的史高西斯 (Martin Scorsese)；與這些導演同期或較早期已展現個人處理暴力風格的電影，還有寇比力克 (Stanley Kubrick) 以戲謔手法表達暴力的《發條橙》(1971)，角色一邊唱歌跳舞，一邊虐打長輩以至權威人士；以及 Arthur Penn 以浪漫

及反傳統手法拍攝的《雌雄大盜》(1967)，這套戲最後一場槍戰，
男女主角被亂槍掃射，就是用了慢動作顯示死亡的淒美，成為荷里
活常見的慢鏡定格經典鏡頭。可見暴力美學的種子早於1960年代
後期已在荷里活不同的電影中萌芽。

　　但這些技巧到1980年代的香港動作片才趨向成熟及多元化，
其後荷里活吸收了香港動作片的暴力美學元素，並將其發揚光大。
百度百科指出暴力美學其實是將動作場面「儀式化」及「符號化」的
表達，汪獻平則具體將暴力美學在真實的基礎上再分為暴力浪漫
化、暴力舞蹈化、暴力寫意化三類。

　　第一類暴力浪漫化，將暴力加上溫情或優雅的想像，激起觀
眾的浪漫情懷，例如吳宇森的《喋血雙雄》(1989) 兩幫人在教堂內
槍戰，卻嚇走了紛飛的白鴿，展現非凡的浪漫與想像；《英雄本色》
(1986) 的周潤發用鈔票來點煙，展現出英雄的豪情及氣魄；《笑傲
江湖》(1990) 主題曲所展現的豪邁精神等，都將這些動作片浪漫
化、詩意化。吳宇森的暴力美學影片始終貫串著一種兄弟的情
誼，即愛、信、義這些比較浪漫和具人情味的內在價值觀；在暴力
美學中，雖然血腥是重要的主題，但其作品卻將打鬥、槍戰這些暴
力和血腥的母題用美的形式展示出來 (郝建 2005: 4)。

　　暴力美學第二個表達手法是暴力舞蹈化，特別是東方的武術，
在動作設計方面可以如舞蹈般輕盈及靈活。1960年代粵語片的女
俠角色，便是以舞蹈形式的打鬥，增加動作場面的可觀性 (參考第
十章)，其後1970、1980年代成龍的功夫喜劇及日後的新派武俠
片，都重視動作片的舞蹈感，如徐克導演的《東方不敗》(1992)、
《新龍門客棧》(1992) 等，每一組武打鏡頭都著重形式的美，而像
《黃飛鴻》(1991) 片頭集體練武片段配合主題曲《男兒當自強》的歌
聲，便儼如一場集體舞蹈。

　　第三個表達形式是暴力寫意化，作者以虛化暴力的方法來淡化血腥及震撼感，其手法是以燈光、道具、音響、場面調度等，令觀眾想像暴力的恐怖。例如德國電影《卡拉加理博士的小屋》（*Das Kabinett des Doktor Caligari*, 1920）內有一場夜間謀殺案，導演將持刀殺人犯的強大陰影及被害人吃驚的表情投射到牆上，殺人過程亦以陰影表達，令觀眾感到不寒而慄。又例如表8.2提到張徹導演的武俠片《十三太保》（1970），結局有一幕五馬分屍的鏡頭，為了避免太過血腥，表達手法是事情發生在一個帳篷內，觀眾從長鏡頭看到五隻馬從帳篷不同方向跑出來，自然意識到帳篷中的畫面如何恐怖。

　　綜合而言，暴力美學的表達改變了觀眾的觀賞經驗，動作片不再是只有血腥、動作及打鬥，而是加上別開生面的武舞表演，以場面調度、動作、服裝設計及色彩的運用，把兇殘的暴力場面呈現出一種視覺美感，消弭或減輕暴力的殘酷性。暴力與美學這兩項看似矛盾的詞語結合，成為一個全新含義的詞語，它注重暴力動作的細節，特別處理場面，令觀眾減低對血淋淋暴力場面的厭惡感。根據郝建（2005: 3）的說法：「暴力美學其實是一種把美學選擇和道德判斷還給觀眾的電影觀。它意味著電影不再提供社會楷模和道德指南，也不承擔對觀眾的教化責任，而是只提供一種純粹的審美判斷。」在1990年代以後，暴力美學甚至成為拍攝的潮流。

8.3 支持暴力美學的理據

　　印第安納州立大學電影系教授Margaret Bruder（1998）寫過一篇支持暴力美學的文章。她認為當暴力以強烈而令人難忘的風格表達時，觀眾會將這些玩弄影像及符號的手法與其他藝術、片種、文化符號、概念等聯想在一起，令暴力成為一種藝術。她認為暴力

美學與譁眾取寵式、賣弄血腥的戰爭片或動作電影有很大分別。
賣座的動作片如《虎膽龍威 II》(1990) 是非常暴力的電影，但稱不
上暴力美學，因為它缺乏一種強而有力的風格，而電影展現的槍
擊、爆破、動作場面等，震撼畫面雖然令人譁然，但未足夠提供一
個論述的環境提升其藝術的層次。

　　她又舉出稱得上「暴力美學」的例子，如吳宇森的《終極標靶》
(1993)，一分鐘的打鬥用上 49 個鏡頭，導演不停將攝影機擺放在
不同位置，觀眾就像劇中人參與其中的動作一樣，例如被進攻者拋
到地面，一會兒進攻者又從高角度俯視，或被襲者從低角度仰望，
特寫、遠鏡、快鏡、慢鏡交織，有時更用上奇特的剪接手法或超現
實的鏡頭表達，強調子彈如何險要地擦過英雄的皮膚表層等，令觀
眾感受到險象環生。Bruder 因此認為，這些充滿電影美感的暴力，
使觀眾看完之後感到無比興奮與疲倦。這些以暴力作為內容及主
題的電影，對觀眾的反社會情緒有積極的宣洩作用，可以化解潛藏
內心的壓抑。

　　對一些支持暴力美學的導演來説，處理暴力就如畫家看待油
彩，他們會探究構圖的元素、本質和吸引人之處。暴力在這些導
演眼中完全是一種藝術設計的元素，促成暴力美學與賣弄血腥的分
別 (Schneider 2001)。因此，這些導演都贊同加強管制渲染暴力而
缺乏藝術價值的暴力電影，例如英國電影分類組織 (British Board of
Film Classification) 拒絕讓《落水狗》(1992) 及《天生殺人狂》(1994)
等受爭議暴力電影發行錄像，但《人咬狗》(1992) 猶如紀錄片般極
端暴力的電影卻不受審查；該組織指出後者只限在小眾戲院播映，
認識的觀眾有限，因此認為不用管制 (Grønstad 2000: 39)。

　　支持暴力美學的電影評論家 Xavier Morales (2003) 認為，塔倫
天奴的《標殺令 I》(2003) 是美感與暴力的完美結合，亦是首部以暴

力為主題的邪典電影（cult movie）[1] 變成主流電影。他認為這套電影
是暴力美學石破天驚之作，雖然在當時被稱為最暴力的電影，但同
時亦展現令人目眩的美感，整套戲可以說將暴力與藝術完美結合，
令觀眾有難忘的美學體驗。電影的暴力可以表現得很優雅，視覺
上令人目不暇給，而在細節上又能牽動觀眾與生俱來的反應及情
緒，以至壓抑任何理性的分析；塔倫天奴有能力將一些道德上可憎
惡的行為（例如殺人、械鬥等）以優美及藝術的方式表達出來，像
所有藝術一樣，除了美感以外，暴力是有溝通意義的，當女主角通
過暴力表達仇恨時，就像畫家使用色彩表達自己，同時以刀劍及血
腥表達自己的憤恨。正如郝建（2005: 6）所言，武打動作、刀來劍
去、殺戮槍戰，都可以給觀眾純粹審美上的滿足；它的內在審美態
度是一種遊戲形式、不含道德批判的審美態度。

8.4 反對暴力美學的理據

暴力美學只看重形式的表達，不管內容的正當性及道德觀的
表現手法，在不同社會制度下都面對很多的批評。綜合反對暴力
美學者的看法，主要有以下的論點：

（1）**媒體暴力使觀眾以看見別人的痛苦為娛樂**：這是暴力美學
所受最主要的指控。哈佛大學哲學教授 Sissela Bok（1998: 17）曾經
追查暴力作為娛樂手段的起源，她指出古羅馬時期流行的格鬥表
演，將奴隸或俘虜變成格鬥士（gladiators），競技場的觀眾要看他們

---

1   邪典電影是指一些在小圈子內被支持者喜愛及推崇的電影，亦可以稱為
     非主流或另類電影。這些電影通常在小部分影院發行放映，例如香港邵
     氏公司 1960–1980 年代的武俠片，日本 1950、1960 年代的怪獸片等，都
     屬於小眾及次文化的邪典電影（維基百科，「邪典電影」）。

與人或動物打鬥至死。這些表演可以在晚餐期間進行，是貴族款待賓客的娛樂，而觀賞者一邊叫喊一邊打氣，當看見輸掉的一方被殺時，他們興奮叫囂而非感到殺人的恐怖。Bok認為這種合法殺人可以是一種群眾娛樂，主要是因為羅馬帝國南征北討，以驍勇善戰聞名，為了保持社會的戰鬥文化、以娛樂凝聚大眾、轉移群眾對社會的不滿情緒、減少批判聲音等，於是觀賞格鬥便成為社教化的一種方式。同時，為了減輕戰鬥文化在社群中造成輕易動武，於是以代替性的格鬥人物來消解公眾內心的暴力衝動。但Bok指出這種娛樂方式會令觀眾減少對人生命的尊重，亦會減低對暴力行為的敏感度，進一步要求更殘暴的打鬥，最終令社群在人性慈悲、善良及仁愛的一面受到磨損。

(2) **美學令暴力變成糖衣毒藥**：雖然被稱為暴力美學的電影之中有不少發人深省及深度的作品，但據汪獻平所言，暴力美學是一把雙刃劍，有些暴力電影為了追求美感，走上表面化或形式化之路，缺乏思想的深度。她以《終極標靶》及《斷戰》(1996) 為例，華麗的槍彈及趣味性的打鬥背後，只流於感官的刺激，缺乏對社會的反思。她又批評塔倫天奴賣弄遊戲化的暴力與「綴合式團塊」敘事，形式成了內容，反映西方年輕人「娛樂至死」的遊戲生存心態。她認為暴力媒介一旦脫離了道德包袱，便只剩下狂歡及非理性的刺激，而美學的形式只令暴力看起來更浪漫，更容易為大眾所接受，但暴力的殘酷、噁心的本質卻未有改變 (汪獻平 2008: 203)。觀眾反覆觀看後，會否合理化病態的暴力行為，或視暴力為解決問題的正當手段？

(3) **商業利益包裝下的暴力美學**：贊成使用暴力美學的人認為，它的藝術性可以淨化觀眾深層的心理壓抑及挫折，達到治療的效果。藝術的美當然可以有此作用，問題是在商業邏輯推動下運

作的暴力美學，是否容易讓作品的藝術性得以發揮？抑或以藝術包裝，作為販賣暴力的藉口？曾肅良（2003）認為暴力美學不過是商業利益所創造的迷霧，以為打著藝術的旗號便可以避免一切的譴責，可以大膽、肆無忌憚、胡來、放蕩等。因此他認為暴力美學其實缺乏實質的內涵，不過是因為商業利益、經由傳媒、為了行銷而出現的產物。他又以 Oliver Stone 導演的《天生殺人狂》為例，指出劇情如何自我中心、宣揚暴力與以殺人為樂，並刻意將男女縱慾與暴力行為追捧為英雄行為。曾肅良認為所謂暴力美學的電影只會引導群眾走向狹隘的自我，變得低能、庸俗、病態及毀滅。

（4）**暴力美學能否回答道德問題**：「美」作為欣賞者的主觀情緒及感受，比媒體暴力內容作為客觀文本的表現方式更為重要。暴力美學嘗試以唯美方式表達一些血腥、震撼、噁心的場面，將暴力提升到藝術的層次，卻忽視受眾亦有對暴力內容品味的判斷。暴力美學並不是客觀問題，而是主觀判斷。此外，即使暴力美學真的可以視為一種表達藝術，它仍然要回應「藝術是否需要符合道德標準」這問題。藝術能否脫離道德？知名藝術家 Joshua Reynolds（1797）在《藝術的論述》（*Discourses on Art*）提到，美感不過是表達藝術的工具，最終目的是要追求道德。若暴力內容同樣作為一種藝術，以美麗格調的包裝作為手段，它最終要達到什麼目的？其中有沒有道德的成分，抑或純粹為暴力而暴力？

藝術不能脫離道德，例如俄國電影《波特金戰艦》（1921）有不少特寫的血腥暴力鏡頭，但這些鏡頭的目的是要帶動觀眾同情弱小、對手無寸鐵者被殘殺的歷史認知及情感回應。暴力鏡頭若純粹販賣官能刺激，缺乏深度思考及情感投入，那麼暴力影像便不過是譁眾取寵的廉價藝術。

　　此外，學者Joel Black（1991）亦指出，暴力內容經常以藝術方式包裝，最終是傷害藝術本身，甚至會殺死藝術。因為當討論暴力美學時，不能忽略同時會造成對美學（或藝術）的暴力。美學家Edgar Wind（1964）曾經指出，藝術（或電影）打動觀眾的能力正在下降，特別是一些以對抗形式表達的美學（如暴力美學），震撼能力會隨著影像的重複而遞減。

知多一點點：電影《小丑》的爭議

《小丑》（2019）上映前已經引起不少爭議，有不少評論認為影片過於同情有精神困擾及殺人傾向的孤獨者，有親人死於大屠殺的觀眾認為此片英雄化患精神病的殺人者。討論亦延伸至日本，東京地鐵在2021年10月31日萬聖節晚間，一名廿多歲男子持利刃在京王線車廂內攻擊周遭乘客，又釀成車廂起火，至少造成17人受傷。行兇者打扮成漫畫《蝙蝠俠》電影中的小丑角色（Joker），穿著標誌性的紫綠色西裝，犯案後冷靜地坐在車廂內抽煙，等候被捕，場面相當詭異。有評論關注行兇者是否受《小丑》電影的影響，作出反社會的行動。但亦有分析指行兇者不過藉衣著突出自己，而且他早已有預謀，不會單純因一套電影而影響他的行動。

8.5 結論：詮釋作為研究／認知的方法

暴力電影是否只宣揚負面思想，像曾肅良所批評的一無是處，是見仁見智的爭議，很多支持暴力美學的學者不會同意這個說法，因為即使極之暴力的電影都可以有較深度的論述，問題是這些電影有沒有提供這個層次的討論空間。

例如汪獻平認為，暴力電影可以作為哲學性的思考。她指出：

> 但凡在電影史上留名的暴力電影莫不如此；它對暴力的描述與展現只是一種手段，而非目的。它是借暴力來思考嚴肅的社會問題，挖掘人性深處的黑暗，對主流文化或官方意識的合理性提出質疑或批評⋯⋯這樣的電影，才真正發揮暴力應有的作用⋯⋯暴力電影才顯得更加動人心魄，發人深省。（2008: 2）

不少作家都同意暴力不過是一種表達方式，最重要表達一些特別的意識，包括自我肯定、自我防衛、自我發現、對現況的恐懼與逃避、在獨特環境下的明智決定等 (Grønstad 2000)。總之，暴力不一定要通過美學，也可以具備多重解讀的元素。

以《天生殺人狂》為例，它是否一部經得起分析和閱讀的電影？是否提供了挖掘人性黑暗深處的空間？對主流文化有何批評？以下嘗試以詮釋方法，評價這部電影是否達到暴力美學所要求的深度及藝術性。

電影講述男主角米基在充滿暴力的家庭中長大，生性傲慢狂野。他的女友梅樂利自小受父親性騷擾，母親疏於照顧，性格也是粗野暴戾。嗜血殺人成為兩位主角充權及自我肯定的力量來源。兩人殺死梅樂利的父母後，共同亡命天涯。在逃亡的路上，這對

瘋狂的情侶慘無人道地大開殺戒，被濫殺者有四十多人。由於謹眾取寵的電視台連續報導和炒作，兩人成為了全國聞名的新聞人物；因為他們殺人的手法顯得很酷，甚至成為青少年追捧的偶像。不久，他們終於被警方拘捕。其中一個電視節目主持人韋恩為了提高收視率，不惜冒險進入監獄對米基進行了直播訪問。在米基的煽動下，監獄發生了暴動。米基趁混亂以韋恩等為人質，救出了梅樂利，並且逃出了監獄。韋恩不惜冒生命危險進行被脅持的真人騷，最後更被他們殺害。電影結局是米基與梅樂利帶著他們所生的幾個子女，駕著公寓式裝置的貨車在公路上馳騁，兩人繼續逍遙法外，故事以開放式結局告終。

　　整齣電影嘗試解釋為什麼暴力會在這個社會出現，為什麼會有連環殺手。米基接受電視台直播訪問時，被主持人問到為什麼會殺人，問題的背後是探究到底殺人這種行為是先天抑或後天造成的。米基的自辯可圈可點，他認為有些人與生俱來的使命是獵殺者，像某些物種會獵殺其他族群一樣的自然定律；有些人被殺是罪有應得的，像梅樂利的父母親、在餐廳調戲梅樂利的食客、為了收視不擇手段的韋恩，這些都不是好人，讓這些人生存是會遺害人間的，米基自認像上天派來的使者一樣替天行道。但米基這種狡辯其實是站不住腳的，當他說替天行道時，其實已突出自己超越常人，貼上「英雄」的標籤，亦合理化他堅持弱肉強食的森林定律，而摒棄文明社會人人平等的道德與法律。

　　此外，電影亦直接指出社會暴力出現的因由。首先是家庭制度的崩潰，米基和梅樂利皆出身自暴力家庭，因此衍生下一代的暴戾性格。電影亦用了很多篇幅批評大眾傳媒以及嗜血的觀眾，諷刺媒體將新聞煽情化，合力追捧及歌頌罪犯，而觀眾又樂於接受，

這是把更多人推向暴力的幕後黑手。例如傳媒高調報導米基及梅樂利的案件，為了刺激收視，甚至派主持人到監獄訪問他，令他們成為年輕人的偶像，受訪年輕人面對鏡頭表白，解釋理智及道德上知道殺人不對，但感性上覺得米基及梅樂利殺人的手法很好玩，酷極了。當大眾傳媒過分渲染罪案新聞及英雄化犯罪者時，便容易令社會大眾產生上述的道德矛盾，即道德與情感的分割（moral disengagement）。這種矛盾反應亦是造成暴力行為蔓延的原因。以米基為例，他自少被暴力對待，對人容易產生仇恨，故事中有一個拯救及收留他們的紅印第安人，最後亦被米基在衝動下殺死，可見當個人缺乏道德制約時，很容易讓憤怒蓋過理智，產生暴力行動。

為了批判大眾傳媒的負面影響，導演在電影內用了大量傳媒的技巧及天馬行空的影像，例如談及女主角的家庭背景，便使用美國電視家傳戶曉的處境喜劇《我愛露絲》（I Love Lucy）的表達形式作為諷刺；又以新聞報導的方式，或者加插動畫、漫畫、廣告等鏡頭，時而黑白畫面、時而色彩繽紛，或通過濾色鏡觀看的扭曲現實，加上高速的剪接手法及幾近瘋狂的迷幻音樂，代表主角在面對身處境況時，很難分辨現實與虛擬的世界。這種超現實的表達手法，就像後現代人類的腦袋，充斥著五花八門的暴力影像，對身邊發生的事物的理解，既分割又片斷化，真假不分，難以作理性批判。為表達有關效果，導演故意以大量剪接的手法令影像閃爍不定，令觀眾容易產生幻覺，無怪乎這套電影令部分有反社會傾向的人很亢奮，導致連續十年出現不少仿效的行為（維基百科，「天生殺人狂電影」）。

電影又嘗試討論暴力的解決辦法。米基在訪問中提到梅樂利是他的救贖，因為只有愛才能殺死惡魔。米基固然簡化了暴力問

題的答案：為什麼兩個在缺乏愛的家庭長大的人，在一見鍾情後自然懂得互助互愛，而不是互相傷害？電影沒有提供答案，事實上米基的愛亦是很狹窄及危險的，因為在他周圍的人中，只有他所愛的梅樂利是安全的，其他人皆可殺，包括曾救他性命的紅印第安人。可見米基提出以愛解決暴力的辦法其實很不切實際，在整套電影上未能發揮平衡的作用。

　　此外，這部片亦被視為「掛羊頭賣狗肉」，因為這些訊息其實毋須這麼多暴力鏡頭及劇情襯托，不少更是在嬉戲及漫不經意中進行的暴力，令人覺得暴力已經變成遊戲，甚至是很浪漫的一回事。例如開場在餐廳的一幕，可以一邊跳舞，一邊隨便大開殺戒，並完全不當一回事；當米基與梅樂利出走後，在天橋上訂情，米基割傷了自己一隻手掌，再割傷梅樂利的手，二人十指緊扣，然後將血滴在河內，象徵二人的生命及激情已融合在一起，這種既血腥亦浪漫的訂情想像，拍得富有詩意。

　　以上簡單介紹這套黑色電影對暴力的起源、暴力與現代人關係的一點反省，固然並不是所有評論者都認同導演的表達手法及電影觸及的深層意義。事實上，對普羅觀眾而言，要了解暴力美學及反省當中對人性的批判，無疑是緣木求魚，因為能夠解讀電影蘊藏的含意又喜歡加以思考的，通常是知識水平較高的小眾；但喜歡看這類暴力鏡頭，容易對快速剪接、槍林彈雨、刀光血影感到興奮的，通常是未必喜歡深度分析的一般大眾。故此，這類電影最後引導觀眾反省暴力行為，抑或令他們對瘋狂的暴力行動感到興奮莫名，答案實在明顯不過。單看網上有關電影的充滿激情的回應，可以體驗影像暴力的衝擊如何凌駕理性的分析。

8.6 問題討論

(1) 你覺得電影世界的暴力是否太多？根據汪獻平的分類（見第8.1節），近年哪一類暴力電影的表達形式較多，哪一類較少？

(2) 你是否贊同暴力美學的說法？哪些論點較有說服力？你認為美學是否需要有其道德指向？

(3) 詮釋手法能否幫助你了解暴力電影多一點？這些了解對暴力問題的認知有何好處？

(4) 美國著名作家桑塔格（Susan Sontag）在她的作品《旁觀他人之痛苦》（*Regarding the Pain of Others*, 2003）指出，觀看暴力圖片與美學在感覺上並不相配，兩者不應相提並論。你同意此說法嗎？（見本書附錄，議題1）

第九章

網絡上的暴力

　　21世紀科技高速發展，人工智能(AI)、物聯網、大數據、虛擬現實(VR)等成為未來經濟發展的動力；生活在網絡世代的一群，上網已是生活不可缺少的部分。網絡世界的特點是即時、海量、互動，超越時間空間限制。這一批「網絡原住民」喜愛把自己的生活點滴全上載到網上，或看到有趣的東西時即時與網友分享。但虛擬世界上的暴力情況有時候比真實世界更真實及更難應付，特別是大量全無刪剪的暴力圖片影像以及網絡欺凌(或稱為霸凌)行為，成為新媒體獨有的暴力現象。暴力影像及遊戲的普遍性及滲透性，亦製造了新的社會問題及媒體現象。

　　網絡活動在全球發展迅速，傳播研究亦未必能追趕它的發展。有關網絡上的暴力問題，包括了暴力內容及暴力行為兩類，針對它們作系統研究的不多，而牽涉的範圍也廣泛，綜合而言可分為：(1)網上暴力影像及內容，(2)網上欺凌問題，(3)網上暴力遊戲。

　　本章嘗試整理相關的研究結果。綜合前人研究心得，整體而言，網絡暴力研究與傳播學的經典暴力研究在方法上分別不大，只是前者範圍更廣闊，問題更富爭議性。根據Ed Donnerstein (2011)的分析，網絡暴力幾乎包攬了所有現存媒體的暴力內容，包括印刷媒體、電視、電影、電子遊戲等，還包括了一些過往在主流媒體不會出現的極端暴力，如恐怖份子的網站，以及令人憎惡的內容，包

括誘導別人自殺、對受傷害者落井下石等。在網絡的虛擬世界，網民很容易成為暴力的施害者或受害人，網上欺凌行為的情況非常普遍。

9.1 社交網絡對暴力題材的濫用

暴力內容是引人注目的題材，在網絡世界更是五花八門、層出不窮、真真假假，令使用者防不勝防。其中最令人關注的議題，是社交網絡上暴力內容的傳播，對使用者的保護是否足夠，暴力的尺度及內容是否需要規管。

本書第一章已經指出，暴力內容透過兒童動畫的包裝，通過社交網站滲透到兒童節目內，令缺乏成人監督的小孩很容易接觸到一些以往同齡兒童不會輕易看到的內容，令他們提早進入成人衝突及暴力的世界，在思想、認知、心智尚未成熟時便要面對如何使用暴力的問題。

另一個問題是社交網絡內的真實暴力內容泛濫，不少網民更對這些網站趨之若鶩。Sue Tait (2008) 做過一個有關「互聯網上觀賞恐怖肢體」("Internet Spectatorship on Body Horror") 的研究，分析當時提供沒有刪剪、真實暴力影像的網站 Ogrish，內容包括自殺、真實意外、罪案現場、戰爭場面等；網站最受爭議之處，是它發布兩個被恐怖份子斬首人質 Daniel Pearl (2002 年處決) 和 Nick Berg (2004 年處決) 的片段。在網站 2006 年易手前，已經有 1,500 人下載後者的斬首片段，其他同類片段也被下載過數百萬次。恐怖份子如今也懂得利用 Twitter 或 YouTube 發放人質被暴力斬首或火燒的片段，除了帶來全球震撼的效果，亦成為他們與各國討價還價的政治本錢。Tait 研究的不過是其中一個較受歡迎的網站，還有千千

萬萬同類網站，令使用者看到未經刪剪的真實世界的暴力，這些都是以往傳統媒體不會容許的。

除了國際層面出現這些具爭議的影像，在地區層面亦難以控制網民濫用真實暴力的內容，普遍市民都懂得利用手機發布認為公眾有興趣甚或煽情的內容。例如2017年2月《明報》報導，湖北省武漢市武昌火車站附近，有麵檔老闆與食客發生衝突後被斬首，兇手將頭顱隨手丟進垃圾桶，有目擊者在網絡發布現場血淋淋及令人噁心的照片，這些圖片迅速在網上瘋傳，更通過傳統媒體向全世界傳播。[1]事件在網上立即引起熱烈討論：這些血腥暴力內容是否適合如此輕率地分享出去？手機使用者有沒有心理準備在個人手機內湧現這些令人反感的內容？在拘捕疑犯後，雖然警方已移去血腥的圖片及視頻，但這些暴力內容早已震驚全國。

這些暴力內容該如何處理，入門網站是否需要負起監管的責任，西方社會曾有不少討論。如在2013年中，Facebook曾經容許用戶分享一些暴力影像，例如自焚圖片或斬首片段，只是在被投訴後，Facebook暫時中止使用者帳戶；2013年底，Facebook重新容許上載暴力內容，用戶只要附上警告字眼。Facebook的決定在英國社會引起不少批評，認為它不負責任。其後，因為眾多團體抗議，加上時任首相卡梅倫（David Cameron）的批評施壓，Facebook終於移除有關受爭議的片段（觀察者2013），亦聘請專門人員刪除過於暴力的視頻。

除了真實的暴力新聞或事件，亦愈來愈多弄虛作假、為爭取點擊率的暴力視頻湧現，例如國內網絡亦曾出現「史上最惡毒後媽暴打六歲女孩」事件（中國新聞網2007），發布的帖子顯示被虐女童

1　有關新聞擷取自https://news.mingpao.com/ins/instantnews/web_tc/article/20170218/s00004/1487416986675。

口吐鮮血、背後六塊脊椎骨被打斷等圖片。血淋淋的圖片加上聳動的標題立即觸動網民的神經，事件未經證實就被廣泛流傳。最終事件被揭發是網絡媒體加以炒作，女童因患病吐血而非被虐，但因為暴力內容有市場，才容易被不良網站利用。

這些真真假假的暴力影像對社會有什麼影響？Michele Ybarra 等人 (2008) 做了一個研究，調查 1,588 個 10–15 歲的年輕人，問他們曾否在過去一年瀏覽過以下四種網站，以計算被訪者接觸暴力內容的頻密程度：(1) 散播仇恨的網站 (hate site)；(2) 描述殺人或自殺的網站 ("snuff" site)；(3) 舉行魔鬼儀式的網站；(4) 展現戰爭、死亡、恐怖活動，或以動畫方式描繪虐待人或動物的網站。研究同時調查受訪者接觸主流媒體暴力內容的情況，個人參與的暴力行為如殺人、襲擊、搶劫、性侵等，以及其他因素如家庭、學校、朋輩、社區等，作為控制變項。Ybarra 等人發現，38% 少年曾瀏覽過一個或以上的暴力網站，而大約有 5% 的少年在該年內曾捲入一項或多項嚴重暴力行為。他們亦發現，愈多觀看涉及真人暴力內容的少年，比沒怎麼觀看者使用真實暴力的機會大五倍，特別是同時出現其他風險因素時，如容易盛怒、有被虐打前科、父母管教不善、有喜愛暴力的朋輩、社區暴力情況普遍等。他們因此總結，網絡上的嚴重暴力內容可能是影響青少年暴力行為的主要因素。

隨著網絡活動無孔不入，初步的影響效果愈來愈明顯，重視媒體影響力研究的學者幾乎一致同意要加強網絡影響力的研究，才能有效爭取相關對策。無論任何年紀，網民都有更多機會目睹暴力的影像及視頻。社會是否要加強網絡的監管？由於網絡的開放模式以及用家主導的機制，網絡監管很難實行。那麼，就得加強網絡使用者的教育，讓網民更重視網上安全，以及學習對網上一些難分真假的內容以審慎的態度處理，不要輕易置信或模仿。

想多一點點：新西蘭槍擊案

2019年3月14日，新西蘭發生恐怖槍擊案，槍手走入兩處清真寺，瘋狂掃射寺內人士。網絡上更傳出一段槍手血洗清真寺的殘忍片段，相信是槍手開啟了網絡直播，影片長約15分鐘。新西蘭警方驗證過影片與槍擊案有關後，認為影片實在太殘忍，不宜公開，故多個平台包括Twitter、YouTube、Facebook均將影片下架，但部分影像已流出網絡。當地傳媒罕有地不公布槍手名字，指其中一人為澳洲人，他疑似在網上公布37頁的自白書，稱今次事件是恐怖襲擊。他是一名27歲白人男子，自稱反穆斯林、反移民、反外來種族及文化滲入。你認為警方這樣的處理手法（不公布名字、不容許直播殺人影像流通等），能否杜絕日後的模仿行為？

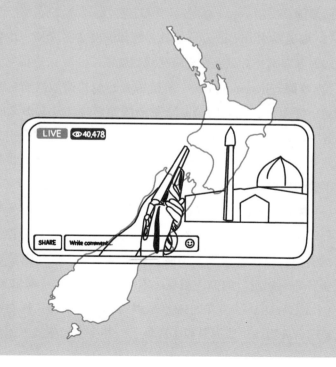

9.2 網絡欺凌

　　網絡欺凌 (cyber-bullying) 是很普遍的，將傳統的欺凌行為轉移至網絡上，或以更極端的方式出現。網絡欺凌是指一個人或群體故意、不斷透過互聯網、數碼技術、手機網絡等媒介，以文字、相片、影像等方式令另一個人或群體受煩擾、威脅、折磨或感尷尬，對他人造成心理甚或身體傷害 (Hinduja & Patchin 2009)。由於網絡世界覆蓋範圍廣闊，網民又是匿名，欺凌者較難自我約束，加上參與人數眾多，網絡欺凌傳播迅速，令受欺負者難以招架。欺凌出現的方式亦與使用科技的特質有關，有些以文字為主，有些則圖文並茂。

　　網絡欺凌可以不同形式出現，有些會涉及暴力，大致分為以下幾個類別：

　　(1) **煽風點火** (flaming)：在網上留言作出文字辱罵、攻擊、性騷擾或侮辱言論，常見於社交網絡或討論區。

　　(2) **改圖** (photoshopping)：將受害者的照片改頭換面，令當事人尷尬，從而傷害他們的公共形象。例如修改涉及當事人的圖片並惡意中傷、把某人容貌移花接木至另一張相片中、在圖中加入惡搞語句等。近年流行的深偽技術 (deep fake) 將一些公眾人物偽裝在他們不曾參與的場景或說話中，也是另一種欺凌。

　　(3) **網絡公審** (happy slapping)：通常將當事人可以被公眾批評的言行錄像公開並廣傳到網絡上，再以個人道德價值對事件當事人奚落批評，以公審當事人。網絡公審可怕之處，是判斷標準可以完全建基於網絡用戶的個人偏見，不需要理會事實及真相。「取消文化」(cancel culture，見第 6.5 節) 是網絡公審的延伸，社交媒體上常見某知名人物或企業因為說了或做了一些令人反感或不能接受的

言論或行為，然後就被各種輿論抵制，其工作機會、商業代言、企業贊助甚至網絡影響力「全被取消」(BBC News 2020)。

(4) **假冒他人** (impersonation)：假冒或偷入受害者戶口，發布虛假或惹人爭議的資訊，以引人注意或令受害人招致圍攻，或者發放無關公眾利益、但令受害人尷尬的私人照片或訊息。

(5) **轟炸** (bombing)：使用自動電腦軟件，同時間發送千百個訊息到受害者的電郵信箱，使受害者的網絡活動無法正常運作。

(6) **人身安全恐嚇** (physical threats)：任何通過網絡活動威脅受害人人身安全的行為，特別是一些高調涉及集體暴力的事件。例如1999年在美國科羅拉多州Columbine一間高中的集體槍擊案，行兇者曾在網絡日記上發出恐嚇，顯然這些威嚇很大可能構成日後的真實行動。因此，任何在社交網絡世界針對一些受害人的口頭威脅，如聲稱要「殺死其全家」、「要將對方強姦」等，即使沒有行動，已經屬於網絡欺凌。

(7) **人肉搜尋** (human flesh search)：俗稱「起底」，指網民將涉及事件當事人的個人資料及私隱如姓名、地址、職業、電話號碼、以往就讀學校、朋友資料等搜集並於網絡上公開，藉此批評或奚落，以達到公審目的。

由於網絡屬於虛擬世界，網民可使用虛假名稱或帳戶隱藏其身份，肆無忌憚地對弱者進行攻擊。而人的強弱並不取決於現實中的優勢，如體形大小、外貌、家庭背景等因素，只要在其言語上得到網友的認同，便能成為具影響力的欺凌者，所以現實中的弱者也能成為強者，進行報復。由於欺凌者在網上不會即時看到受害人的反應，沒能清楚了解自己的欺凌行為對受害人造成了什麼程度的傷害，因而減低了他們的同理心，令人更衝動地去欺凌，沒法用理智壓抑行為。

在西方社會，最早被公眾留意的網絡欺凌個案發生在2006年密蘇里州的13歲學生Megan Meier身上，傷害她的人是她朋友的母親Lori Drew，後者冒認是一個16歲的「男生」，用社交網絡MySpace與她聯繫，開始時表現友好但後來卻變得充滿敵意，這「男生」最後的留言是：「你是一個壞人，每個人都憎恨你⋯⋯世界沒有你會變得更好。」而Megan的最後留言是：「你是那一種女生遇上你會殺死自己的男孩。」20分鐘後，Megan真的上吊自殺（Steinhauer 2008）。Lori Drew成為首位因網絡欺凌被審判的侵害者，2008年被判觸犯網絡欺騙及虐兒罪成，但2009年上訴得直而獲得釋放。

網絡欺凌除了可以導致別人死亡，另一個引人深思的個案發生在紐約一間網絡公司的公關Justine Sacco身上。2013年聖誕假前，她正前往南非老家度假，在英國希斯路機場百無聊賴發了一條推特，當時她的追隨者只有170人，推特的內容是：「奇怪的德國小哥，你可是在頭等艙，現在都2014年了。買點除臭劑吧。」這段說話有些刻薄，但Justine覺得有趣，於是發送了出去，沒有人回應。因為距離登機還有一些時間，於是她發送另一條文字推特：「要去非洲了，希望我不會染上愛滋病。開玩笑啦，我可是個白人呢！」Justine本想用那兩段帖文揶揄真正的種族主義者，特別是對南非充滿偏見的美國人。然後，她關上手機，登上了飛機。

想不到在飛行的11小時內，她的帖文像一架失控的汽車，在網絡上瘋傳。過往，由於工作的關係，Justine的名字一個月會通常被Google搜尋40次，但從12月20日到月底，她的名字被搜尋了122萬次，帖文被瘋傳，不少博客爭相批評。開始時大家是不理解，後來是詫異、好奇以及憤怒，之後群眾大叫她賤人、種族歧視者，叫嚷要開除她、要她去死⋯⋯Justine當時在機上，無法為自己辯護，但這種無能為力令網民走向瘋狂狀態，因此當她再次啟動手機便嚇

呆了。後來公司將她開除，家人視她為蛇蠍，親友都與她絕交，此外還要24小時接受謾罵，她因此患上精神抑鬱，再難投入工作。之後，其中一個推出「#Justine下機了沒有」（#HasJustineLandedYet）的博客Sam Biddle向她道歉，並承認當初為了增加自己的網絡流量而帶頭攻擊她，亦對網絡上如此容易對一個陌生人散布仇恨及感到興奮而大惑不解（Wikipedia n.d.）。由此可見，無心之失也可以導致不明來歷的網絡欺凌。

類似事件亦發生在大中華地區。2012年，台灣一個模特兒為美容院拍了一幅廣告照片，相中是一對夫婦與三個子女的全家福，不過由於子女和父母的俊美外貌差異太大，照片慘遭網民惡搞甚至繪形繪聲流傳不同版本的故事：有傳丈夫因為子女樣貌不同，懷疑太太出軌，告上法庭，太太否認出軌，卻承認曾到韓國整容云云。網民樂此不疲的創作多不勝數，但卻嚴重打擊這個模特兒的形象，她因為這些創意的想像而令廣告商懷疑她整過容，即使已經簽約的廠商也取消合作，令她錯失大量代言機會，她最終為此事告上法庭（Suey 2021）。可見網絡欺凌有時只是出於遊戲式的二次創作，但已經對當事人帶來難以逆轉的傷害。

過往有關攻擊行為的研究顯示，男生喜歡較直接進攻，例如埋身肉搏，而女性較喜歡間接進攻，例如在背後耳語或散布謠言。這些間接的攻勢與網絡欺凌的定義不謀而合，都是利用社交的機制，控制他人去傷害目標受害者，個人甚至不需要直接參與。不少研究都印證上述觀點，由此可見女性較易捲入網絡欺凌行為，與她們擅用間接攻擊手段有關（Kowalski, Limber, & Agatston 2008: 77–78）。Kowalski等人（2008: 71）的紀錄也發現，綜合2000–2006年間十多個有關網絡欺凌的研究，有4%–53%的青少年表示曾受欺凌，平均為21.5%；而承認參與欺凌者有3%–23%，平均為7.2%。

　　研究者發現，網絡欺凌其實是校園欺凌的延伸，欺凌者即使在下課後仍可繼續逞強；他們引用 Parry Aftab（2006）的研究，網絡欺凌者的心理因素可分為以下四類：

　　（1）**復仇天使**（the vengeful angel）：曾於現實中或網絡中被欺凌，出於報復心理，轉化為欺凌者去傷害別人，希望在過程中找到公義。

　　（2）**權力追尋者**（the power-hungry cyberbully）：在欺凌的過程中，欺凌者感覺自己成為強者，從中獲得優越感；特別當分享欺凌別人的內容時，透過網友轉貼其內容或按讚，而獲得成功感或認同感。

　　（3）**刻薄女孩**（mean girls）：刻薄是指人格低下，缺乏人性的慈悲憐憫。這些刻薄的欺凌者不一定是女孩，但他們像女孩子一樣喜歡聯群結隊，因此稱為「刻薄女孩」。這些人的欺凌行為並無目的，純粹貪玩或無聊，或出於嫉妒、以娛樂為目的，跟隨朋輩抱著開玩笑的心態作惡，而沒意識到其行為可以帶來很嚴重的後果，甚或觸犯法例。

　　（4）**不經意的欺凌者**（the inadvertent/accidental cyberbully）：並非主動或有目的去欺凌別人，有時不經意回覆一些負面訊息，造成欺凌效果，或者當事人並沒有直接參與卻將訊息誤傳，在不經意下散播等。

　　對受害者而言，被欺凌者往往是寡不敵眾，並會造成以下的影響：

　　（1）**心理壓力、自我形象低落**：受辱後會受到強烈的精神困擾，不停閱讀網民的留言及對自己的評價，因而感到自我形象低落，對人失去信心，抗拒在現實中與人交流，避免被人認出與事件有關。

（2）**生理方面的影響**：除精神方面的困擾外，受害人亦會於生理和學業方面受到影響，如失眠、食慾不振、無心向學、成績退步等，嚴重者會有輕生念頭。

（3）**事件容易以偏蓋全**：在網絡上瘋傳的事件，事實難免被誇大。事主無法在網絡世界加以澄清，令真相永遠無法得知（香港電台 n.d.）。

網絡欺凌已經是一個全球化的現象，世界各地有不少研究關注它的發展，無論在西班牙、比利時、英國、美國等地的研究都顯示，這是網絡世界的普遍現象（Skalski 2013: 105–8）。問題是，各地的文化差異會否影響網絡欺凌的表達方式？各地之間的研究有沒有互相參照的作用？未來的研究可能要加強比較分析，亦可能要關心通訊科技改變會否改變網絡欺凌形式的問題。上述 Aftab 的視頻指出，幫助小孩了解欺凌手法及他們的心態，及早協助他們認識社會散播的仇恨言論，可以幫助他們面對欺凌而不畏懼。

9.3 網絡／電玩暴力遊戲

網絡上的遊戲包含愈來愈多的暴力成分，而且不少暴力描述都顯得非常真實，不少遊戲內對男女性別角色的論述亦傾向刻板定型。暴力遊戲對青少年不良影響的研究，早於 1970 年代已由大眾傳媒延展到影像遊戲，西方學者一方面沿襲暴力媒體的效果研究傳統，注重進攻型暴力影像遊戲對玩家的攻擊行為的影響，亦關注暴力影像遊戲的吸引力及內容分析。使用者透過不同的媒介及載體接觸暴力影像遊戲，早期以電視遊戲或電玩的方式，到近年的電腦、網絡和手機遊戲，發展來自同一系統，都是通過電子屏幕進入虛擬的遊戲環境，分別在於以個人或群體方式進行。有關電玩與

網絡遊戲的關係，可參考圖9.2，下文重點在於分析暴力遊戲的內容，而非其形式。

　　媒體心理學家Dolf Zillmann（1998: 179–211）提出，暴力遊戲的吸引力在於年輕人的病態好奇心（morbid curiosity），即對死亡、暴力、傷害身體的好奇。這些好奇心源於生存需要，對周遭危險產生的警覺性及被傷害的好奇感，因此不少暴力遊戲都會出現血腥、斷肢、死亡等場面。此外，對暴力遊戲的喜愛亦與玩家喜歡官能刺激有關。美國的娛樂軟件評價組織（Entertainment Software Review Board）研究在不同平台發放的電玩廣告，發現超過半數以暴力招徠，而男女角色在這些廣告內都塑造成侵略的造型（Scharrer 2004）。另一個重要的吸引力，是遊戲玩家通過虛擬世界學習面對真實世界同樣意外或進攻時的反應，稱為「適應技術訓練」（adaptive skill learning）。Clifford Nass 與 Byron Reeves 比較了真實與虛擬事件的研究，發現即使遊戲中的暴力狀況不如真實事件的震撼幅度，但對參與者來說，仍會出現同樣的生理反應及心理滿足感（Grizzard 2013: 363–65）。電玩使青少年沉溺其中，一定程度上與誘發暴力及攻擊力的反應有關。雖然電玩的血腥暴力場面不一定比電影或電視多，但玩家容易認同遊戲攻擊者角色，而對角色的認同度愈高，將遊戲中攻擊手段運用到現實衝突情境中以解決問題的可能性就愈高。

　　對於電玩內暴力的分類，娛樂軟件評價組織將E（everyone）分類為適合任何人，及T（teen）分類為青少年而設。這個組織發現超過半數針對小孩的電玩，內容都包含了蓄意的暴力以及通過傷害他人而得獎勵（升級）兩個特點。差不多所有為青少年而設計的電玩都包含暴力，透過傷害遊戲內其他角色而得獎勵。整體而言，為成年（M, mature）及青少年（T）設計的電玩比售賣給一般人（E）的

電玩包含更多的暴力及侵略內容。根據該組織的統計，在2011年售出的電玩中，39%屬於E分類，17%屬於E10+（10歲以上小孩），17%屬於T，27%屬於M。可見以暴力為主的成人及青少年電玩，佔了總銷量接近一半。其他研究亦印證以上的分析，如Tracy Dietz（1998）為世嘉（Sega）和任天堂（Nintendo）的33款遊戲進行分析，發現80%的遊戲本質上是暴力的，而其中21%是針對女性的暴力。Nicholas Carnagey和Craig Anderson（2004）等人的調查也發現，受玩家歡迎的遊戲大部分都是暴力的。

電玩遊戲的暴力程度在1990年代中期以後越趨暴戾，其中《追捕2》（*Manhunt 2*）這個遊戲在2007年推出，被認為是當時最暴力的一個。參與者要以不同殘酷程度的方式殺人，才可以獲得獎勵，例如使他人窒息死亡、用大頭棒打死人、暴力襲擊身體某一部分、斬首等。雖然《追捕2》的銷售量不及其他沒有那麼暴力的遊戲，如《厄運》（*Doom*）及《厄運II》，但整體而言，電玩遊戲市場由1995年的32億美元，躍升至2008年的210億美元，尤以暴力及侵略為主要銷售內容。

對於暴力遊戲的影響，研究方式與傳統的影響論相似，例如Kamala Norris（2004）為了解女性與暴力遊戲關係的研究。傳統而言，社教化過程不鼓勵女性使用暴力或侵略的方式解決問題，因此女性應該不會喜歡暴力網絡遊戲。但Norris的研究顯示，喜歡玩網絡遊戲的女性，性格普遍都是較不玩網遊的女性主動及進取，認為網絡環境不友善，較少遭到性騷擾，但他們在性別角色、性別定型及對性暴力的看法，與沒有玩網遊的同伴分別不大。另有研究顯示，網絡上的暴力遊戲會增加玩家短期和長期侵略行為的風險，這個結果適用於任何性別，成長於東方或西方的孩子都有此可能性（Anderson et al. 2010）。

　　華裔學者針對中國青少年沉迷於暴力遊戲的影響研究，也有一些發現。魏然 (Wei 2007) 的研究報告發現，在網絡上愛玩暴力遊戲的青少年，對暴力行為的容忍度較高，對其他人苦難的共鳴能力較低，以及較多機會出現攻擊行為。但是，進一步的數據分析卻不能確立暴力電玩與暴力行動的關聯。因此，他的結論仍是暴力遊戲的影響屬於在態度上多於在行為上。中國學者嘗試從暴力遊戲與青少年犯罪的關係作研究，特別針對暴力網遊與青少年的攻擊行為的關係。另外，有些研究表明兩者有正面相關的關係（例如陳碧雲 2010；曾凡林等 2004），亦有研究發現暴力網遊不會導致使用者的暴力行為，但會影響對暴力的態度及相關認知（例如張曉冰 2009；賀建平等 2009）。可見暴力網絡遊戲對青少年的影響成因非常複雜，需要從多個層面、多個角度進行探索。

　　遊戲如以暴力作為主導，容易令青少年上癮，這種情況在國內尤其普遍。例如，中國青少年網絡協會 2009 年底公布了針對 411 名網癮青少年的調查結果，玩網絡遊戲是這批未成年人上網的主要目的。《地下城與勇士》（2007 年推出）是當年最讓他們沉迷的網絡遊戲，其他 13 款網絡遊戲包括《夢幻西遊》、《魔獸世界》（2005）、《穿越火線》（2008）等。研究員也和被訪者進行深入討論。有 80 人選擇了《夢幻西遊》，佔 20.6%，玩家認為：「當我打到頂級時有一種很大的成就感」；「刺激、血腥，打敗了對方有成就感和自豪感」；「與眾人一起聊天殺怪獸升級，有一種快樂感，可以在虛擬世界中隨心所欲」。35 人選擇玩《穿越火線》，佔 9.02%，理由包括：「這款遊戲可以殺人，驚險刺激，有快感」；「我很喜歡玩這樣的暴血遊戲，心裡很爽」；「自由、無約束，可以滿足自己的虛榮感」。由此可見，遊戲內的暴力元素如血腥、殺人、打鬥等，都是令使用者沉迷的主要元素。

有感於網絡遊戲在內地的風靡程度前所未見，香港中文大學新聞與傳播學院博士生陳韵博在2009年底到廣州做了一個大規模的調查，了解暴力遊戲對內地青少年的影響。她總共調查了518個來自普通中學 (51.4%)、重點中學 (11.6%) 和職業中學 (37%)，年齡12–18歲的中學生，男 (52.1%) 女 (47.9%) 比例大約各半，並在2013年根據此項調查完成她的博士論文。

陳韵博以當時全世界流行的《魔獸世界》作為研究例子，發現中學生玩暴力網遊的接觸量和他們的暴力態度、移情水平以及暴力意圖之間的關係。根據研究假設，接觸量和暴力態度、暴力意圖存在正相關的關係，與移情水平存在負相關；暴力態度與暴力意圖存在正相關，移情水平與暴力意圖存在負相關。這些假設在結構方程模型的驗證中，大部分得到了支持。根據最終修正的模型顯示，這些變量之間存在著五種顯著路徑：(1) 接觸量直接正向影響暴力態度；(2) 接觸量直接負向影響移情水平；(3) 暴力態度直接正向影響暴力意圖；(4) 移情水平負向影響暴力意圖；(5) 接觸量通過暴力態度，間接正向影響暴力意圖 (陳韵博 2013: 273)。

圖9.1　暴力網絡遊戲的路徑分析模型

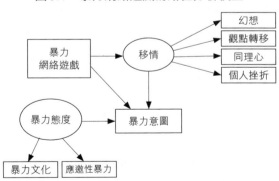

出處：陳韵博（2013: 278）

在總結網絡遊戲的影響時，陳韵博留意到以下幾點：

（1）國內青少年已經培養出「重口味」的高級暴力遊戲，根據該研究的描述，是「在打打殺殺中加入怪物的配音，在擊打怪物後獲得血濺八方的暢快淋漓的感覺，拳拳到肉、支離破碎的怪物屍體和撕心裂肺的聲音，令玩家大呼過癮」（陳韵博 2013: 288）。

（2）研究又發現暴力經驗的共鳴效果。玩家的暴力經驗對於險惡世界症候、暴力態度、移情水平和暴力意圖都有調節效果，意味著有暴力經驗的玩家會更傾向於對他人持有不信任的觀感，對暴力會持有更加贊成的態度，移情水平更低，而暴力意圖更明顯。

（3）電腦網絡為那些「性格內向」的青少年提供了展示自我的平台，令他們在現實生活更加內向、孤僻、冷漠，情感缺乏和親情淡化等心理狀態，導致青少年「非人性化」傾向增加。與現實世界較少互動的青少年，若長期沉浸在網絡遊戲中，儀式性的使用令他們越容易接受遊戲所呈現的媒體世界，以及遊戲中的規則（陳韵博 2013: 294）。

（4）雖然網遊內的暴力不會讓玩家覺得真實，但其暴力敘事機制已經潛移默化進入他們的思維。高級別的玩家可任意「殺人」，甚至以此為樂。這種行為把人性本能深處潛伏的佔有慾、報復心理等陰暗面活躍起來，很可能直接影響到玩家的人格發展。

總的來說，電子遊戲與網絡遊戲的發展是一脈相承的，都是以電腦屏幕、手機、平版電腦為工具，進入一個虛擬的遊戲環境，分別在於以個人或群體方式進行。網絡遊戲中的暴力環節是吸引用家的重要元素，而網絡世界令遊戲方式更多樣化、更容易普及化及支援更多的使用者同時參與。例如科技公司騰訊開發的《王者榮耀》網上遊戲，最高峰時段可以有500萬人一起參與，而整個遊戲

圖9.2　中國網絡遊戲分類

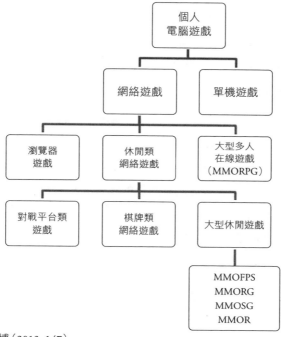

出處：陳韵博（2013: 147）

有兩億用戶登記。由此可以看到網絡遊戲盡取電玩的優勢，對受眾造成更大的影響。

　　上述中外的研究顯示暴力電子遊戲具有普遍的負面效應，但是並非對所有兒童的效果都一樣。可能影響負面效應改變的因素包括：年紀較輕、解決社會問題技巧不高、缺乏父母的監督、男性、具敵意、有接觸暴力的經驗等，但是這並不意味著暴力電子遊戲只影響擁有以上特點的兒童。即便是在控制性別、敵意水平、玩遊戲時間等變量下，電子遊戲暴力和肢體衝突之間仍然存在因果

關係。敵意分值最低的兒童，玩暴力遊戲後產生肢體衝突的可能性，是沒有玩暴力遊戲的10倍。實際上，敵意水平最低的兒童，在玩了大量暴力遊戲後，要比敵意水平最高、但是沒有玩暴力遊戲的兒童更容易捲入肢體衝突之中。

儘管不少研究驗證了暴力遊戲與玩家攻擊性之間的關係，仍然有學者對此表示質疑：

（1）因果關係是否成立？Douglas Gentile（2009）等人指出，本身敵意更高的年輕人會玩更多的暴力遊戲，導致了暴力遊戲與攻擊性之間的因果關係。年輕人是因為接觸了暴力遊戲而變得更富有敵意和攻擊性，還是本來就有敵意的年輕人更喜歡玩暴力遊戲呢？這是許多相關性分析所無法回答的。

（2）暴力電玩是代罪羔羊：有研究認為犯罪率並未上升，因此暴力遊戲導致負面影響的結論是錯誤的。美國的犯罪率從1990年代初已顯著下降，而許多暴力電玩正是此時推出。若暴力電玩會導致暴力行為增加，犯罪率理應上升（Gee 2007）。1993年，電玩《厄運》推出，十年後青少年謀殺案的比率下降了77%，校園槍擊案仍舊很少。Karen Sternheimer（2007）指出，媒體和政客應該準確報導事實，而不是讓公眾陷入恐慌。她認為媒體和政客誇大暴力遊戲負面影響的做法，只是在為發生的多宗校園槍擊案尋找開脫的藉口。況且，Media Awareness Network指出了電玩的一些益處：提供娛樂，鼓勵團隊合作，增強兒童的自信心、閱讀能力、數學水平和解決問題的能力。許多研究者認為這些積極的影響不僅適用於一般電玩，同樣適用於暴力遊戲。有的研究者認為暴力遊戲也有益智的一面，例如青少年通過玩暴力遊戲來控制憤怒的情感，或作為情感的宣洩口（Kestenbaum & Weinstein 1985）。Christopher

Ferguson 和 John Kilburn（2010: 174–78）探討了暴力遊戲在視覺空間認知、社會網絡及作為教育手段等方面的積極作用。

9.4 網絡暴力的其他關注點

　　網絡雖然是一個虛擬的世界，但網絡上的暴力卻以不同形式影響真實的世界。互聯網的開放、互動、即時性、匿名等特質，容易導致不負責任的網民造成網上暴力行為，不但侵犯了他人的權益，還會造成他人精神及心理上的傷害。不少地區已就此修訂相關法例及政策。

　　美國首先從校園著手，制定反網絡欺凌的指引，賦予學校處理網絡欺凌者的權力，如開除學籍或處分。澳洲亦考慮成立兒童安全專員，負責監控在線內容，刪除有害內容，並要求網站提交明確的投訴流程，方便專員處理。韓國於 2006 年起推行網絡實名制，規定在每日平均登錄人數超過 10 萬人次的網站刊載文章、照片、視頻等內容時，必須輸入實名；對沒有確認實名而登錄的網站，將處以罰款；發布惡性帖子，最高可判 7 年監禁（香港電台 n.d.）。

　　面對網絡上可能出現的暴力問題，除了通過媒體教育，提高網民的道德感及自律意識，增加他們分辨是非的能力，了解在網絡世界亦需要做好的網民之外，個人方面，應避免在網上透露個人資料，如學校、工作地點、朋友資料、家庭背景、相片等。在網上發表言論前要三思，過激或不禮貌的言論或會導致網民圍攻，避免回應挑釁，不與滋擾者糾纏，培養同理心，代入他人的感受。有時候，盲目在網上分享或讚好一些令人不安的內容時，亦有可能導致欺凌行為。

想多一點點：網絡暴力

香港網上討論區出現「不去暗戀去強姦」的「厭女文化」，似乎亦有不少人附和，讚好的人數不少。同類事件以往亦出現過。2006年9月13日《明報》報導，討論區She.com有會員於2005年8月13日、15日留言，揚言要組成「快閃強姦黨」，結果因「違反公德行為罪」及「不誠實使用電腦罪」被起訴，後來裁定被告「違反公德行為罪」罪名成立，「不誠實使用電腦罪」罪名不成立。2010年6月21日，有Uwants會員發起「有冇熱血青年想做快閃強姦黨，大力招募中」主題，被Uwants版主刪除並報警處理。你認為網上討論區為什麼經常會出現如此極端的反社會言論？

9.5 電玩遊戲會令青少年學到真實的槍擊技巧嗎？

　　電玩遊戲作為一種替代經驗，很多研究都只關注遊戲對使用者暴力態度及行為的影響，較少人留意遊戲使用者可以從虛擬的遊戲活動中學習到真實的殺戮技巧。若遊戲可以訓練殺人，社會應否要重新評估，一些遊戲是否適合兒童使用？以下是知名專欄作家C. Thompson (2008: 102–15) 的親身經驗。他為美國流行的科技雜誌撰寫文章，留意到一本討論校園槍擊案的書，背景是1997年，美國肯德基州發生了14歲少年槍殺另外八個青少年的案件，導致其中三人死亡、一人癱瘓。這些日漸增加的少年槍擊案引起社會人士留意，因為行兇的少年開了八槍俱命中對象，這個紀錄是一般受過訓練的警員很難達到的，何況行兇少年沒有接受過槍械訓練，亦從未使用過手槍。什麼因素導致他掌握開槍殺人的技巧？答案是電視遊戲。

　　寫這本富爭議性的書 *Stop Teaching Our Kids to Kill* 的作者是Dave Grossman (1999)，內容討論上述案件及詳細記載該少年如何透過電視遊戲在虛擬的世界殺過成千的人後，鍛鍊手槍射擊的好身手。Grossman是受過專業軍事訓練的心理學家，他認為當代的電視遊戲與專業軍事及警察訓練的模擬形式十分相似，就像阿波羅11號太空人受訓一樣，毋須離開地面都懂得如何飛上太空。他認為近年來美國高中學生的槍擊案增加，與他們經過電玩的訓練有關。Grossman的研究指出二次大戰時，超過八成的美國士兵不願意開槍殺人，於是美國軍方就用行為主義心理學家B. F. Skinner條件反射的行動訓練，在模擬戰爭場面的炮火聲中訓練他們射向一個突然出現的人形剪影；結果在日後的韓戰，開槍人數比例提高至55%，到越戰時更高達95%，訓練手法可謂空前成功。到了1980年代，這

些訓練可以由更便宜的電腦及電子遊戲取代，其中一個遊戲的例子是任天堂早期的「獵殺鴨子」遊戲。Grossman認為不同的媒體暴力提供各種訓練教材給年青一代，亦導致美國嚴重襲擊罪案在1977–1993年之間差不多倍增。

雜誌專欄作家Thompson原先是支持媒體暴力有限影響論的，對Grossman的說法半信半疑，因此親自檢驗Grossman說法的可信性。於是他接觸Grossman並參與一個射擊實驗，事實上Thompson有豐富的電玩遊戲經驗，開槍遊戲也接觸不少，在開槍射擊前一天，他與另一名警官先玩一個洛杉磯機關槍手的電玩遊戲作熱身，然後翌日用真正的槍械作實驗。令他感到詫異的，是毫無開真槍經驗的他在幾個受訓警官監督、心理充滿恐懼及壓力下，有能力連用兩種不同口徑的槍支開了多槍，而且大部分都像電玩遊戲一樣輕易射中目標，其中十槍內有九槍射中計分圈內。

Thompson事後反省自己的體驗，開始接受電玩槍擊遊戲真的有可能訓練青少年的射擊能力，但為何他們要這樣做？當然簡單的實驗沒法找到真正的原因，而當他將Grossman的理論向其他學者提及時，很多研究電玩遊戲對青少年影響的學者都認為Grossman的理據太薄弱，還需要大量的研究才可以對兩者的關係作出定論。

9.6 問題討論

（1）第9.5節的個案中，你認為Thompson的個人經驗可信嗎？電玩槍擊遊戲是否真的可以提高青少年使用真正槍械的能力？

（2）美國校園槍擊案增加，與電玩槍擊遊戲的普及有沒有關係？你同意Grossman的分析嗎？

(3) 實證主義的學術討論相信數據及實驗結果，我們又如何理解這些
個人經驗？它對我們了解媒體暴力問題提供了什麼幫助？

(4) 你認為涉及真實世界的暴力影像需要規管嗎？政府、網站管理員
及討論區用戶等，如何加強監督及遵守互聯網服務管理的相關法
律規定，以杜絕發布過分血腥及暴力的資訊？

(5) 網絡世界流行寫網誌，將自己的私人生活於網上公開。這些寫公
開網誌的博客心態是什麼？他們是否預期有可能招致惡意批評？
如何面對網絡欺凌？

(6) 網民往往肆無忌憚對其他不相識者嚴厲批評，你認為這情況是否
可取？

(7) 網絡欺凌對社會帶來怎樣的傷害？你認為 Parry Aftab（見第9.2節）
提出的方法可取嗎？

(8) 你認為網民動輒對身邊的事件進行拍攝、上載及公開資料的做法
是否恰當？為什麼？

第十章
從性與暴力的呈現看
香港社會的轉變

10.1 流行文化與集體意識

　　流行文化是社會集體意識 (collective consciousness) (Simpson 1993) 的投射，媒體流動的影像就是社會現實的反映。所謂集體意識，是指一些社會群眾分享的共同觀念、信仰、道德判斷等，整體來說是對社會規範的集體認知。例如亞洲女性普遍會認為自己比男性地位較低，因此對男生事事退讓。記得千禧年初，我在韓國首爾出席一個學術會議，當時WiFi上網尚未普遍，大會安排小量座枱電腦在指定區域讓與會者使用，並安排工作人員維持秩序。當時我與其他使用者排隊輪候，突然隊後出現一個貌似教授的亞裔男性，逕自走到隊頭插隊，工作人員立刻安排該男士優先使用電腦，排在較前位置的外籍女士立即與工作人員爭拗公平問題，卻不得要領，一眾等候者只能「望機輕嘆」。或許對韓國文化來說，男士優先的集體意識已經深入文化核心，即使在國際會議裡也不例外，難怪當地工作人員不假思索地作出如此反應。

　　國際知名華裔導演李安有一次接受台灣記者訪問，提到一些電影為什麼會受觀眾歡迎，因為它們都說對了觀眾心目中的一些想法，即是電影訊息擊中他們的潛藏意識，只是有時候未必意識到這些想法存在，或者不懂得如何用自己的話語表達出來，電影的世界就像鏡子一樣呈現他們的意念，使他們看見自己 (張靚蓓 2002)。

很多時候，大眾傳媒比現實世界更真實，因為前者抽取後者的精華，將之重現出來。愈受歡迎的節目或音樂，愈能反映社群的集體意識。

每個人成長的年代都有其獨特性，人們擁抱自己的世代就像擁抱自己溫暖熟悉的毛公仔，難怪懷舊金曲永遠有它的市場。年輕時塑造個人成長的文化，可能會影響到那一代人的集體意識，也影響他們對性與暴力的看法。正如 Morris Massey（n.d.）說過，每個人的價值體系在童年建立以後，便很少改變。Jean Twenge（2006）的研究亦顯示，同一世代的人平均而言都很相像。若然如此，自嬰兒潮至「I世代」，在經歷過傳播科技幾個年代不住改變的同時，性與暴力同樣在社會中以不同方式及手法呈現，性與暴力作為一種文化價值，完全可以從媒體的內容對照社會的轉變。性與暴力作為一些故事題材，主要出現在大眾傳媒的作品內，而香港在不同的時空，對這兩個議題有不同的論述，從中可以想像這個社會出現過的變化，也可以窺探不同年代成長的人對此議題的價值判斷。這一章會集中討論香港的主流媒體如何論述香港社會的故事，特別在不同年代如何表達性與暴力的主題，所選取的主要是當代較為受歡迎的媒體以及較有代表性的事件。

10.2 戰後階段

因為工商業發展，香港的傳播媒體自二次大戰後已非常活躍，在香港經濟及文化發展中扮演重要的角色。1950年代香港人口迅速增長，主流媒體包括報刊、電台及電影業，多數由大陸移居的知識份子打理，故有文人辦報的傳統，上海名作家張愛玲亦曾為電影公司撰寫劇本。這些傳統知識份子較重視儒家倫理及道德思

想，特別在國家內憂外患時，負起宣揚及教化的道義責任，傳媒除了提供娛樂及資訊外，也肩負建立社會秩序的重要任務。例如1952年由多位藝人成立的中聯電影公司，便是以反映社會現實、維護製作尊嚴、提高粵語片質素為己任（維基百科，「中聯影業公司」）；因此，影片製作內容較重視傳統中國人的家庭倫理、道德價值，反對傷風敗俗，批判舊社會封建制度對人性的壓抑，希望培養奉公守法、守望相助的社群精神。

10.2.1 早期媒體對暴力的呈現

在此背景下，影視媒體對暴力的呈現，普遍在道德框架下著手，亦重視父權體制下的陽剛氣息，以提升民族自信。例如1950、1960年代粵語電影，主要有由武打演員關德興及石堅主演的《黃飛鴻》武術片，一共拍了一百集，內裡不少涉及暴力打鬥場面，但角色配置都是忠奸分明、邪不勝正；黃師父專門幫助市井小民對抗欺壓他們的流氓，他亦教導徒兒不要打架生事，自己亦非不得已才會出手，暴力作為手段最終為了做惡懲奸、實踐公義，並非置人於死地。由關德興飾演的黃飛鴻師父不但弘揚武術，更強調武德，對比石堅飾演的爛頭蟀（《黃飛鴻獅王爭霸》，1957）只教武術不修武德，黃飛鴻武德兼備，成為社會良心及道德準繩，電影對當代躁動的年輕人及惡棍達到道德教化的作用（蒲鋒、劉嶔 2012: 36, 129）。即使1960年代後期龍剛拍攝的暴力電影如《英雄本色》（1967）和《窗》（1968）等較受西方宗教的影響，對暴力行為仍有強烈的道德批判，以及強調犯罪者如何惡有惡報，最終要面對良心的譴責。

另外一個當時較多使用暴力的導演是張徹，他主要拍攝國語片，針對東南亞及海外市場，如《獨臂刀》（1967）、《報仇》（1970）等，前者更是當年的賣座冠軍，在香港甚受歡迎。張徹是國際導

演吳宇森的師傅，亦被稱為暴力美學的鼻祖，他的影片展現出硬橋硬馬的武打，肚破腸流，畫面血腥暴力 (歐哥聊電影 2017)。盧偉力 (2012) 稱張徹的電影「陽剛與悲壯」、「以力出發的格鬥美學」、「復仇」等觀念貫穿他的作品；石琪 (2002) 稱他的作品結局必有「死亡之舞」，就是身受重傷的英雄仍奮力作戰，最後以驚心動魄的暴力場面作結。麥勁生 (2005) 認為張徹偏愛剛性文化，擔心柔性文化使一個國家的文明走向衰落，偏偏宋代以後中國人的柔性文化壓倒剛性文化，所以武俠片中的暴力是他早年在上海見到的頹唐士子的鞭策。難怪他的電影主角盡是雄赳赳的男子，以武力爭勝，連場激戰後，屍橫遍野，肝腦塗地，主角含笑而終，彷彿暴力就是陽剛氣的表現，死亡是一種自我完成 (田彥 1984)。許樂 (2010) 認為，張徹的武俠電影的江湖是一個缺乏社會秩序及危機四伏的地方，主角像中國傳統民間文化般「混亂蕪雜」，既保守又反叛，既維護正統又顛覆秩序，但整體來說仍是以中原文化的忠君愛國思想為主導。許樂認為張徹不少電影中論述的兄弟情誼取材於《三國演義》中的桃園結義，但亦有論者不同意這個說法，認為張徹的武俠世界腹插利刃、鮮血濺射的場面，反映男性之間肝膽相照的情誼，流露一份同性意識 (田彥 1984: 43)。

重看當年暴力內容的論述，今天的觀眾可能會覺得保守及傳統，但若留意1950、1960年代香港的政治及社會背景，卻是完全可以理解。香港當時作為一個「難民城市」，[1] 很多居民都經歷過戰火洗禮，即使在英治時期，政治鬥爭仍未平息，像1966年天星小輪加價引起的暴力事件，以及1967上半年的暴動，都令市民活在

1　1949年起大量中國難民湧入，香港人口由戰後60萬激增至230萬，新來的難民在山坡搭建木屋，當時四分之一人口居住木屋區，環境極惡劣，物質貧乏。1959年，聯合國將香港定為難民城市，展開人道援助工作。

惶恐不安的狀態。渴求在這個城市安身立命，得以長治久安，成
為當年市民的集體意識。**制止暴力行為、邪不勝正等都是對當時
欠缺社會秩序的生存環境的投射，就像武俠世界中的江湖，希望訴
諸中國傳統文化中的道德價值，以重建社會秩序。**此外，石琪認
為中國百年經歷國恥國難，積弱男性不知如何重振雄風，《獨臂刀》
的男俠自幼是慘失右臂的孤兒，幸被好心女子贈予刀譜，男俠發奮
苦練，終於自創奇功，成為頂天立地的男子漢，不但報仇雪恨，還
盡力維護女性，不再側重師門傳統，代表自力更新、積極求進的新
一代（石琪 1996: 27）。

10.2.2 早期媒體對性的呈現

　　至於對性或性別角色的論述，早期的電影多取材自五四後的
現代文學，例如中聯拍攝巴金名著《家》（1953）、《春》（1953）、
《秋》（1954），票房反應熱烈，幾部電影批判傳統封建思想，特別
是表面風光的大家族如何隱藏腐敗，父權主義對下一代如何壓抑，
當時香港已經比其他華人社會較早提出反思。至於對性別方面的
論述，亦反映出中國傳統對男女關係的態度，社會上重男輕女，以
家庭作為本位，個人選擇不能超越父母的權威，而孝道是子女的責
任。婚姻選擇決定在「父母之命、媒妁之言」及「門當戶對」的背
景，電影故事往往環繞兩代人不同的嫁娶觀念，主要是年青一代爭
取婚姻自主、男女平等，以及對抗封建迂腐的階級觀念等，反映進
步的力量。戀愛自由及婚嫁以愛情為基礎往往是電影的主線，但
並非所有主角都能成功爭取，亦有逆來順受的，反映長輩權威仍是
凌駕性的，為盡孝道的子女容讓父母總管其終身大事。對性事的
描述，粵語片亦較為含蓄，如男主角因意外受傷，雙足殘障會成為
性能力受損的隱喻，因此無法為女主角帶來幸福（性滿足）而變得

十分自卑（黃愛玲 1997: 29）。愛侶或夫妻的親密鏡頭大都是低調處理，鮮有出現床上戲，接吻已經是極限；極少裸露身體的鏡頭，穿泳衣、低胸照亦十分少見。在這個年代成長的年輕人，思想自然較接受傳統文化的性別定型及性別角色，傾向以道德標準判斷事情的好壞。

　　粵語片的悲劇往往環繞著家庭發生，中國人以家庭為中心，個人的價值由家庭定義，若一個家庭缺乏完整或家長性情歪斜，作出不合理的決定，便成為悲劇來源。百多年中國的戰亂及政治動盪，亦反映在**電影中大家庭制度的解體以及父權旁落的現象，令男性的氣質陰晴不定**。1950年代粵語片中最受歡迎的男主角有張活游、張瑛、吳楚帆三人。張活游最擅演明理敢言、反對封建制度壓迫的進步知識份子。張瑛高瘦俊朗，帶有驕縱傲慢之氣質，演活了吊兒郎當或不務正業的二世祖。至於吳楚帆，則最常扮演懦弱無能的男性，他雖然有高大外表，但沉鬱的聲線及充滿滄桑的面容，完全符合《家》、《春》、《秋》中作為長子嫡孫，因為性格軟弱而飽受欺凌，甚至斷送家人的生命；例如《春》描述他的兒子重病，中醫多番診斷未有起色，弟弟（張活游飾）勸他找西醫試試，但他害怕長輩怪責不敢行動，最後令兒子枉死。這種怯弱受屈的男性形象，是傳統專制家庭的典型（羅維明 1997: 23），而上述三種男性氣質，亦反映傳統社會的男性面貌。

　　到了1960年代，**香港逐漸現代化及經濟條件改善，男性氣質亦開始趨向活潑多變**，尤其白領階級興起，男性形象亦出現轉變，最有代表性的有擅拍都市片的光藝公司《難兄難弟》（1960）及相關作品。兩位主角謝賢及胡楓飾演的角色，擺脫傳統社會以家庭為骨幹的論述，變成兩個單身寡仔，一個鄉土式純良戇直、頭腦簡

單，對比另一個城市式的醒目精叻、急智多謀，反映兩套社會價值觀如何在複雜多變的香港社會掙扎共存（何思穎 2006: 66–69）。

　　值得一提的是男星性感形象的變化。早期的男星普遍以溫柔敦厚、忠誠可靠、以德服人的形象為楷模，西裝筆挺，對人必恭必敬，從沒有刻意賣弄身材，更遑論帶有性感的標籤。但國粵語片眾男星中，僅謝賢有意識以性感偶像自居，或者角色安排刻意賣弄英俊外表，並不像同行只重演技及德行。可能因為負責製作的光藝公司的都市故事以西方影片為藍本，仿效荷里活紅星形象，謝賢多扮演玩世不恭、將性愛視為娛樂的角色，例如在《花花公子》（1964）中扮演歡場常客，最後浪子回頭，回歸家庭。在《情賊》（1958）中，他演活一個偷心又偷金的女人迷，活躍於上流社會，即使有女士知道被他偷去財物，亦坦言不會追究，彷彿對栽在一個萬人迷手下深感榮幸。另外，不少電影都會安排他在沙灘袒露上半身（如《椰林月》，1957），又例如在《慈母驕兒》（1960）中，他飾演一個「體格好，人又漂亮」的籃球健將，連宿舍內的男同學也嫉妒他的身材。在《蜜月驚魂》（1960）中，他卻演一個受惡勢力擺布的美男子，專門勾引寂寞芳心再將之拋棄，但最後改邪歸正。整體而言，謝賢可以說是第一個以男士性感身型、俊俏外表吸引女性目光甚至性幻想的香港男星；根據影評人邁克（2006）的說法，他是第一個像女星般賣弄性感的人，比後來者先行了四十年。

　　至於女性形象的描述，粵語片研究專家黃愛玲如此總結所描述的女性：「多的是弱質娉婷的薄命紅顏，嬌俏如芳艷芬、雍容如白燕、艷麗如紅線女、或婀娜如嘉玲，皆儘管秉性溫柔嫻淑，卻換來一生坎坷，以自己的青春與貞節去博取社會的認可，以過人的堅強與忍耐去救贖軟弱無能的男性，使日漸旁落的男權……苟延殘

喘下去」（黃愛玲 1997: 26）。**女性即使如何堅毅，仍然是為家庭或所愛的男性犧牲，很少女性可以活出自我。**

　　傳統女性對情慾的追求是奢侈的，因為女性在傳統社會難以獨立自主，普遍要依賴男性才能生活。如《好女十八嫁》（1954）講述一個苦命孤女為代父還債，被迫嫁予身患痼疾的富家子，新郎後來去世，她被逐出家門，輾轉淪為富翁的情婦及妾侍，最後仍遭遺棄，生無可戀欲尋死，幸獲初戀男友所救，最後共諧連理。《好女十八嫁》戲名已有挑戰處女情意結的意味，而故事中的主角無法命運自主，要投靠不同男人才能生存。其中一段說她嫁給一個垂涎她美色的打工仔，後者發現她並非處女就趕她離去，思想較為前衛的姑仔卻為嫂子平反，投訴男女不平等，反駁為什麼社會接受男人風流卻不能接受女性不貞，曾經嫁人的嫂子也是為勢所迫。姑仔對社會文化的批評當然不為兄長接受，但**公然批評處女情意結、提出婚姻自主、性別平等及性經驗平權等看法，確實開社會風氣之先。**片中初戀情人摒棄傳統處女觀念，在當年應不是尋常的決定。值得一提的是初戀情人這個角色，由一個女扮男裝的紅伶反串，這安排令男性觀眾有一種疏離效果，亦不妨礙女性觀眾對劇情的投入。同樣質疑結婚是女性終身幸福的，有另一系列同期電影《唔嫁》（1951）、《唔嫁又嫁》（1952）及《早知當初我唔嫁》（1956），提到女性可憑本領自食其力、選擇不婚的故事。可見無論被迫嫁人或拒絕嫁人，女性的選擇已經增加。

　　1950年代的粵語片大多寫女性以妻子的身份出現，含辛茹苦承擔母親的角色，即使面對情慾的掙扎，始終沒有勇氣獨立地追求自己的幸福。白燕在1955年拍了一部改編俄國小說《安娜‧卡列尼娜》的《春殘夢斷》，飾演一個忠貞、順從、壓抑的妻子，其丈夫是代表封建惡勢力的一個為富不仁的商人，對她冷漠專制；當妻子重

遇青梅竹馬的前度男友，二人關係雖然只是發乎情止乎禮，丈夫卻無理地將她逐出家門，並禁止她與女兒會面。白燕走投無路，既不能與愛人結合，又為社會不容，導演最後巧妙地安排了一個開放式結局。**那個時代較為敢於追求性愛或者主動追求男性的，普遍都是失德女性或者風塵女子，不然就是極端的大女人**，如《蜜月》（1955）的梅綺出盡法寶「迷姦」了正人君子張瑛，《郎心何太忍》（1966）中李香琴以張英才曾窺見其裸露身軀而要脅他，《灕江河畔血海仇》（1963）中英姿颯爽的于素秋灌醉男主角胡楓後將他強姦等（邁克 1997: 34–36），皆顯示傳統文化對女性追求情慾的強烈道德判斷。要到1960年代後期，女主角才開始脫離正派孝順身影，反叛、越軌的年輕飛女及自主意識抬頭，蕭芳芳、陳寶珠都先後扮演有關角色，如《飛女正傳》（1969）、《玉女親情》（1967）、《莫負青春》（1967）、《玉女添丁》（1968）等，都顯示女性開始擺脫傳統儒家倫理的包袱，追求自由自主，亦反映對現實的不滿，不再逆來順受（張建德 1996: 12–16）。

10.3　1970、1980年代

若1950、1960年代的香港是由傳統過渡至現代社會，1970、1980年代便是香港作為一個現代城市自我意識的確立，電視廣播興起，成為凝聚香港人身份及本土意識的強勢媒體（馬傑偉 1996）。1970年代被羅貴祥（2005）稱為「雜嘜時代」，即是說香港仍未有屬於自己的品牌，仍在探索自己的位置，「雜嘜」是一種未蛻變成品牌或未被確立身份的「納雜」文化。當時本土文化興起，國語片衰落，中原文化退潮，影視媒體題材以本地文化為主，香港電影開始走出國際，邁出全球化的第一步。正值香港經濟起飛，中

國文化與西方潮流接軌，香港將兩者的價值理念結合，產生獨特的本地文化，這些獨特性亦顯示在媒體對性與暴力的論述上。

10.3.1 媒體對暴力的呈現

　　1970、1980年代是香港全面擁抱西方價值觀及發展個體獨特性的年代，意識形態的轉變亦出現在暴力及動作電影的論述上，面對承傳與開拓創新。1970年代初，李小龍憑功夫片衝出國際，奠定香港動作電影的國際地位。根據許樂（2010）的說法，李小龍功夫片與張徹電影的不同是前者展現的現代性，還有兄弟情誼和個人英雄主義的改變，以及從愛國情懷發展成狹隘的民族主義。但高思雅（2005: 22）並不認同李小龍電影表述單純的民族大義，因為他的電影有不少模棱兩可的地方可供解讀，例如電影內的權威及家長的角色皆不可信任，甚至出賣主角；又例如李小龍所飾演的角色背後都沒有父親，純靠個人所長及膽色存活，令人聯想到那孤獨的英雄就是香港。澄雨（1984: 18–19）對李小龍電影的看法是李小龍藉功夫塑造其打不倒、具明星氣質的「一代宗師」形象，他經常**以悲劇英雄的姿態，在墮落的世界以暴力和殺戮來維持自己的尊嚴，以及肯定自己的價值**。傳統武人「要忍辱負重，不隨便動手」的價值，李小龍在行動上違反有關的信念。早期《唐山大兄》的李小龍仍然是一個有血有肉的角色，但到了《精武門》他已經接近一副復仇機器，招招攞命，在《龍爭虎鬥》更像冷血殺手，毫不留情，像野獸般揮動雙節棍，襲擊敵人時會發出一種淒厲又興奮的叫聲，將打架變成表演：有舞蹈、聲音、節奏，還有喜劇效果，那種吼叫聲便有性高潮的意味。而《唐山大兄》內連環三腳的功夫，令「李三腳」之名不脛而走，腳便有陽具延伸的聯想（澄雨 1984: 23）。

　　1970年代後期，香港出現由成龍、洪金寶帶動的功夫喜劇。**這些喜劇刻意偏離傳統的英雄形象及武術理念，更接近平民的「卑微英雄」及去道德化的武術遊戲。**這些英雄不再像李小龍般面對嚴肅的正義問題或家國仇恨，而是處理卑微的生存問題；主角們經常為搶小東西打鬥不休，又以嬉戲的態度練習功夫，有些角色甚至在行為上顯得粗鄙，傳統英雄如狄龍在《風流斷劍小小刀》(1979)中説「英雄有所不為」，但這些喜劇英雄卻可以撒謊、偷竊、賭博、嫖妓，表達不少誇張的人性弱點，如成龍在《醉拳》(1978)、《拳精》(1978)中，不但當街調戲婦女，還口出惡言、騙吃騙喝（焦雄屏2005: 35–36）。雖然暴力場面減少，但在特殊音效及配樂下，功夫喜劇的打鬥更像歌舞表演。像劉家良的《爛頭何》(1979)開始有一場功夫舞蹈，《蛇形刁手》(1978)中成龍天旋得像跳西班牙舞，《茅山殭屍拳》(1979)打鬥像的士高舞姿。這些新功夫片盡量擺脱傳統武德或弘揚武術的精神包袱，以生存及競爭為主軸，充分反映當時社會心態的改變。

　　暴力及動作元素成為香港電影衝出亞洲的成功類型，因此不少本地製作都加強暴力元素，作為市場策略。像「新浪潮」電影中，不少新導演拍出「暴力視覺化」的作品，例如余允抗的《山狗》(1980)、嚴浩的《夜車》(1980)以及徐克的《第一類型危險》(1980)等，令銀幕上充滿了誇張、血腥及殘忍的鏡頭。黎傑 (1987: 308–9)認為新導演為求生存，不惜增添暴力元素以求刺激，被批評為渲染及走火入魔。其他影評人及觀眾曾群起攻之，指責新導演傾向暴力煽情，批評他們操控影像拍攝技巧，令暴力的真實及刺激感份外突出。但導演們的辯解是，這些暴力事件不過是社會現象的反映（馮禮慈 1980）。無疑**，暴力及動作具備市場潛力及藝術性的表達，**

在此時期被電影界廣泛使用。總結1980年代的電影，暴力行為已經變得個人化、英雄化、去道德化、美學化；像吳宇森《英雄本色》（1986）便開拓這類型電影的先河，當年票房高達三千多萬，電影浪漫化黑道幫會，成為一個年代的主流。

在〈透視香港年輕人的消費文化〉一文中，張月愛與章嘉雯將電影的暴力問題放在年輕人的次文化中討論。他們認為年輕人生活方式的轉變，源自1970年代連環圖建立的英雄主義暴力傳統，如黃玉郎的《小流氓》、《龍虎門》等，都是當時的新生事物，適合年輕人的媒體選擇很少，這些連環圖建構了一個簡化的人物性格及世界觀，令他們獲得間接的打鬥經驗與慾望的滿足，因此大受歡迎（焦雄屏 1987: 305–7）。但亦有評論者認為，尚武的格鬥漫畫的流行，特別在中下層青少年的世界，反映當時民生不穩、治安欠佳的社會狀況，而社會輿論不斷要禁制漫畫的聲音造成「愈禁愈紅」的反效果。姚偉雄（2012: 355–66）認為，**主流媒體的尚武傾向，與社會上主導的弱民主義文化效果有關；而打鬥連環圖的流行，正是釋放社會壓抑已久的尚武思維**。這些漫畫書由早期的《小流氓》打盡全港的土豪惡霸，到後期《龍虎門》及《華英雄》衝出香港，挑戰外國的神秘組織，如日本「羅刹教」、韓國「白蓮教」、泰國「通天教」等，可見除了抒發民族主義情緒以及香港人的身份認同，亦符合香港少年英雄衝向國際的政經想像。

10.3.2 媒體對男女形象及情慾的呈現

西方的性解放思潮及成人雜誌、日本動漫及流行文化，逐漸衝擊香港的傳統性別觀念及家庭結構。**男女地位趨向平等，1970、1980年代媒體對男性及女性的形象描述呈現兩極化的趨勢**。武打片的世界永遠是陽剛的世界，如張徹導演的陽剛俠義片劇情，女性

永遠居於從屬位置，為襯托男性而存在（焦雄屏 1987）。此外，女性角色大多缺乏深度，多數從父權主義角度作處女／妓女的二分。一些功夫電影更持續顯示對女性的憎惡，女人角色幾乎可有可無。像《蛇形刁手》女性出現總共不過三分鐘，角色都是悍婦、老鴇及妓女（焦雄屏 2005: 38），女性角色的缺席令常態關係（如夫妻與戀人）的劇情沒機會發展。但另一方面，男主角又十分顧慮「性」及「性能力」，例如在一些功夫招式中，特別設計攻擊對手下體的招式，令對方手忙腳亂，《冷血十三鷹》(1978) 裡的主角傅聲便經常這樣做。這反映女權抬頭的社會男女關係失衡的狀況，男士為振雄風，皆希望征服敵人及女性，甚至將女性地位貶低。

除了極具陽剛氣的功夫片，1980 年代初亦流行都市化小男人的輕鬆喜劇。所謂「小男人」自卑又自大，以中產階級為外衣，骨子裡卻是男性的虛偽、善妒、愛面子、假仁假義、自欺欺人的一面，反映都市化以後的扭曲人格。例如《追女仔》系列，主題是「男人害怕強勢女人，目標總是有一天可以征服這些女人」（翁子光 2009: 174–75），矮小害羞的曾志偉或飾演醜男的陳百祥，靠計謀終如願以償奪得美人歸。早期小男人以瘋狂胡鬧取悅低下層受眾，1980 年代後期的「小男人」卻展現中產化專業人士獨有的精神空虛，一系列《小男人週記》電影 (1989、1990、2017)，在 1992 年更改編成電視劇《摩登小男人》。《小男人週記》原著愛情與職場雙線並行，一邊幻想「心儀女性皆會投懷送抱」，另一邊「連老友也信不過」對辦公室政治的焦慮 (Bruce Cat 2018)。主角（鄭丹瑞飾）經常在畏懼強勢太太（鄭裕玲飾）以及無法抵擋婚外情引誘之間掙扎，但道德上又理虧。這種「小」男人應該是指沒有大志、心理上不想長大及承擔、又面對中年危機的男性，強勢太太其實是母親的投射。1980 年代香港經濟發達，不少晉身中產專業人士都講究優皮

品味，重視物質生活及個人利益而不講經世大業，拍攝一夜情而沒有露骨的床上戲因此成為中產電影的典型。

　　1970年代繼承1960年代後期對傳統的反叛，新一代女性有更多的自覺，1977年無線電視劇《家變》塑造了洛林的「女強人」形象。洛林（汪明荃飾）打扮入時，年輕貌美，有學識又有事業，是新一代中產女性的象徵。其中一場戲講述她如何邂逅男友（朱江飾），是在停車場駕車意外碰撞之後，她留下電話才趕赴另一約會；「女強人」的意思是跟從職場遊戲規則，能承擔男人的工作及責任，「男人做到的，女性也可以」（黃淑嫻 1999: 95）。**這個年代的新女性不再是弱質娉婷，她們表現得更進取，大多有自己的職業及生活空間，有健康及活力**，例如《雪兒》（1984）的女主角（鍾楚紅飾），雖然仍會遇到鹹濕財主（楚原飾）覬覦其美色，邀請她到遊艇晚餐，然後在酒中下迷藥，但女主角早已料到他的企圖，先是假裝暈倒，之後痛斥淫行，再飛身跳入海中遊泳回家，顯示女性不再甘於受辱，且敢於挑戰男性權威。然而，**不少1980年代的新興喜劇仍經常輕蔑女性，強調大男人主義，將女性視為工具**，例如男性化的「差婆」（葉德嫻及張艾嘉都曾飾演），背後仍是渴求男朋友、甘於做小女人的心，又例如「開心少女」系列都是豐滿少女（陳加玲、邱淑貞等），穿著緊身衣服跑步，然後以慢鏡捕捉她們性感的身軀。即使一些以女性為主體的電影，例如女性經濟獨立後面對問題，結果都是回歸膜拜男性的神話。像《女人心》（1985）、《表錯七日情》（1983）、《女人風情話》（1985）等，都是檢討當代經濟獨立女性的愛情及婚姻問題，最後仍然回歸傳統，被稱為「偽女性主義」電影（焦雄屏 1987）。尤有甚者，一些喜劇電影以侮辱女性為快，像「五福星」系列的電影，女性都是花瓶，且必有討女性便宜的橋段：像演員秦祥林望向女星關之琳說：「我真係想強姦佢」，其他兄

弟打他，不是糾正他的歪念，而是罵他：「你仲係兄弟？呢個時候點可以獨食，梗係輪姦啦。」（林超榮 2009）

　　不少劇集以全女班形式出現，或以女主角作為劇情發展的主線，可見女性位置提高。對於女性角色的塑造亦趨向多元化，值得一提的是「林亞珍」（蕭芳芳飾）的醜女形象在電視及電影中出現，更成為歌神許冠傑歌曲的諷刺對象，可以說是一個時代符號。**林亞珍象徵了不男不女、「騎呢古怪」的女性形態，從衣著打扮到言行舉止充分表現「女性的男性特質」與身體政治**，反映 1970 年代影視界的獨特性別形態。洛楓（2005）認為林亞珍通過拒絕合流的性別身份，拆解性別的二元對立，身上的喇叭牛仔褲在美國是叛逆一代的象徵，在香港同樣有反叛社會、對抗建制的深層意義。而林亞珍配戴的深近視大眼鏡所代表的知識份子身份，令她為 1970 年代的女性配上「走出廚房，步入社會」的覺醒。

　　另一個值得留意的現象是可以反制男性的「女漢子」的出現。其實早於 1960、1970 年代已經有不少女俠如木蘭花、黑玫瑰（多由雪妮、南紅、陳寶珠飾演）等出現，但武打片中的女俠是男導演希望拍出武打場面的舞蹈感，並不存在傳遞女性意識（羅貴祥 2005：108），「好打得」的黑玫瑰等最終仍回歸男友身邊，意識上未真正獨立。但 1970 年代成為傳統／現代、進步／保守、西方／中國的分水嶺，**長期被男權壓抑的女性反抗意識逐漸抬頭，特別是女性被凌辱後尋求復仇的影片**，在不同類型影片中甚為普遍，其中最早表現被欺凌女性復仇、又帶有女同志意味的有《愛奴》（1972）。故事環繞一個被擄拐到妓院的愛奴受盡嫖客凌辱，後學得武功找他們算帳，而妓院主持又是一個武功高強、憎恨男人的女同志。這套表面為被欺壓女性復仇的電影，被批評大肆剝削虐待女性，因為電影更將這些女性塑造為色情客體，滿足男性的偷窺慾（羅貴祥 2005：109）。

　　至於情慾方面，1970年代以來情色電影快速興起，一反1950、1960年代的性壓抑，主要原因是電視作為家庭娛樂，規管尺度較嚴；相反，電檢尺度較寬鬆，裸露與暴力場面被電影業廣泛使用，在海外亦有市場；歐美日等情色電影風尚亦影響本地潮流；社會富裕，色情行業興旺，都有利電影行業參考社會的現實題材（文潔華2005）。而李小龍突然暴斃，功夫片無以為繼，亦造就色情片乘虛而入。1973年是色情片生產最多的一年，大銀幕上充斥著裸女與性愛，有龍剛以道德角度批判的，如《應召女郎》（1973）、《她》（1976）等；有李翰祥的風月片，如《聲色犬馬》（1974）、《大軍閥》（1972）等，內容大多涉及猥瑣和不文題材，例如《聲色犬馬》中許冠英嗅女人內褲，又例如《三十年細說重頭》裡的鹹片導演向演員示範性愛的意淫表情及動作等，都是低品味的色情（張建德1984）。而呂奇的色情電影繼承粵語片傳統，對色情作出道德批判，但他電影內的醜女／喪妹表面上瘋瘋癲癲，卻有明確的愛情，且敢作敢為，直率、狂放、不羈，對性愛毫不忸怩，拿得起放得下，完全是瀟灑坦蕩的歡場奇女子，為色情電影僅見。當時香港的情慾片開放程度僅次於日本，為華語電影僅見；根據影評人石琪（1987）的看法，這屬於香港電影的「創作」與「突破」，亦是戰後港片崇尚陽剛、恢復男性雄風的極端表現。事實上，香港人的性觀念在1970、1980年代產生巨大變化，主要是外國媒體與本地普及文化互動的結果。

　　香港普及文化對情慾的開放是全方位的，這時的樂壇亦出現突破，其中知名歌手梅艷芳便以《壞女孩》（1985）的前衛形象，反映當時在傳統與現代之間的意識形態如何拉鋸，其歌詞極盡挑逗能事，展現身體誘惑，情慾難以自控，歌詞令當代年輕人琅琅上口：

他將身體緊緊貼我

還從眉心開始輕輕親我……

令人忘記理智放了在何……

Why why tell me why 夜會令禁忌分解

引致淑女暗裡也想變壞

Why why tell me why 沒有辦法做乖乖

我暗罵我昨晚變得太壞……

　　這一首歌曲因歌詞露骨以及性愛的爭議而遭到電台禁播，但仍無損歌曲受歡迎（海邊欄 2020），可見**歌曲所承載的自由主義意識形態，如獨立自我、男女平等、情慾自主等，都衝擊當時的社會制度，但歌詞內仍透露好與壞的道德掙扎**。梅艷芳兩年後出版的另一個代表作《紅唇烈焰》（1987），其情慾尺度比《壞女孩》更大膽奔放。當時追求個人愛慾本能、爭取情慾自主的歌詞被認為離經背道，但作者海邊欄（2020）卻認為梅艷芳的表現巧妙地以性慾顛覆體制的框框。手法之一是將性慾提升至藝術層次，增加其合法性；其二是用天使及孩童的純真形象，令性慾馴化；其三是將身體誘惑包裝成純粹個人精神上的自我表達；其四是將歌手賦予專業裝扮，與現實的女性特質分離。

　　總結1970、1980年代的情慾表達，個人自主與享樂主義的情緒表達愈來愈強烈，而傳統道德的制約力量顯得愈來愈微弱，到1990年代更顯得分崩離析。

10.4　1990年代

　　若1970、1980年代是香港社會自我覺醒及個人身份建立的年代，1990年代所表現的是九七前的末世風情。九七回歸前途未明

的陰影困擾著整個1990年代，政治及社會的焦慮同樣展現在媒體層面，影視文化處於一種迷失自我的混亂狀態，另一方面又展現出末世的瘋狂與對既有秩序的顛覆。這令社會出現一股低氣壓，以及「今朝有酒今朝醉」的短視心態；另一方面資訊科技的多元化改變，亦影響到觀眾的消費習慣以及媒體行業的發展。

10.4.1 媒體對暴力的呈現

香港電影的暴力內容由1980年代動作片帶動，到1990年代更達到高峰。自1980年代起，香港製作人在影視創作上是百無禁忌的，除了主流的英雄片及動作片，還有極度血腥的如《人肉叉燒包》(1993)及《力王》(1991)，三級色情片如《玉蒲團》系列 (1991–2011)及《香港奇案之強姦》(1993)，「很黃很暴力」的如《滿清十大酷刑》(1994)，除了反映當年市場的創作自由 (李展鵬 2016)，暴力與情慾更已連成一線，挑戰市場的容忍程度。香港電影工業自1993年製作量達到高峰以後便無以為繼，不少知名演員及製作人員被羅致到荷里活發展，本土製作式微，到了1996年已經出現八成電影人開工不足的現象 (梁款 1997: 160)；為刺激觀眾興趣，因此出現了大量煽色腥電影，以支撐本地電影業。正如李展鵬的分析，**香港動作片的暴力美學風格便是在這期間發揚光大，甚至進軍國際**。這個階段的性與暴力已經完全擺脫社會道德包袱，加上商業媒體集團廣泛使用，形形色色的性與暴力內容幾乎全面佔據商業媒體的製作。

本土電影業中特別值得留意的是黑社會電影的興起，像《我在黑社會的日子》(1989)、《朋黨》(1990)、《廟街十二少》(1992)、《童黨之街頭霸王》(1992)等，其中《童黨之街頭霸王》是從本地漫畫取材。1996年銀河映像成立，初期亦拍了一系列黑色電影。九七後的黑社會電影《古惑仔》系列、2000年初的《黑社會》系列及《無

間道》系列等，都是較矚目的電影。對觀眾來說，黑社會是一個隱蔽的地下組織，顛覆地上的法治系統與社會秩序，這些電影內容不少是描寫黑社會內部矛盾，為爭權力而相互廝殺，鬥爭過程不乏「劈友」場面，因為黑社會多以砍刀為武器，較英雄片的槍戰更為血腥暴力（許樂 2009: 101）。例如在《一個字頭的誕生》、《兩個只能活一個》及《鎗火》等，都有男人的指頭被一一砍下的情節；在《暗花》中，甚至主角的頭顱亦被砍下，暴力程度更升一級。根據彭麗君（2018: 91）的分析，黑社會電影是香港男性武打陽剛電影的延續，亦是香港導演最熟悉的類型，但**九七前後的作品卻充分流露對男性觀眾口味的不確定性，亦沒有能力離開他們熟悉的男人世界及說故事方式**，因此出現故事內容的「去勢」（砍手指）及死亡（砍頭顱）象徵，代表男性權力被剝削，被稱為香港電影的「陽萎」時期。

　　除了電影，暴力漫畫方面的暴力程度亦升級，由拳腳武功不同的招式，如「虎鶴雙型拳」、「詠春鷹爪」等，轉向至機械化過程，例如「九陽大霹靂」、「九陽神劍」等，不再是直接出擊，而是將武者的能量綻射，將人變成槍炮，足以令對手粉身碎骨；這種轉變令武功的殺傷力升級，亦符合尚武神話面對槍炮科技威脅的想像（姚偉雄 2012: 361）。江湖漫畫的暴力主要在集體毆鬥中表現出來，主角通常都能以一敵眾，將對手斬至支離破碎，血腥程度亦十分駭人，如爆頭、斷頭、斷肢等，幾乎每一期都會出現；黑幫用語顯示典型的語言暴力，如「收佢皮，冚佢旗」，「劈佢，劈X死班XX仔」等。而更富爭議的，是一些暴力情節內加入毒品元素，誇大後者的能力；江湖漫畫亦多加上色情，強姦及輪姦幾乎是指定動作；漫畫書商不時送贈漫畫內使用的武器模型，令讀者趨之若鶩（吳永康 2002: 69）。此外，日本的電子遊戲同時在香港本地化，特別是《街頭霸王》與《拳皇》兩者，成為最多被改編成漫畫及電影的電子遊

戲。此現象除了顯示**暴力內容的跨文化及跨平台發展**外，香港漫畫將兩種遊戲故事化，加入原著所無、穿唐裝的人物及招式，及抄襲香港經典漫畫的一些主要角色。這些動漫及遊戲深受草根階層男性歡迎，他們對江湖上恩怨分明及以暴易暴的英雄主義特別接受，藉這些遊戲及漫畫強化他們對好勇鬥狠的街頭文化的想像（吳偉明 2012: 373–82）。

　　如何量度暴力媒體泛濫對社會的影響？當年沒有大規模的調查及數據，但值得留意的是一些嚴重罪案，幾次出現童黨犯案，其中最轟動的是 1997 年的童黨燒屍案。16 歲少年陸志偉（阿雞）因為不值一班童黨經常欺負患輕度智障的清潔工，勸其報警求助，被童黨視為背叛者。5 月 14 日晚，14 名童黨成員誘騙阿雞到清潔工住所，以不同方式虐打他致死，事後兩度燒屍毀滅證據，清潔工因被打傷到醫院求醫，揭發案件。警方拘捕 11 男 3 女，年齡 14–17 歲，分別控以謀殺、嚴重傷人及非法處理屍體罪名。1999 年 1 月，高等法院裁定 6 名被告謀殺罪名成立，當中 4 人被判處終身監禁，其餘判有期徒刑，成為香港歷年來最多未成年犯人一同被判謀殺罪名成立的案件。對於事件成因，有犯罪學家認為這班童黨曾經看過一些黑社會暴力行為的漫畫《古惑仔》，便模仿漫畫情節向死者施暴（維基百科，「秀茂坪童黨燒屍案」），反映青少年容易受不良刊物影響。有學者認為，14 個少年人一起虐打死者多個小時，其中一些成員被問到打人時的感受，他們表示腦海一片空白，而被判刑後他們感到後悔，想不到一時貪玩而「玩到那麼大」，空白的腦袋反映他們是處於道德真空狀態，令人擔心的不單是有樣學樣，而是集體道德價值陷落及對生命欠缺尊重（關啟文 2002: 55）。同類案件亦發生在 2004 年 7 月，18 歲的「肥英」被童黨虐殺致死並棄屍（太陽報

2004），可見暴力問題值得關注，但道德及價值真空問題更是令社會暴力問題惡化的誘因。

這些嚴重的犯罪行為看似是個別事件，但仍然有跡可尋，在一定程度上反映當代人的精神面貌。首先是犯案都是童黨所為，顯然有關行為在朋輩中彼此認可，以為暴力虐待只是「玩一下」，藉虐待別人取樂，沒想過後果嚴重；其次是暴力施虐作為體驗權力的一種懲治手段，完全符合黑幫電影或暴力漫畫的故事論述，將暴力行為英雄化及正常化（關啟文 2002: 54）。在那個時期成長的一代，無論藉傳媒及個人生活的表現，已經完全擺脫1970、1980年代對性及暴力批判的殘餘道德包袱，他們比上一輩較能享受娛樂世界展現的性及暴力帶來的刺激感，思想亦較前面的世代更趨向開放，個人行為由保守、被動轉而主動追求個人自由，更樂於擁抱自由主義的思想及價值觀。

10.4.2 媒體對性的呈現

1993年收費電視出現，娛樂媒體滿足不同觀眾的口味，成人節目可以登堂入室，免費電視深宵時段可以提供三級節目，情慾暴力成分在非合家歡時段逐步放寬，容許更多血腥及性暴力內容。隨著日本成人電影、動漫的興起，家庭錄影帶的租賃服務令三級暴力節目及色情內容得以廣泛流傳。**性已經不再是媒體的禁忌，色情媒體工業的規模逐漸得到確立。**香港有報章特設專欄介紹「嫖妓指南」，將商業化的情慾市場正當化，被指控為誨淫誨盜，鼓吹性濫交及賣淫活動，影響青少年身心健康（陳慶滿 2012: 11）。香港的娛樂資訊雜誌自1990年代《壹週刊》興起，如雨後春筍般發展，這些雜誌以煽色腥招徠，主流媒體市場急劇低俗化。週刊特別喜歡

揭人私隱，對社會上知名人士的情慾故事大書特書，《壹週刊》與《東週刊》被稱為「淫賤雙週」（梁款 1997: 64），每星期報導哪裡有露體狂和偷窺漢、香港十大「走光」位，甚至於普通人的情慾世界，如同性戀、雙性戀、變性、易服、性虐、人獸交等，過往主流媒體礙於道德原因不敢提及的話題，在那個年代可以肆無忌憚、登堂入室地任意討論（梁款 1997: 56–57），令整個社會感受到情慾解放以及集體放膽偷窺的幻象。

兩間免費電視台亦延伸雜誌市場資訊娛樂化的趨勢，在黃金時代紛紛推出雜誌式娛樂節目，一邊《今日睇真D》（亞視），另一邊《城市追擊》（無線），每晚「爆料」八卦，社會對偷窺別人的隱私不再顧忌，像持續追蹤多月的名伶「鄧家爭產案」，母子雙方都通過傳媒角力爭取自己的最大利益，可見傳統家庭倫理及道德禮教在社會蕩然無存；又例如訪問藝人溫兆倫向前女友陳儀馨追討14萬「拍拖費」，節目播出後立即成為城中熱話（梁款 1997: 70）。電視娛樂節目愈來愈多賣弄藝人的性感泳衣照或濕身照，以吸引觀眾目光。為爭取知名度，性感成為捷徑，典型例子如無線下午時段的《都市閒情》，其中一個稍有人氣及風趣的廚師，毅然豁出去拍攝三級片，立即全城矚目，可見三級內容永遠吸引眼球，成為當事人出位及成名的噱頭（梁款 1997: 59–62）。戲劇節目的性愛場面亦不再避忌，性暴力如強姦、非禮等在劇情的使用亦常態化。有關性的論述像打開了的潘朵拉盒子，**完全偏離傳統倫理，甚至與親密人際關係割離，走上娛樂化及個人化之路**。

其中一件反映社會情慾泛濫的有1990年代初期的「慾海肥花」媒體事件。所謂媒體事件，是指由媒體炒作而成、本身缺乏新聞價值之事。大約1993–1994年間，新界有一名被稱為「肥花」的中年婦人梁女士，乘搭計程車後故意不付車費，寧願「車債肉償」，與

的士司機上床代替繳付車費，完事後又訛稱被司機強暴。梁女士後來被指控浪費警力，罰款2,000元。1994年11月14日，「一夜成名」的梁女士接受兩間電視台雜誌式節目訪問，向記者説明自己挑逗計程車司機的經歷，節目又訪問她的未婚夫。後來梁女士表示，有從電視台獲得金錢。當她接受記者採訪時，曾當眾向《城市追擊》主持人安德尊求婚，並在該主持主領的影迷聚會時強吻紅星古天樂(維基百科，「慾海肥花」)，一度轟動全港。令人好奇之處，是外貌平平無奇的女事主坦然公開追求情慾自主，亦不怕將自己的性觀念及私隱曝光人前，而她既有未婚夫，又主動向節目主持人示愛及強吻紅星，完全顛覆社會對傳統女性被動、含蓄、害羞、專一的想像。大眾傳媒大量炒作這些題材，令情慾世界完全從傳統家庭觀念中解禁出來，猶如全面擁抱性解放。

　　但社會人士對性泛濫的媒體內容亦有迴響，教育界及宗教界在1995年3月27日發起反色情大集會，批評政府的三級分類制度，針對二級刊物的範圍太過寬闊，認為應該進行多一層分類。有關組織後來舉辦研討會，更成立了「各界關注色情文化聯委會」，針對性濫交及性暴力、將女性視為性玩物的色情漫畫，希望引起社會大眾的抵制。這卻遭到較前衛的學者及女性主義者反擊，擔心打著反黃旗幟製造道德恐慌，以強化傳統對情慾的控制(梁款 1997: 42–51)。可見面對傳統道德觀，無論是性觀念、家庭價值解體時，**社會中的保守及前衛力量會不停進行拉鋸戰**，這事件不過是其中之一。

　　另一同樣處於保守及前衛之間的媒體現象，是電影世界對同性戀的認可。游靜(2005)分析徐克的《東方不敗》(1992)與陳可辛的《金枝玉葉》(1994)兩套高票房的商業電影，如何在鞏固既有男女性別權力關係的同時，對既定形態提出挑戰。如引刀自宮的東方不敗(林青霞飾)愛上令狐沖(李連杰飾)，本來是男同性戀的設

計，亦很像跨性戀，但林青霞真女人的身份及美麗的外表，令觀眾
渴望東方不敗最後可以不用死，以成就與令狐沖結合，這種想像同
時滿足了異性、同性、跨性別戀的結局。同樣，《金枝玉葉》內易
服扮演男性的袁詠儀，與男主角張國榮及女主角劉嘉玲發展一段曖
昧的男或女同志戀情，提供了非常有趣的閱讀空間，讓不同性向和
性別的觀眾各取所需。張國榮總結一句：「我話之你係男係女，我
只知道我鍾意你」，表明真愛超越性別的認同。但真正涉及同志戀
情的有《基佬四十》（1997）及《春光乍洩》（1997），前者敘述一個雙
性戀者徘徊在「孿變直」的掙扎過程：是否應該忠於自己的同居男
友，抑或與女友結婚？主角最後沒有妥協，但一段獨白顯示社會對
他們仍有龐大的壓力；《春光乍洩》將兩個同志放逐到遠離香港、
沒有人逼他們結婚生子的地方，讓他們的同志慾望得到真正的肯
定。那個年代當然亦有涉及女同志的探討，當中有孿變直，有我
行我素，有古裝有現代，但根據游靜（2005: 136–37）的研究，大多
是「直男」導演主導，滿足男性偷窺的目光，使女同志形象難以被
普通人認同，維持社會對女同志的偏見。

10.5 千禧網絡世代

　　1990年代屬於媒體頻道爆炸的年代，觀眾有多元化的選擇，
但觀眾身份還是被動的；頻道雖多，但觀眾仍然缺乏參與的可能
性。相對而言，到了千禧網絡年代，就由媒體主導變成用家主導，
隨著互聯網及社交媒體的普及，觀眾可以接觸來自世界各地的暴力
媒體內容，包括動漫、電腦遊戲、電影、電視等。當全球更為一
體化，**他們不再是被動地在有限的頻道中選擇，更可以主動參與，
成為內容製作者**。使用者面對海量的資訊，如何選擇就視乎個人

的興趣。因此網絡年代亦代表媒體使用民主化的時代，使用者可以按自己的喜好作出個人選擇，每個人都可以按自己的道德標準或觀點過日子，毋須理會別人的看法，對社會的規範也似乎沒有那麼在乎（Twenge 2006: 46–54）。

10.5.1 網絡世代的暴力大爆發

千禧年以前，大眾傳媒仍然主導社會對暴力的論述，但在網絡世代卻顯得微不足道。千禧以後香港電影主力北上發展，製作的質與量要符合國內審查標準，動作電影如《無間道》及《黑社會》系列暴力尺度都有提升，而社會的討論集中於這些電影如何反映香港人的身份及處境，多於暴力元素（邱淑婷 2010）。但當中亦有將暴力更密集及升級的黑色幽默恐怖片《維多利亞壹號》（2010），以諷刺香港樓市為主題，女主角無論如何儲蓄亦追不上樓價升幅，結果要大開殺戒令住宅變成凶宅，才能降低樓價，而殺戮方法更千奇百怪，包括槍殺、套頭窒息、螺絲批穿頭、割斷頸、頭撞馬桶等等。該電影在烏甸尼斯影展上映完整版時，有三名外國觀眾被血腥鏡頭驚嚇而暈倒，故此在香港、台灣上映時需要刪剪部分鏡頭，並分別將影片列為三級和限制級（維基百科，「維多利亞壹號」）。另一些改編自真人真事的暴力電影同樣令人吃驚，像《天水圍的夜與霧》（2009），講述一個長期受虐待的新移民女子打算與丈夫離婚，她一時心軟從庇護中心趕回家欲帶走兩幼女時，三人同遭丈夫殺害。此片觸及家暴問題，丈夫的變態虐待手法令人髮指。同樣因暴力惹起爭議的是《踏血尋梅》（2015），故事根據2008年轟動一時的援交少女肢解命案改編，劇情內有不少性愛及暴力鏡頭，特別是被害者為了過理想生活而輟學當援交女郎，後來認識了被社會唾棄的貨車司機，兩個失意人同病相憐，後者表示為了幫助她解脫才

殺她，因為在性愛過程中她透露「不想活」的念頭，女子欣然接受他的「幫助」，讓自己走進死亡。整套戲最受爭議的是殺人者用22分鐘將受害人殺死後分屍的部分，有直白的血淋淋場面，亦有隔著玻璃的柔色鏡頭，過程的恐怖及人性的扭曲令觀眾震驚。這些暴力電影挑戰觀眾的底線，除了因為商業噱頭，亦與現實世界的暴力事件愈來愈接軌。

千禧年以後，**暴力電影與真實世界的暴力是相互呼應的**。《踏血尋梅》除了參照2008年的案件，亦有參考1999年同類型的Hello Kitty藏屍案。《天水圍的夜與霧》反映家暴問題，香港社會涉及極端暴力的案件似有增無減，甚至發生在家庭之內，家暴問題如兒子殺害並肢解雙親、母親殺害親兒之後自殺、親父及繼母虐待女兒致死等時有所聞，2020年便最少發生了九宗倫常慘劇；因愛成恨的暴力謀殺案亦有增無減，例如2017年9月工程師在巴士上33刀刺殺女友案、2018年初陳同佳台灣殺害女友案、2018年5月空姐被男友所殺藏屍衣櫃案等。這些駭人聽聞的案件都容易令人聯想到暴力就在社會周圍，甚至發生在親密關係中，令人對暴力或罪案的恐懼感提升，符合George Gerbner所說的「險惡世界症候」理論。

與此同時，根據彭麗君 (2018: 214) 的研究，香港電影以暴力作為商業元素，亦影響到亞洲不同地區電影對暴力的使用。千禧以後，亞洲新電影成為全球化電影市場的品牌，獲國際社會、特別是海外發行商的青睞，當中有不少商業計算，在於保存本地文化獨特性與跨文化操作之間，彭麗君認為**很多受全球歡迎的亞洲暴力電影，都在複製和參考香港的動作片，作為打入國際市場的有效策略**。暴力作為一個賣點，可以遊走於不同文化層面及作出調節，以彭麗君的說法，「電影製作人只要以獨特的文化風格包裝，讓各地觀眾易於接受，但又突顯暴力作為異國文化的體現」。她又比較

幾套台灣、泰國、韓國及日本的動作片，看它們的暴力表達形式如何與香港的動作片抗衡。因為暴力不但帶來官能刺激，亦可以製造豐富的文化意涵，促使亞洲不少地區的電影透過複製彼此的風格，達到打入全球市場、取得身份認同的雙重目標，於是造成了一個獨特的泛亞洲電影現象。

　　亞洲電影以獨特的暴力風格擠身全球電影市場，暴力作為吸引觀眾注意力的手段，早已被不同媒體廣泛使用。過往，電視新聞已不斷藉極端罪案刺激收視率，報導不斷描述外面的世界如何充滿罪案，地方新聞製作總是血腥聳動至上以提高收視率，觀眾愈多看電視新聞就愈會對犯罪案件感到恐慌。雖然大部分人並不會成為暴力犯罪的受害者，不過因犯罪案引發的痛苦焦慮氣氛是很容易傳染的，即使他們從未親身經驗過受害者的角色，但仍然認為身處的社區愈來愈不安全，也特別對有關新聞提高注意力。而一些策動恐怖活動的人，亦可以輕易利用暴力新聞帶來的效應，達到復仇或引人注意的目的。像美國校園槍擊案頻密發生，而社交網站上不時有人上載真實的暴力片段，例如打鬥、槍擊、欺凌等，都仿似暴力在統治整個世界，很容易令人變得驚慌和不知所措，世界彷彿不再像過往般平靜及安全。

　　現代人對暴力的恐懼，隨著全球化的恐怖主義活動活躍而有增無減。千禧年開始已是暴力大爆發的啟動，2001年美國紐約發生九一一事件，兩座摩天大廈被客機撞至倒塌，就像美國電影如《真實的謊言》（*True Lies*, 1994）、《搏擊會》（*Fight Club*, 1999）、《虎膽龍威》（*Die Hard*）系列的真實版本，甚至比電影更超現實。自此，恐怖襲擊事件不斷，包括2002年印尼峇里島有針對外國人的襲擊、同年10月莫斯科劇院人質事件、2004年9月俄羅斯別斯蘭中學生人質慘案、2007年7月倫敦地鐵炸彈案、2008年11月印度孟買八處

地方恐怖襲擊案、2013年5月美國波士頓馬拉松爆炸案；2015年，法國雜誌《查理週刊》(*Charlie Hebdo*) 以漫畫諷刺伊斯蘭先知後，其雜誌社被血洗；2019年3月，新西蘭基督城有極端人士直播血洗清真寺事件等。近年，伊斯蘭國 (ISIS) 虐殺戰俘及平民、血洗北非突尼斯首都博物館，以及在互聯網上直播以殘暴的方式殺害無辜者等片段都震撼全球，令人擔心世界上沒有什麼地方是安全的。

10.5.2 網絡世代對性的開放態度

千禧世代媒體在情慾討論上可以說是全面開放及打破禁忌的年代，無論是同性戀、性工作、性小眾等，在香港電影界都有廣泛的討論。2000年，女導演黃真真拍了紀錄片《女人那話兒》，從不同女性的角度，探討她們的性經驗及對情慾的態度，例如訪問了創下十小時內連續性交251次的世界紀錄保持者，又訪問了名導演許鞍華、性工作者、二奶、女同志等，引起社會廣泛討論；黃真真之後又拍了《女人那話兒2：男人這東西》(2004)，從男性角度看性愛及性態度，與女性作強烈對比。之後的《破事兒》(2007) 同樣探討不同人對愛慾生死的態度。描述性工作者生涯轉變，藉以諷刺香港社會的有《金雞》(2002)、《金雞2》(2003)、《金雞SSS》(2014)；描述提供特殊服務的男性從業者的有《鴨王》(2015) 和《12金鴨》(2015)；同志電影有愛慾糾纏的《藍宇》(2001)，以及老年才勇於出櫃做回自己的《叔·叔》(2019)；描述女性曖昧情誼的有澳門電影《骨妹》(2017)；探討跨性別人士掙扎的有《翠絲》(2018) 等。

除了電影世界，電視劇亦也不少具爭議性的性慾題材，例如《溏心風暴三之家好月圓》(2008)，結局時兩個養兄妹結婚生子，二人雖無血緣關係，但仍令觀眾覺得不安(劇透社 2021)；《大醬園》(2020) 由何廣沛及朱晨麗飾演的夫妻角色，在劇中被龔嘉欣挑撥，

指他們原是兄妹，結合屬於亂倫關係，但後來才揭發後者是胡説，而情節中又安排何廣沛被囚受酷刑，甚至幾乎被割掉下體。又例如《跨世代》(2017)，已經在劇中相戀的張繼聰及江嘉敏竟然是失散多年的兄妹。《平安谷之詭谷傳説》(2018) 的鄭子誠誤將女兒當作亡妻，要她穿上亡妻的衣服與之亂倫，但女兒因為愛慕父親，最後成全了他。而在《巨輪2》(2013) 中，吳岱融對繼女陳凱琳動了歪念，偷看對方洗澡，還打算將她強暴，劇情交代他強吻繼女，最後關頭陳凱琳説出一句「你是我的爸爸啊！」，才將吳岱融拉回理智的狀態。以上這些情慾入侵倫常關係的情節，在主流電視劇中似乎已經成為常態。

香港女性對性開放的態度，可參考2002年一個有關「性生活的調查」報告。該組織印發了2,500份問卷，收回250份，被訪者七成是21–40歲女性，40歲以上有二成，20歲以下不足一成。調查發現香港女性的性知識主要來自大眾傳媒，包括女性雜誌及色情物品；被訪者中八成有性經驗，大部分有固定性伴侶及性高潮的經驗；大多數喜歡與異性進行性行為，喜與同性發生性行為者約一成；七成婦女不考慮一夜情，八成不考慮多於一個性伴侶；近八成受訪者曾主動向伴侶提出性要求。超過一成半女性曾在不願意的情況下與人發生性行為，四成半曾被非禮，六成曾被性騷擾；她們主要在公眾場合被陌生人侵犯，有少數人被強暴，但對被性騷擾／侵犯／非禮／強暴等經歷，超過九成沒有舉報 (香港大學社會學系 2012)。從這個調查結果顯示，**香港女性對性的態度漸趨開放，亦更主動追求性滿足，視之為親密關係的一部分，但目的仍是追求維持長久的親密關係**，故此對性接觸的要求較認真，大多不考慮娛樂式性愛。

年輕人對性開放的態度，在 2008 年初發生涉及青春偶像的「淫照門」事件可見端倪。事件涉及數以千計在網上流傳的性愛相片，

相中人主要是幾個香港知名藝人、歌手及模特兒，加上報章及雜誌轉載，一時間全城哄動。原因是有男紅星將載有與其他女星親熱艷照的電腦送去維修，被維修員發現檔案並流出網絡世界。事件除了反映維修員缺乏專業道德操守，隨意偷竊及公開客戶電腦內的資料外，亦反映出自拍性愛活動已蔚然成風，至少在年輕人偶像圈子並不罕見。網絡開放的平台亦助長偷拍或將非法獲得的艷照廣傳，而缺乏監管。此事除了令涉事藝人的聲譽受打擊外，亦引起中港台三地網民瘋狂追看的熱潮，以及三地傳媒的炒作（維基百科，「傳媒報道藝人床照事件」）。事件反映出當代年輕人對性的開放態度，除了隨心而作、毋懼社會道德標準、多重性伴侶等潮流外，網絡亦成為偷窺別人隱私或公開發布個人隱私的樂園。網絡流通亦令性愛資訊大量湧現。

學者 Jean Twenge 在 2017 出版一本關於「I世代」（i-Generation）的書，I世代就是智能手機普及後、大約 1995–2012 年出生的一代，他們的成長已不能脱離互聯網、智能手機、平版電腦、社交媒體等網絡工具。I世代的特徵包括**延長少年期，對周圍環境缺乏安全感，這些特質影響到他們對兩性的態度，對浪漫關係的態度更謹慎**（Twenge 2017: 204），經濟困難令他們對找尋工作更認真，認為拍拖浪費時間，但這並不代表他們沒有性生活，以口交為主的「爽一下」（hook up）就像以往的一夜情，可以輕易通過交友軟件找到對象。這一代人沒有人願意為一棵樹放棄整個森林，追求「爽一下」的年輕人較不喜歡對性伴侶有感情投入，他們追求「火熱的性，冷靜的情緒」，就像對色情物品一樣（Twenge 2017: 213）。他們對性關係抱開放態度，對婚前性行為的接受程度都較以往為高，卻不等於他們有更豐富的性經驗。事實上，他們真正接觸性的時間正在延

遲，過往一般學生高中時已有豐富的性經驗，但是2009年的調查
顯示，只有43%男生及39%女生曾發生性行為（Twenge 2017: 206），
比率降低。

　　除了不將「爽一下」視為性接觸外，作者認為缺乏安全感也是
I世代性經驗比率下降的原因。很多人害怕性接觸令他們更脆弱及
更易受到傷害，例如性病傳染等，因此他們的性伴侶人數跌至歷史
新低。1990年代出生的男性平均只有六個性伴侶，比1930年代出
生的祖父輩的15個低很多；1990年代出生的女性只有五個性伴
侶，與1960、1970年代出生的女性平均值最高的七個相差不遠
（Twenge 2017: 209）。性經驗較少的原因是青少年較少面對面相處
或溝通，而更少人考慮認真或長遠發展戀愛關係，有些女生寧願花
時間在Netflix煲劇或玩Pokemon電玩，多於與男生調情。對男生來
説，過早接觸色情物品也許已取代他們追求女生的需要。綜合而
言，Twenge指出這世代的年輕人認為拍拖是一種壓力，他們的人
生哲學是令自己開心，但親密關係中要承擔另一個人的責任，令他
們受不了（Twenge 2017: 215）。

　　新一代的不安全感與網絡世代的色情及暴力泛濫有關。1990
年代的傳媒仍有專業人士把關，一些令人不安的暴力或色情影像都
不容易接觸得到。但網絡年代資訊無邊界，不是所有平台都有網
上審查，因此一些極端甚至犯罪的影像都可以在彈指之間獲得。
網絡世界令性罪行變得輕鬆容易，違法者售賣別人的痛苦以圖利，
以《紐約時報》揭發的Pornhub事件為例，即使Pornhub清理非自願
拍攝的影片，但仍有千萬個非法網站發布同類影片，印度、韓國等
同樣有類似的網站，顯示**網絡年代令年輕人愈來愈欠缺安全感，變
得更難信任他人，更難發展親密關係。**

想多一點點：「剩女」現象

「剩女」（leftover woman）是對大齡單身女性的貶義稱呼，代指大約30歲以上的未婚女性。剩女一詞主要在國內使用，但不同地區也有類似的稱呼，也稱作「單身派」。日本人稱之為「被男人扔掉的女人」，也稱為「3S女人」：Single（單身）、Seventies（大多數生於1970年代）、Stuck（被卡住了）。「剩女」的平行詞彙為「光棍」，代指未婚男性，因為男性不結婚便無法為家族譜系增加「樹枝」。據說中國有3,000萬光棍，他們主要身處在中國的偏遠地區。國內單身男女出現的原因不同，單身女性往往有體面的工資，有自己的生活，不用依賴婚姻就能生活下去，但「光棍」產生的原因則是工資不高、沒有受到良好教育等，是截然不同的問題。根據中國社會科學院的調查，女性的文化程度每提高一檔，平均初婚年齡就增加一歲。近年，國內「剩女」們透過互聯網與媒體展開去污名化行動，表示單身也可以活得很精彩，「不願被主流的『幸福模板』所捆綁」。你認為香港人對高齡的單身女性，是否有污名化？

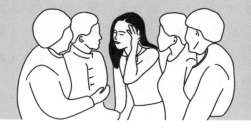

10.6 香港年輕人的性態度

　　香港年輕人對性有什麼看法？在上文的背景下，是否受西方性解放運動或網絡世界的影響？香港青年協會（青協）在2013、2015年分別公布了《香港青年趨勢分析》，調查內容包括香港年輕人對性、家庭等的態度及價值。調查主要訪問了531名15–39歲的青少年，以電話抽樣方式在2014年8月27日至9月16日進行，其中四條題目與家庭觀念有關，包括「你會結婚」、「婚外情是不可以接受的」、「同居關係是可以接受的」，以及「離婚是不應該的」。

10.6.1 調查結果

　　青協自1997年已經開始同類調查，2014年的調查亦與之前的作比較，對於「你會結婚」一題，2014年的同意率（包括幾同意及非常同意）有80.4%，但對比1997年的93.2%以及1998年的94.2%，近年數字可謂拾級而下，年輕人對結婚的可能性漸趨悲觀；對比15–24歲以及25–39歲兩組群，前者只有74.1%表示會結婚，後者則有83.4%，顯示年紀愈大，對婚姻的期望愈殷切（王葛鳴 2015: 149–50）。在另一個較國際性的調查顯示，香港（66.1%）與韓國（67%）是最高比例支持結婚的地區，至於其他歐美地區只有24.3%至52.3%不等；至於那些選擇最好結婚或應該要結婚的人士，香港的首四個主要理由是「和喜歡的人生活」（82.9%）、「有孩子和家庭」（74.9%）、「得到社會的認同」（47%）和「讓父母放心」（31.3%）。對比其他國家，例如首選「有孩子和家庭」的是日本（73%），首選「情感上的安穩」的包括韓國（74.3%）和德國（61.9%），而這選項在香港並不入流。此外，香港人的第三選擇「得到社會的認同」，是八個地區（香港、日本、韓國、美國、英國、德國、法國和瑞典）之

中位置最高的；至於「讓父母放心」，則只有香港及日本人選擇此項。由此可見，香港人的婚姻觀念較受社會認可及家庭壓力的影響，多於個人情感的安穩（王蔑鳴 2015: 238–39）。

與婚姻相關的問題方面，79.5%被訪者不接受婚外情，數字與過去十多年相若，而認為不應該離婚的有42.4%，對比1998年的25.8%，今時今日的年輕人比前人更反對離婚，對婚姻關係的忠誠度有較高期望，而接受同居（73.4%）的數據多年來差異不大。與國際比較，香港亦是最多人（24.1%）選擇「一旦結婚，無論什麼情況下都不應該離婚」，其他七個地區只有4.9%至20.5%不等（王蔑鳴 2015: 135–54）。

在性觀念方面，同一調查發現，認為婚前性行為是不對的有53.4%，是近年新高；不同意的有37.7%，與2000年的34.7%和2006年的33.2%相若；若婚前性行為是西方性解放的指標，香港年輕人的性觀念近年趨向保守。此外，與婚姻忠誠度的要求相若，只有21.6%的受訪者接受「同一時間有多過一個性伴侶」，73.1%不接受，雖然接受的比率已較前幾年提高，最低的年份是2005年的13.1%。認為同性戀可以接受的有35.9%，不接受的有56.2%；25–39歲組群（39.9%）比15–24歲組群（27.6%）較多人反對同性戀。對於墮胎亦是一樣，較多不接受（61.6%），只有30.4%認為可以接受；25–39歲組群接受的比例（32.9%）高於15–24歲組群（25.7%）；對比1998年66.5%認為可以接受墮胎，2014年的數據可以說是近二十年新低（王蔑鳴 2015: 154），這也反映年輕人更在意負責任的性行為。根據衛生署紀錄，終止懷孕的數據由2000年的21,375宗，下降到2013年的10,653宗，跌幅超過一半，由此可見香港年輕人無論在性態度及行為上都趨於謹慎保守，對婚姻的可能性雖然較悲觀，但對關係的忠誠度卻要求較高。

10.6.2 年輕人從開放走向保守？

香港年輕人對性及家庭的態度是否由開放趨向保守？其實與 Twenge (2017) 的一些分析結果吻合，由於世界經濟及科技環境的改變令年輕人對社會及人際關係欠缺安全感，年輕人趨向更孤立及更易出現情緒問題，他們花更多時間在工作上，個人的感情生活難免受到擠壓。結婚的可能性降低，原因亦可能是組織家庭的經濟成本巨大，特別在這全球最高樓價的城市，年輕人感到難以負擔；而青春期延長、成年期延後的另一表現是對原生家庭的依賴，這種情況亦在同一調查中表現出來。

相比世界其他城市，香港是最遲婚的地區之一，13–29歲被訪者中未婚、亦無男女朋友的比率有69.6%，僅較日本的71.1%低，其他歐美地區介乎36.5%（法國）至49.8%（瑞典）之間；已婚只有2.7%，相比歐美同年紀至少有20%已婚；推算香港大部分 (37.2%) 受訪者仍然是沒有工作的全職學生，及正在尋找工作的年輕人 (3.4%)，因此財政上仍要依賴家庭，較難成家立室，同居的比率亦偏低 (1%)，但德國有21.3%，瑞典則有22.4%。樓價高企令青年獨居的比例最低 (2.6%)，其他城市則介乎10%（英國）至20.2%（瑞典）；香港年輕人多達74.9%–83.2%與家長同住，可見香港社會客觀經濟環境較不利發展個人的獨立性，而香港年輕人整體來説都較依賴父母，這亦可能影響他們結婚的意願。

從以上的數據分析可見，本地年輕人對性及婚姻關係的看法與1980、1990年代有顯著分別，原因除了香港的獨特經濟因素，亦與全球化的科技及焦慮情緒有關，令年輕人希望從傳統的制度重拾安全感，最基本的是負責任的家庭制度。但有人認為這是物極必反的正常社會現象，李怡 (2014: 186) 解釋年輕人趨向保守的原因，主要是經歷過20世紀幾十年的性解放，現代人發現「這種隨便

上床，輕鬆下床的趨勢，帶來兩性關係的冷漠、疏離、憤怒、憎怨，以至毀滅的破壞。然而，人是感情的動物，即使濫交，也終於觸動情感。千禧年的來臨，可能要對二十世紀的兩性關係作出檢討，人類會厭倦只追求官能刺激的濫交、一夜情……人類會回歸感情，回歸自然，回歸從心靈到肉體的忠貞……，維持忠貞的婚姻會被認為是安全及幸福的」。

10.7 結論與反省

從以上分析看到，社會受眾如何從不同年代的媒體塑造個人對性與暴力的觀念，了解到香港社會及媒體趨勢的轉變，以及不同年代香港人的道德及價值，明白世代的差距。回溯過去大半個世紀以來本地媒體對性與暴力的論述，可以綜合為以下幾點：

（1）香港嬰兒潮出生的一代仍未擺脫傳統儒家文化的教導，傾向以道德作為生活及行為規範的指引，因此對事情的判斷，包括情慾與暴力的使用，也以此為標準。道德規範是以社群的發展為中心，好處是令社會更有秩序、更和諧及有原則可依循，社會制度如家庭或教育等各方面亦相對穩定；缺點是限制個人的自由，影響個人創作與活力。但到了1960年代後期，個人意識開始抬頭，對情慾及暴力的看法轉向寬鬆，但仍未能完全擺脫傳統價值觀。

（2）自1970年代起，中原文化逐漸淡出，取而代之的是西方流行文化，香港人的自我意識愈來愈明顯，本地電視統一普及文化的品味，驅使電影工業作多元化發展。1970年代的香港是「騎呢」古怪、敢於嘗試的年代，在這個年代成長的人普遍擺脫傳統觀念，擁抱西方價值，亦自覺與上一代不同，對情慾的追求有更多自由，色情風月片的湧現顯示文化壓抑的鬆綁；對暴力的看法亦然，即使

未完全推翻權威的看法，對暴力的使用更著重其表演性，多於道德
教化。

　　(3) 在1980、1990年代，香港的流行文化及創意到達了巔峰，
港式品味更輸出海外，香港人以靈活多變的生命力，打破傳統道德
約束，挑戰意識形態禁忌，將天馬行空的思想發揮出來。暴力方
面發展出獨特的暴力美學表現手法，情慾方面主流電影雖然未公然
顛覆傳統價值，但已出現了《東方不敗》、《金枝玉葉》等徘徊於激
進與保守之間，非男非女/不男不女的同性、異性戀想像。此外，
由獨立電影人支撐的邊緣式情慾論述，展現出「不同的性別及性向
政治」(游靜 2005: 86)，這個階段亦是社會對個體約束較少的時期。
在回歸陰影下，港式文化進入末日倒數、盡皆瘋癲的階段。

　　(4) 千禧以後，隨著網絡全球化、資訊全面開放，媒體頻道由
單一走向多元化，滿足觀眾的不同興趣。在這網絡年代，出現資
訊多元及大爆發，暴力及情慾訊息都以海量增長，亦有走向極端化
的發展。香港社會緊隨西方國家的自由主義思想，年輕人對性及
暴力的看法更趨開放及多元化。自由主義以個人喜惡為起點，較
輕視社群標準，例如對性及暴力媒體的判斷，認為只要不影響到他
人、不作犯法行動，其他人無權干涉別人愛看什麼內容，對媒體內
容毋須過分規管。

　　這個階段的性與暴力不再停留在虛擬的媒體層面，事實上網
絡世界既由用家主導，性與暴力內容的供應不再受制於娛樂事業生
產商，普通市民亦可將欺凌、性侵的片段上載以圖利。從本書第
四章提到Pornhub下架未經同意的性及暴力影像，可以見到性及暴
力罪行已真實存在於生活的不同層面，滲透至不同領域，包括個
人、家庭、學校、工作場所等等，甚至變成奇貨可居的商品，在全
世界的網站流通。

知多一點點：渣男

「渣男」通常指對待異性感情不認真、玩弄對方感情的男人。渣男指的是對感情的態度，與「壞男人」是兩個完全不同的概念：壞是三觀不正，渣是人品問題。有的男人很壞但不算渣，例如有作奸犯科的壞人極之愛護妻小，有些男人不是壞人卻人品極差。一般意義上的「渣男」是極度自私、擅長索取、不負責任、以玩弄別人感情為樂的男子。

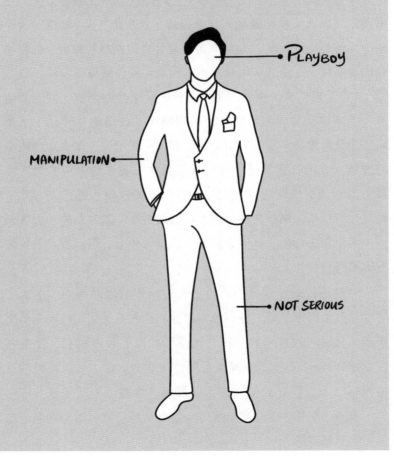

10.8 問題討論

(1) 個人主義與社群主義對性及暴力的看法有何分別？你認為哪一種看法更適合今時今日香港的社會需要？

(2) 近年本地的戲劇節目如何描述家庭倫理關係？與西方社會的論述有何不同？這與兩地的性文化有沒有關係？

(3) 你同意香港的年輕人對性的態度在過往二十年趨向保守嗎？為什麼會出現這種情況？

(4) 近年日本出現「草食男」的無性生活，中國大陸亦出現「躺平主義」的不婚生活，本地調查又指出愈來愈多香港年輕一代對婚姻制度態度有保留，西方亦興起對情慾缺乏興趣 (asexuality) 和個人缺乏浪漫感覺 (aromantic) 的討論。你認為這樣的發展對社會未來有什麼影響？

(5) 研究顯示，千禧一代比他們之前的任何一代約會和性愛的次數都更少，結婚也更晚，學者稱之為「慢愛」。你同意有此特徵嗎？為什麼會出現這種被視為「性衰退」(參 Parker-Pope 2019) 的現象？

(6) 改編自日劇的《大叔的愛》在 2021 年成為社會一時熱潮，觀眾對這種劇集的接受，反映香港的性文化有什麼改變？觀眾對本地男團 Mirror 知名成員的追捧以及膜拜，如何反映「鏡粉」對性感偶像的投射及改變？

第十一章
總結

　　綜合十章的討論，可以看到媒體的「性與暴力」是一個很複雜及多面向的議題，牽涉到製作者、使用者、文化背景等因素。對製作者而言，使用暴力或性的題材顯然不單是個人喜好，亦涉及希望透過這些影像達到某種傳播目的，例如早期武俠片宗師張徹為了增強中國男子的陽剛氣，而使用極端暴力；又例如戰爭片或動漫使用的暴力，都是社會尚武文化的體現。對媒體使用者而言，性或暴力代表的意義更為複雜，除了挑戰尚文社會的禁忌，亦包括希望擺脫枯燥生活而追求網絡上的自由與刺激，暴力在網絡遊戲中亦包含操縱他人及享受權力的滋味，這些都是現實生活中大部分人難以體會的。傳媒便提供一個想像及虛擬空間，彌補使用者生活中的匱乏。但針對這些心理需要的「精神食糧」並不是完全無害的，長期使用的問題已經在較早章節討論過。這一章會綜合傳媒就有關方面的研究，做出補充及建議。

　　正因性與暴力的爭議性，兩者經常被媒體廣泛使用，但學者在研究兩個題材時，卻不能一視同仁。研究暴力的影響相對較容易在實驗室複製，或用數據量度觀賞暴力影像之後的行為表現；但研究媒體與性相關的內容時，卻沒那麼簡單：有從事相關研究的學者（Huston, Wartella, & Donnerstein 1998）指出，要以實驗的方法處理與性相關的議題有實際困難，包括不同地區可能對敏感議題訂定

了不同規例，例如18歲以下年輕人參與相關研究要獲家長同意，性議題涉及個人私隱，而對一些年幼的測試者，恐怕發布或展示性感或淫褻內容時，會影響他們的身心健康。因此無論從法律、道德以及年輕人身心健康的角度考慮，難免窒礙與性相關研究的執行，未能像暴力議題一樣百花齊放，可以多角度分析。由於研究過程的種種限制，令兩個議題難以放在同一尺度作出比較，因此撰寫的內容會有差異。

顯然，大眾媒體的性與暴力內容是一柄雙刃劍，一方面它提供娛樂給受眾，但另一方面又令人擔心它為社會及受眾帶來不良風氣。綜合各章節的分析，媒體展現的性與暴力內容並非中立，的確會對受眾帶來不同程度的影響，簡單直接如短時間的官能刺激，到長期接觸令人沉迷其中，以及將他人客體化、視之為發洩工具，或者像一些追蹤研究發現的潛藏侵犯傾向等，都是值得關注的。**問題是社會對有關的影響判斷視之為輕微抑或嚴重、是否需要介入監管，不同社會就有不同的標準。**例如新加坡對媒體的性及暴力內容有較仔細的監管，將電影及錄像分為五級，其中R (A) 級 (A代表藝術電影) 只容許向21歲以上觀眾放映，其中有關性愛的場面必須要與主題有關，不能宣揚性愛、暴力或低級趣味。新加坡當局監管的目的，是防止外來文化影響當地社會的傳統價值觀 (百度百科，「新加坡電影分級制度」)。

當然，對大部分堅持自由貿易、讓影視娛樂自由進出的地區來說，傳媒中的性與暴力元素就像食物中的增味劑，可以增加媒體的營銷及市場開拓能力。就如快餐店售賣的漢堡包及薯條，這些快餐食物可能欠缺營養，而且長期食用會令身體健康受損，但社會仍然容讓快餐店開設得「成行成市」，說到底仍是市場供求需要；在資本主義的市場邏輯下，個人身心健康是貴客自理的問題，市場

只是提供無限的選擇，讓消費者各取所需。從巴特勒（Butler 2020）的角度，這可能屬於另一種制度暴力，屬於資本市場對消費者的剝削，媒體內容製作者從發布情慾及暴力內容賺取利潤，社會後果卻由消費者或小市民承擔，而既得利益階層或決策者卻對這些影響感到不痛不癢。

11.1 媒體為何慣性地使用性與暴力的內容？

觀眾為什麼喜愛暴力題材，第七章已有詳細解釋。涉及性的內容也不遑多讓，同樣能吸引觀眾的注意力。根據 Sut Jhally（1990: 207）在《廣告的符碼》的研究，性與暴力是人類自原始社會追求的人生目標，跟婚姻及愛慕、權力和支配等是一致的，大眾傳媒針對人內心的原始渴求，通過媒體一一呈現出來。Jhally 以此解釋廣告的內涵，亦適用於理解傳媒使用性與暴力內容。受眾透過傳媒了解及學習到自己的性別形象，情慾的呈現亦彌補現代人孤獨的處境，以及對親密關係的渴求；暴力則代表個人對權力的渴望及支配他人的意慾，現代人藉認同媒體的英雄角色得到充權，又透過英雄的破壞及打鬥，發洩內心鬱悶與壓抑的情緒。

性感或情慾影像在廣告中被廣泛應用，因為這些影像可以越過人類的理性思維，直接進入受眾的潛意識而毫不自覺。性與暴力都牽涉到人性一些基本慾望或反應，暴力屬於進攻及防禦機制，當一個人面對險境，便要以武力啟動自我保護機制；情慾更是人之大欲，人類對性慾的渴求是與生俱來的，存於人的潛意識內。故此，當媒體使用性與暴力題材時，受眾很難使用理性機制作出拒絕，因為那些內容會直接由潛意識接收。就如廣告學有一種潛意識訊息（subliminal message）的手法，意思是指相關訊息不容易憑肉眼察覺，

但通過潛意識，觀眾可以直接接收得到。例如有一個朱古力脆皮雪條廣告宣傳新口味，但幾根雪條的排列方式卻看似女性的臀部，令人引起性遐想（NewsMDirector 2017）。以含蓄手法直接走進受眾的潛意識，令人難以防範。同樣，暴力內容帶來的觀能刺激以及情緒反應，無論是興奮或恐懼，都可以直接改變受眾的感覺，越過個人的理智抵禦機制。

正因為**性與暴力內容的市場元素很符合集團式及全球化媒體的生產及營銷策略**，媒體產業傾向以標準的商業原則作為決策的基礎，為了確保吸引力，傾向從受歡迎作家及暢銷書找尋原始劇本，例如《哈利波特》、《忍者龜》等；而為了穩住利潤，通常會拍攝一些「直接了當、容易講述、且容易理解的故事」（Branston & Stafford 1999）。性與暴力中的官能刺激，最符合直接了當、易講易明的要求，特別在資訊爆炸的年代。正如彭麗君（2017: 15）所講：「暴力是普及文化中最原始、最表面和最易操控和販賣的情緒」，加上龐大的預算及耀目的演員，性與暴力容易成為影視產品收視及暢銷的保證。第十章提到香港的暴力電影如何影響到亞洲其他地區的電影製作，令暴力元素成為亞洲電影打入世界市場一個「關鍵的賣點」（彭麗君 2017: 216）。彭麗君認為，香港電影業即使在千禧年之後步向衰落，香港導演仍然未肯放棄他們熟悉的黑社會片種，以及它所代表的男性市場及陽剛美學，反映香港電影在後九七垂死掙扎（2017: 92–93），亦反映出影視業要另闢蹊徑，開拓另類受歡迎的題材是何等艱巨，難怪大部分影視製作都繼續濫用性與暴力題材，作為利潤及營銷的保證。

一些對媒體過度使用性及暴力題材反感或厭倦的觀眾，逐漸以積極的行動杯葛或向市場回饋自己的看法，令市場適切回應。例如2021年香港電影票房冠亞軍《梅艷芳》與《媽媽的神奇小子》，都與性

和暴力內容無關，而近年優秀的荷里活電影及動畫片都減少性與暴力元素，可見正面的市場回應令媒體創作內容更多元化。

11.2 媒體的性及暴力內容使用及影響

雖然與性相關的主題未能完全仿效暴力的研究，但在媒體對性內容的研究中，亦有部分涉及對受眾的影響，且與暴力研究有相近的發現。例如一個由凱撒家庭基金（Kaiser Family Foundation）贊助、Kunkel團隊主理的定期研究，監察10個廣播及收費頻道近1,100個節目的內容，發現主流媒體與性相關的內容不住上升，2000年的調查發現有68%的內容涉及與性有關的對話或行為，較1998年的56%急升。年輕人涉及性行為的劇情亦增加，1998年只有3%的年輕角色出現性行為，兩年後已升到9%。安全性行為卻甚少提及，只有2%的內容提到性行為可能出現的後果；涉及性的情節很多時候都以搞笑幽默的方式出現，令觀眾以為性是無關緊要的小事，毋須嚴肅看待。研究又指出84%的處境喜劇都帶有與性相關的情節，平均每小時差不多有7.5場戲牽涉到性的題材，而處境喜劇特別針對8–18歲的觀眾，這些劇集很大程度上影響他們的性倫理及價值觀（Smith, Moyer-Gusé, & Donnerstein 2004: 552）。

研究亦發現，與性相關的內容普遍出現在肥皂劇、音樂錄像、電影等媒體中，而網絡亦是性內容泛濫的平台，有研究員在2000年嘗試以「性教育」、「性健康」、「性交」、「性諮詢」及「青少年性」五個字詞在網上搜尋，發現接近600萬個網頁與這些內容有關。雖然研究員無法比對所有網頁、了解有多少是重複，但他們的抽樣調查顯示，只有4%真正與性教育有關，1%是一些機構或團體的立場宣言，而63%屬於色情物品（Smith et al. 2000）。顯而易

見，自互聯網普及後，與性或色情相關的內容已幾乎滲透到每一種媒體之中。

對於傳媒描述的性內容對年輕觀眾有何影響，相關的研究雖然較少，但亦指出一些大方向。首先，**傳媒提供一個學習場所，讓受眾了解性知識**，特別是對性行為的掌握。研究發現，接觸過性教育的小五、小六學生比沒有接觸過性教育的組別，獲得較豐富的性知識；同樣，中二及中三受試者認識過一些如妓女、同性戀、婚內性及婚外性等題材後，在字詞及專門名詞認知上都較未認識者豐富（Greenberg, Linsangan, & Soderman 1993）。其次，**傳媒亦影響受眾對性的態度**。其中一個針對中一及中四同學的研究，指定他們觀看過往一些音樂錄像，再量度他們對婚前性行為的看法，發現觀看過音樂錄像的學生較容易認同有關行為（Greeson & Williams 1987）。另外一個研究探討密集觀賞與性相關的節目，會否影響他們的道德觀；研究員分別就一群14–15歲的學生隨機安排，觀看涉及婚外性、婚內性或沒有性接觸的節目，每日三小時，連續五天，一星期後要求這些學生觀看14個從電視剪輯、涉及婚內性及婚外性行為的片段，由他們評分，結果是曾觀看涉及婚外性節目的同學對婚外性行為較少反感，可見媒體對性的描述會影響到受眾的性態度（Bryant & Rockwell 1994）。

最後一項影響是**媒體內容如何影響受眾的行為**。其中一個較早期的研究在1978、1979、1981年進行，調查391個年齡10–15歲的青少年，被訪者要回答他們看電視的數量，以及觀看67個被認為較多性內容的黃金時段節目，最後是個人的性經驗。在最後一次調查發現，個人性生活的活躍程度與觀看該67個節目的比例有緊密的關係，非處女較處女顯著觀看更多有關的影片，這說法已經排除了家庭背景、青春期發育情況、朋輩影響等因素。對於媒體

如何影響觀眾的性行為，學者有不同的看法；有理論認為，電視節目會影響青少年對戀愛、親密關係以至性愛的認知、態度及信念。例如涵化理論認為重複及過多觀看電視上的性愛場面，會令他們對性抱著較隨便的態度，較少考慮性行為的負面後果；而電視節目對浪漫愛的描述也會令他們抱著不切實際的幻想，以及對安全性行為掉以輕心。劇本理論則強調一些年齡上早熟及較早對浪漫關係抱有夢想的年輕人，會較留意電視節目中與性有關的內容，亦會從中學習面對同樣情況時如何應付，因此電視劇或音樂錄像與性相關的情節，很可能為年輕人提供參考或指引（Smith et al. 2000: 556）。與暴力研究相似，媒體對青少年性態度的影響亦要考慮其他中介因素，包括年齡（較大的較感興趣）、性別（女生興趣較強）、父母與子女關係（較得到父母關心的子女興趣較低）等。

　　除了個別的性內容，學者也留意性與暴力同時存在的內容如何影響受眾，特別是荷里活一些涉及性侵的連環殺人（slasher）R級電影，都很受年輕觀眾歡迎。1990年代一個調查顯示，接近七成大學生曾經從戲院或錄影帶看過有關的性愛及殺人電影（Buerkel-Rothfuss et al. 1993）。對受眾影響方面，多個研究顯示看得較多的人會對殘暴影像較少強烈反應，看完以後亦較少引起恐慌等負面情緒（Smith et al. 2000）。例如受試者連續五日觀看有關性暴力的整套電影，到第五天他們會覺得影片的暴力程度沒有第一天那麼嚴重，電影對女性沒有那麼貶抑，整體而言對有關內容沒有那麼反感。為了進一步了解連續觀看這類電影的男性觀眾會否影響他們對真實世界暴力的看法，學者安排受試者觀看一場涉及強姦案件的審訊，然後要他們評價原告與被告的幾個變項。結果發現，對比沒有觀看同類電影的受試者，看得較多性暴力電影的受眾會傾向認為女受害者在強姦案所受到的傷害並沒有那麼嚴重，同時認為受害人有責

任抵抗別人進攻。整體而言，他們對受害人展示較少同情心（Linz,
Donnerstein, & Penrod 1984）。對於為什麼會出現這種情況，學者的
解釋是，較多觀看性侵及暴力影像的受眾，早已習慣身處於一種受
影像刺激而引發焦慮的狀態，他們懂得如何在那些環境減低自己的
焦慮。這種反應亦適用於面對真實環境。

　　由此看來，無論是涉及性或暴力的議題，媒體對使用者的影
響都有一定的相似性，主要在認知、態度及行為三方面，受眾都有
類似的反應。認知方面，有涵化理論及劇本理論可以解釋；態度
方面，主要表現在觀看愈多與暴力或性相關影像的受眾，對有關的
行為，特別是常規以外的暴力行為、婚前／婚外戀等，包容度會較
高；行為方面，有 Dolf Zillmann 的喚醒理論（arousal theory）和刺激
轉移理論（excitation transfer），兩者都指出媒體的刺激會令受眾引起
愉快或不愉快的感覺或情緒反應，視乎個人的特質，從而引起不同
形式的行為（Huston, Wartella, & Donnerstein 1998: 12）。固然，選擇
收看媒體性及暴力內容與否，與觀眾個人的喜好、家庭以及社會背
景有關，但年輕人往往通過大眾媒體建立個人身份及獲得社會認
同，甚至從中獲得啟發，解決真實生活遇到的問題，因此傳媒作為
社教化的工具，在文化傳遞中扮演著重要的角色。

11.3 媒體對性與暴力的影響，是否小題大做？

　　媒體的暴力或情慾、色情等題材，即使如何備受爭議，無可
置疑仍然是觀眾喜愛觀看的內容，他們甚至樂意付費收看。英國
哲學家 Edmund Burke 早在 1757 年已留意人們對他人苦難的興趣，
就像我們看見交通意外現場會感到好奇、停下來觀看一樣，而桑塔
格（Sontag 2003: 41）在《旁觀他人之痛苦》一書中，亦指出一般人的

目光不能離開他人的痛苦，與觀看他人的裸露一樣，那種快感就是來自不用感到震動或退縮（without flinching）的滿足。David Trend（2007: 117）認為觀眾愛看媒體內的暴力，因為他們知道這些影像是虛假及經過美術效果加工建構而成的，因此不會感到任何不適。**暴力作為一種商品，主要回應市場對男性的陽剛文化、國家對勇武力量等需求而存在**，暴力不過是媒體產品的調味劑，根本的原因是使用者對這類內容有基本的渴求。不能因為產品有調味劑，就否定食物的存在價值。

這種市場主導的看法不算新奇，因為它將性與暴力媒體存在的理據合理化，亦將收看的責任轉嫁給消費者。它同時將我們帶到與影響力研究相關的另一個重要課題，就是媒體影像與真實生活關係的討論。媒體的暴力影像拍攝得如此引人著迷，就在於它不是真實，亦故意讓觀眾認知它與真實的分別；傳媒工作者之間似乎對處理這些影像有一定的默契，懂得用象徵的手法，如光與影、音樂與特效、喜劇效果等，令觀眾享受暴力的眩目效果。媒體提供的是令觀眾習慣收看他們喜愛的英雄故事，暴力內容就提供了一種刺激的力量。

以詮釋學的看法，**媒體內的暴力及情慾題材不過是真實世界的再呈現，雖取材自社會，但仍與真實有一定的距離**。就像香港的武俠電影發展歷程，隨著社會的現代化，由古裝武俠片到現代功夫片，再到英雄動作片及近期無以為繼的黑社會電影，反映時代的變奏。雖然暴力元素貫串其中，但無論文本、背景、說故事方式、武打動作表現方式如何呈現，正正反映時代面貌的改變。暴力或情慾題材之所以歷久不衰，像過去二十年港式暴力電影如何重塑亞洲電影，可見暴力及情慾題材與地方文化不斷互動，產生不少創意點子，豐富觀眾的觀賞經驗。

對支持市場主導暴力內容的學者而言，暴力題材並不可怕，雖然他們承認在內容上有很多不可取之處，但卻非洪水猛獸。而事實上，這些題材已經滲透至不同媒體，與娛樂事業不能分割，在現實客觀環境不可能完全避免接觸涉及暴力及色情的媒體內容。亦有學者認為，目前很多具爭議的媒體題材未經過有效的討論，既然暴力及性內容已滲透現代文化，學術界有責任提醒媒體使用者暴力內容所呈現的衝突、選擇、解決辦法、後果、背後的社會價值等（Trend 2007: 122）。最重要的是要令受眾能夠明白媒體暴力所代表的是什麼，幫助他們理解背後的商業邏輯，而不是貿然否定它們的價值。

11.4 媒體性與暴力研究的不足之處

研究傳媒影響力的學者，經過科學化的實驗及調查，大部分同意過度接觸富爭議性的媒體內容，如暴力或性侵等行為，對受眾的認知、態度及行為有一定的負面關聯（correlation）。但亦有一些學者不同意這些關聯的實際意義，認為研究誇大了媒體影像對真實生活的影響（Ferguson & Kilburn 2009）。他們最常指出的證據，是媒體暴力影像即使在不同媒體大量複製，但真實社會的暴力罪案數量卻呈下跌；同時又指出研究方法上的問題，例如太多中介變項如性別或家庭背景，可以影響結果；而且目前強調的關聯並不等同因果關係，因為關聯只是兩個變項之間可能存在因果關係，但不一定有關（Schaefer 2005: 32），例如很多相關研究指出，接觸暴力媒體的年輕人短期多會出現侵犯的行為，而較少接觸電視暴力內容者亦較少表現身體攻擊行為，但這些關聯可能牽涉到其他變項，例如當事人曾否親身被暴力對待或者被人煽動向他人進攻（U.S. Surgeon

General 2001）。目前為止，要將兩個變項由關聯轉化為因果關係，影響力研究仍未做到這一步，未來需要更多的努力。

　　傳播學在影響力研究面對的課題，與其他社會科學面對的處境相似，就是社會科學嘗試用科學的方法，但卻未能像科學研究一樣可以得到概括性的結論。這種因人而異、因地而異，或者與人作為研究對象很有關係，因為人類行為的多樣性與不可預測性，令社會科學的研究難以像科學研究一樣達到較一致的結論或者較準確的行為預測。正如媒體的功能有多樣性，它可以是娛樂、教育、社教化工具，因此性及暴力作為媒體訊息的一部分，不同受眾從中可能得到不同的影響，程度因人而異，影響包括對真實暴力缺乏敏感度、對被害者較少同情心、對女性的尊重較低等（因為不少被暴力性侵的女性，在電影內多扮演妓女角色）（Huston, Wartella, & Donnerstein 1998: 165）。這些看似細碎的影響，被質疑是否值得高度關注。

　　現階段批評的研究方法不足、影響有限等看法，是否等於可以將媒體暴力或性侵等議題置之不理？相信沒有一個社會或媒體機構，願意承擔因為媒體暴力造成真實個案的風險。例如英國政府將當年很富爭議性的電影《發條橙》禁播，過了二十年才願意解禁，理由就是因為社會出現了仿效電影劇情的行為；又例如1993年美國拍攝了一套電影 *The Program*，講述不同背景的大學生如何處理足球比賽的壓力，其中有一場故事情節，大學生半夜躺臥在高速公路上，以表現成年男性的勇氣。這一場戲最後被電影公司下令刪去，擔心的就是令人模仿而被公眾批評和指控。同類的例子仍有很多，例如各地發生校園槍擊案後，必定會研究什麼因素導致危機出現，或者關注一些鼓勵學童自殺的網站是否需要禁制等。對一些學者可能被標籤為「道德恐慌」的事件，從家長或社會安全角度，它們

卻是無法容許。所以即使暴力影響的因果關係尚未確立，在家長、教育工作者或專業人士的保守政治壓力下，很少民主社會敢於不把傳媒暴力視為一個嚴肅的社會課題。

此外，從醫生、輔導員、老師及家長等一些弱勢支援者的角度，他們會建議那些相信傳媒沒有影響或只有輕微影響的人，應該走進學校或診所看看他們要面對或處理的棘手個案。根據英國廣播公司的報導，引用英國一家教育慈善機構的分析數據，21世紀初寬頻網絡在英國才剛剛起步，導致陽痿病例的原因中，色情產品約佔2%–5%；但到了2019年，這個數字大約升至30%（BBC News 2019），可見色情物品如何影響男性的身心健康。同一報導亦訪問了幾個曾經熱衷觀看色情物品的受眾，分享色情物品如何影響他們的正常性生活，及解釋他們為什麼會拒絕繼續觀看色情物品。過往都有不少案例，如今已經出現愈來愈多的數據，不能抹煞色情物品對使用者身心的長期影響。另外，對兒科醫生、家長和老師而言，暴力媒體如何影響一些原本已經是過度活躍症的孩子？他們又應如何面對這個日益暴力的媒體環境？孩子沉迷網絡遊戲衍生的家庭衝突，又可以如何解決？媒體對性或暴力的研究雖然在理論建構上有一些限制，但在實際生活層面，仍然有很多可以討論的空間。

11.5 如何減少媒體具爭議內容的影響？

綜合上述的分析，性與暴力既已成為娛樂產品的主要元素，更被廣泛複製及應用，在社會不同層面出現，特別在娛樂節目方面，已經全方位被各媒體廣泛使用，滲透到不同年齡層的受眾及社會不同界別人士，甚至幼兒節目出現相關話題也毫不為怪。面對或大或小影響的爭議，不同地區有不同回應方法，禁絕、審查、分

類及限制兒童收看都是方法；在大部分相對自由的地區，選擇的權
力既在消費者身上，那麼在娛樂之餘，是否還有其他方法減少它們
的負面影響？

（1）**個人作為性與暴力內容的消費者及製作人**：作為性與暴力
的消費者，喜歡在虛擬世界或娛樂媒體接觸性變態或極端暴力的內
容，或參與成人電玩遊戲，表面上其他人無權干涉，因為這涉及個
人的自由；但值得留意的是，假如有關人士從個人喜好變成參與內
容製作，因為性及暴力都涉及權力的延伸，若將個人的快樂建築在
真實世界他人的痛苦之上，這個問題便值得關注。例如像 Pornhub
這類平台廣受歡迎，反映當「性暴力」有明確的市場，觀眾愛看真
人實境節目時，難免危及弱勢的安全，便成為重要的社會議題。
目前有關網絡使用的研究只集中於使用者的態度或行為的偏差，對
於使用者與製作者的關係仍然有很大的研究空間。特別是對情慾
或暴力內容接觸得愈多的人，會否有更大的機會複製真實世界的
相關內容至網絡世界？這一點值得留意。此外，1999 年「童黨燒屍
案」的討論揭示年輕人「道德真空」的課題（參見第十章），顯示個人
道德作為平衡／制約負面行為的力量，當性與暴力全面滲透至不同
領域，個人道德的訓練是否亦要相應加強？而在個人層面，學習欣
賞優質、有藝術價值的媒體內容及向人推薦，提升媒體的創意與藝
術性，亦是減少傳媒過度倚賴性或暴力內容的方法。

（2）**家庭／學校能否作為弱小的保護者？**：家庭及學校作為傳
遞價值信念的主要機制，亦是篩選不良內容的把關人。但目前對
家庭及學校有關的支援甚為不足，其實針對媒體的影響，首先需要
讓家長及老師有足夠的資源或課程，去協助子女或學童面對形形色
色的暴力及性相關的內容。例如 1990 年代的美國，政府強制電視
機設立 V-chip 軟件；或有些互聯網供應商設有過濾軟件，讓家長可

以控制孩子們接收的暴力色情內容。此外，美國亦有一些家長組織合力指出某些媒體內容屬兒童不宜，以及推薦益智的內容，主動為孩子把關。

除了消極的方法，積極的方法是加強年輕人的媒體素養，增加他們對暴力或色情媒體的抵禦能力。西方國家有研究顯示，知行合一是有效的方法，降低暴力或性侵內容對小孩及年輕人的影響。Rowell Huesmann 的研究團隊發現，改變小孩對暴力影像態度的方法，首先應界定暴力行為是不好的；讚賞他們的反暴力態度，設計一些功課讓小孩作文或公開演說，內容包括強調媒體的暴力並非真實場面，以及不應模仿節目內的暴力角色。小孩這些演講會被錄影及公開播放，這種習作有效改善小孩的侵略行為及對電視暴力的看法（Huesmann et al. 1983）。整體而言，就是加強受眾對別人的同理心及道德感，多考慮暴力對社會帶來的負面影響，以及明白暴力並非解決問題的理想手段。

同樣的研究亦適用於性侵內容，研究對象是讀大學的男生，受試者先觀看一段性侵後遺症及心理影響的紀錄片，隨後觀看兩部有關強姦教育的片段。之後，受試者分開不同組別，第一組反對性侵的會寫作一篇關於「性暴力的神話」的文章，然後將文章朗讀及錄影，與其他支持者分享；第二組寫同樣的文章但沒有錄影及重播，只是要求寫文章的人互相傳閱；第三組從中立角度，寫作「媒體使用」的文章，然後錄影及重播；另外有兩個對照組，其中一組看電視紀錄片和教育片段，另一組什麼也不看，然後只參與最後一部分，寫作「媒體使用」的文章。幾星期後，這批男生再回到實驗室，觀看一些性暴力電影的片段，以及一個模擬強姦案審判場面，然後評價兩者。結果第一及第二組受試者較少符合「強暴迷思」（參見第五章）的特質，他們觀看性侵電影的負面感覺最強烈，對強姦

案苦主較為同情，較少認為受害者要為被侵犯行為負責等（Linz & Donnerstein 1989）。

從上述研究可見，受眾對暴力及性侵的看法，可以透過教育學習批判的角度，以減低對個體的負面影響。但面對全球色情及暴力內容洪水猛獸般的衝擊，單由家長或學校承擔有關重任，是十分吃力的。以劇集《溏心風暴之家好月圓》、《平安谷之詭谷傳說》和《巨輪II》等的亂倫情節為例（香港01，2021），成年人或許明白這是傷風敗俗的行為，但青少年若處於道德真空階段，可能會接受雙方成年便可你情我願，疑惑為什麼要禁止兄妹、姊弟、父女、母子相愛甚至結合。此外，暴力及情慾泛濫同時衝擊著本地傳統家庭制度，核心家庭面對家暴及性暴的問題日趨嚴重，婚外情普遍導致離婚率上升、單親家庭增加等問題，家庭作為社會制度的維護者，處於十分不妙的環境。學校師生面對沉重的課業壓力，亦未必能輕易將媒體教育納入其中。但若果更多人意識批判教育的重要性，就可以減少爭議性媒體內容的負面影響。

（3）**社會作為社群利益的守護者**：性與暴力可以說是現代社會個人自由的延伸，也可以是個人充權的武器，但社會容許個體的自由，同時有需要保障群體的利益。如何平衡個人自由與社群利益？當兩者出現衝突時，便需要一些標準去平衡及制約兩方面的權力。在這方面，傳媒及政府顯然都有責任。

商業傳媒透過販賣性及暴力內容圖利，亦有義務提供教育資源，讓社會的教育團體或家長採用，協助他們教導兒童保障弱者的利益。例如有研究顯示，由電視台製作的反性暴節目在黃金時段播出，對廣大觀眾有強烈的教化作用。其中一個例子是1990年9月美國NBC播放了一輯有關遭相熟朋友性侵害的影片，名叫 *She Said No*，引起社會對「約會強暴」議題的廣泛討論。有學者從不同

區域訪問一千多位美國成年人，結果發現影片能有效改變受眾對約會強暴的看法，看過的人對約會強暴會加強警惕，更傾向認同它是一個社會問題，而年長的女士看過此片後，較少埋怨年輕女士自招性侵的責任（Linz, Wilson, & Donnerstein 1992）。由此可見，傳媒對暴力及性侵等問題仍然可以負起教育群眾、破除偏見的作用。

此外，政府及監管機構亦有一定的角色。例如上文提到的過濾軟件要求，由美國政府強制媒體機構實施，協助家長篩選有害的內容。既然有關軟件可以過濾暴力內容，那麼涉及色情、賭博、自殺等爭議的內容是否都應過濾？過濾範圍應否由電視擴展至網絡世界？Pornhub的事件便是一個重要的提醒，性暴力可以通過網絡的力量滲透到每個人身上，令人難以防範，特別是身處弱勢的社群如小孩、落後地區的女性等，這些活動必須經過監管者的力量，有時甚至要動員跨國的力量，才能加以控制。

想多一點點：社交媒體對青少年有害？

在2019–2020年間，Facebook曾展開多次焦點小組、線上調查和日記研究；2021年還針對數萬名用戶進行大規模調查，了解Instagram用戶在平台上花費的時間以及關注的內容。報導援引Facebook內部調查文件指，有四成英美青少年稱Instagram令他們覺得自身「毫無魅力」，四分之一的人指Instagram令他們覺得自身「不夠好」，還有部分人認為Instagram削弱他們對友誼的信心。

此外，32%少女認為Instagram加劇了她們對身材的焦慮。年輕男生未能倖免於身材焦慮，美國14%男生指Instagram讓他們感覺自己很糟糕，有40%的人還曾在平台上經歷他人惡意的身材比較。同時，青少年也將焦慮和抑鬱情緒歸咎於Instagram；13%的英國用戶和6%的美國用戶稱Instagram是令他們產生自殺念頭的源頭。《華爾街日報》在2021年9月曝光有關調查後，引起社會廣泛迴響。你認為家長及教育界是否應該對青少年如何使用社交網絡有所指引？

書籍、影像媒體推介與討論

　　以下推介一些較受歡迎的書籍及錄像，與本書探討的一些議題相關，可作補充資料或討論之用。

議題 1：暴力使用者的心理

相關章節：第 8.6 節，第 4 題

書籍名稱：《旁觀他人之痛苦》(*Regarding the Pain of Others*)

作者：蘇珊‧桑塔格 (Susan Sontag)

原著出版年份：2003

內容簡介

　　2015 年 9 月，3 歲的敘利亞小難民伏屍在土耳其的海灘上，圖片通過社交網絡傳遍世界，迅速被改為各種圖像，成為網絡熱潮。這圖片短暫引發人們對敘利亞內戰的關注，但到底這些災難圖片是否能引來對戰爭區域更多的關注及對難民的尊重？關於暴力與死亡的影像，我們應該如何去思考？桑塔格此書嘗試提供一個反思的角度。

　　對於人類歷史及文化中出現殘酷的戰爭及暴力衝突問題，桑塔格提出一個發人深省的看法：透過攝影技術，現代生活提供無數機會讓人去旁觀以至利用他人的痛苦。究竟這些天災人禍的影像

「記錄」了事件的原貌，還是「建構」了災難的奇觀？她採用大量與戰爭有關的圖畫及新聞圖片，例如美國內戰、納粹集中營、九一一恐襲等，指出觀看這些圖片未必一定令受眾對照片中人的遭遇感到同情，因為未經歷過的人沒有可能設身處地體會別人的情況，這些展現別人痛苦的圖片反而會帶來道德及倫理的問題。

　　首先，觀看者對別人這些遭遇一般會覺得無奈及無能為力，況且要觀看令人噁心及不安的影像，觀看者一般都要很大的勇氣；看過以後，他們會為克服了被嚇倒的挑戰而自視勇敢。對於不視此為挑戰的人，或有人會認為殘酷影像很過癮，或者以施襲者的角度看別人的遭遇，有些感到內疚但不一定是憐憫；而對一些殘暴的鏡頭，有些人會覺得噁心，但另一些人可能認為很有英雄感。因此，若脫離原來影像的歷史脈絡，不同觀看者的反應可以十分複雜，難以預計。有多少讀者在看過這些影像後，會激起他們對人類的暴力行為深痛欲絕，抑或反而令他們變得更麻木不仁？

　　在美學的層面，桑塔格認為攝影圖片的美感與表達痛楚的原意是背道而馳的。特別是對戰爭圖片而言，由於商業考慮，著重美感的拍攝會削弱災難現場的真實感，這些圖片的目的是將別人的苦痛變成可以銷售的商品，完全抽離當事人的主體環境及個人命運；此外，觀看戰爭圖片的人會覺得從美學角度欣賞別人的苦難是不對勁的，看那樣的圖片時應該帶著同情及憐憫，而不是藝術式的批評或欣賞。在政治上，桑塔格認為災難或戰禍的圖片只令人感到這些事故在第三世界、很遙遠的地方發生，觀看者會產生一種距離感，很難認同受災的人所感受到的痛。面對他人的苦難，讀者即使出現同情心，但仍不能擺脫消費他人痛苦的指控。

　　總結而言，桑塔格認為我們應該重新思考殘酷戰爭圖片的使用，因為單靠圖片不能令觀看者明白別人的苦痛掙扎，必須配以文

字解說。如果這些影像不能達到加強觀看者憐憫之心、防止戰爭的歷史重演的目標時，販賣別人痛苦的影像便涉及道德問題，亦應思考是否觀看。

議題2：經濟學如何看性、愛以及現代婚姻關係

相關章節：第2.4節，不同學科的研究

書籍名稱：《愛情市場》/《性‧愛‧經濟學》

（*Dollars and Sex: How Economics Influences Sex and Love*）

作者：Marina Adshade

原著出版年份：2013

內容簡介

作者以經濟學的原理，包括市場力量、供與求理論等去分析現代社會的男女關係。她以幽默生動的筆觸，嘗試解釋人類行為背後的經濟誘因以及思考模式，以此應用在性別議題、兩性權力關係、經濟實力等不同情況；最後她總結，人生很多關於性與愛的決定，可以從經濟學角度找到不少有趣的觀點。作者提出不少值得思考的提問，例如：通過婚戀網站尋找伴侶的成功率有多高？一個丈夫「值多少錢」？賣淫活動何時變得比婚姻更可取？我的丈夫是否「垃圾債券」？

作者又提出一個問題：濫交能否使國家富強？她根據進化生物學家大衛‧施密特針對48個國家地區的研究，其中最為性開放的國家芬蘭，濫交程度較台灣高2.5倍。作為一個經濟學家，她有興趣了解國家之間的性觀念差異會否影響有關國家的收入水平，而社會學家鮑萬斯特發現，在兩性更加平等的國家，濫交比較嚴重，

衡量標準包括：更多性伴侶、更多一夜情、初次性行為低齡化、對婚前性行為抱開放的態度。性平等與國家收入緊密相關，因此證實了她的假設：最富有國家的濫交程度較高，因為放縱是一件奢侈的事，富裕國家的人才能負擔得起尋找不同的性伴侶，較貧窮國家的人一般要花更多時間為口奔馳。

作者又嘗試從大學生的日常處境看他們找尋性與愛的機會，以下問題可以在該書中找到答案。

問題討論

(1) 在女多男少的大學校園，女學生找穩定男友，要面對哪些考慮？（見第二章）

(2) 經濟學家能否給在線約會人士一些提示，讓他們提高找到愛情的機會？（見第三章）

(3) 為什麼避孕套在學校推廣，卻提高了青少年的懷孕率？（見第七章）

(4) 為什麼同性伴侶的收入會比社會平均水平高？（見第六章）

議題3：性與愛的本質之分別

相關章節：第4.1.1節的補充例子

書籍名稱：《生命中不能承受之輕》（*The Unbearable Lightness of Being*）

作者：米蘭・昆德拉（Milan Kundera）

原著出版年份：1984

內容簡介

小說環繞著幾個角色，在動盪的時代如何選擇自己人生的故事。Tomas是一個喜歡親近女色的醫生，這個風流醫生探索女性宛

如用手術刀仔細研究物品，先後跟數以百計的女生上床，但絕不會和她們有進一步親密的關係。Sabina 是他其中一個性伴侶，亦是一個藝術家，在政治危機「布拉格之春」發生後，她為了自由遷居日內瓦。Tereza 是一個餐廳女侍應，受 Sabina 啟發愛上攝影，在發生「布拉格之春」期間拍下大量新聞圖片，受到海外媒體注意。後來 Tereza 與 Tomas 結婚，婚後流亡日內瓦，但因為無法忍受 Tomas 故態復萌和不願成為他的負擔，Tereza 毅然返回布拉格，返國後更因為嘗試和外人發生性關係而產生厭己的想法。最後 Tomas 為了與 Tereza 一起，跟隨她回鄉，以交出護照不得再出境的代價面對政治清算。

　　Tomas 與 Tereza 是這本小說的兩極：前者只注重肉體，後者卻看重心靈。Tomas 享受隨心所欲的自由，不願意承擔任何人，包括自己的孩子；對他來說，這種為自己而活的日子是輕省的。但對 Tereza 而言，她即使在「布拉格之春」發生後離開，她無法捨棄心愛的捷克土地，哪怕在日內瓦可以享受更自由及富裕的生活，也無法忍受不忠的丈夫四處留情。嫉妒或許正是讓她留在日內瓦卻無法滿足的原因？這本小說的角色提供了不同的面貌，在深思熟慮與帶有詩意的混亂中做出結論，輕與重兩者同樣令人難以承受，也很難作出真實的決定。

問題討論

（1）　Tomas 可以說是一個典型性上癮的角色，對他來說，性與愛有什麼分別？

（2）　Tereza 與 Tomas 對性愛的看法有何不同？為什麼 Tereza 與陌生人做愛後會產生厭己的想法，而 Tomas 則不會？

（3）　書中有一段寫到：「可是在每一個時代的愛情詩篇裡，女人總渴望壓在男人的身軀之下。也許最沉重的負擔同時也是一種生活最

為充實的象徵，負擔越沉，我們的生活也就越貼近大地，越趨近真切和實在。」你同意在大時代中，一段緊密的性關係是女性的渴望嗎？

(4) 書名為什麼叫做《生命中不能承受之輕》？「輕」是什麼，「重」又是什麼？書的介紹說：「重真的是殘酷嗎？輕就真的是美麗嗎？」你同意嗎？

議題4：卡通片裡的暴力問題

相關章節：第6.2.3節
紀錄片名稱：*The Killing Screens: Media and the Culture of Violence*
監製、導演：Sut Jhally
出版機構：Media Education Foundation
出品年份：1997

內容簡介

這套紀錄片並非針對媒介暴力如何在真實世界影響受眾的侵略行為，而是分析無處不在及習以為常的暴力媒介文化對受眾的心理、政治、社會及個體發展有什麼影響。此紀錄片主要以 George Gerbner 綜合二十年來暴力研究、特別是有關險惡世界症候（mean world syndrome）的理論作為分析架構，內容分為幾個部分，包括權力的故事、快樂暴力、暴力升級，暴力作為一種社會關係，暴力教曉我們的功課，在暴力文化環境下的公民、家長和老師如何回應。

在「快樂暴力」一節，內容提到兒童愛收看的卡通片如何渲染暴力，由於卡通片是虛擬的動畫，很多人低估甚至忽視其中暴力情節的真實性，特別是卡通片的暴力元素經常為了帶來喜劇效果。

Gerbner認為這種包裝其實是糖衣毒藥，特別是它帶來「快樂暴力」的效果，令受眾未有意識暴力帶來的傷害。但持相反意見者卻認為，卡通片的暴力效果其實是很瑣碎及微不足道的。這些評論者發現，在喜劇情節下包裝的卡通暴力，對受眾是否有影響要視乎以下幾項元素：

（1）**認知轉化**（cognitive transformation）：當喜劇與暴力元素同時出現，描寫的暴力通常與現實相去甚遠，例如打鬥流血沒有那麼真實，令暴力的真實性降低；而卡通建構的幻想世界，很難令受眾聯想熒幕的虛擬暴力會威脅個人安全（Kirsh 2006）。

（2）**架構處理**（schematic processing）：若受眾喜歡用個人的思考架構回應個人的經驗時，這些架構會提供慣性的回應機制，例如James Potter和Ron Warren（1998）提出對不同的媒體類型，受眾會套入不同的思考架構內，因此認為卡通片內的暴力不足為患。

（3）**顯著性**（priming）：當觀賞喜劇卡通時，與喜劇相關及與侵略行為相關的感覺會同時啟動，因此在內容同樣突出的情況下，暴力影響的效果會降低（Kirsh 2006）。

（4）**環境因素**（contextual factors）：施襲者與被害者的結局會影響受眾對暴力的觀感。若果被害人表現得很痛苦，觀眾很難視行使暴力為等閒之事；若果施襲者事後對自己的暴力行為感到後悔及內疚，觀眾會認同暴力是一種後果嚴重的行為；此外，暴力行為的結果是否獲得獎勵或者不被懲罰，亦會影響受眾的道德判斷（Kirsh 2006）。

根據Huesmann、Lagerspetz和Eron（1984）幾位研究員的分析，媒介所描繪的暴力情況愈真實，就愈有機會影響觀眾的暴力行為。若以此觀點去看幻想式的卡通影像，即使帶有暴力效果，亦屬於較為輕微。

議題5：未被留意的社會及家庭中的結構性暴力

相關章節：導言，圖0.1的具體例子

電影名稱：《天生不是寶貝》(*Precious*)

導演：Lee Daniels

出品年份：2009

內容簡介

　　故事改編自美國作家Sapphire的同名勵志小說，描述一個身世悲慘的黑人女孩怎樣排除萬難，勇敢生活下去。此片在不同的電影大獎中獲提名多種獎項，包括金球獎及奧斯卡金像獎。

　　電影名稱中文譯作《天生不是寶貝》，「寶貝」二字即女主角全名的其中一個名字Precious，可理解為珍貴，因此又名「珍愛」。她是一位住在美國紐約哈林區的16歲黑人女生，諷刺的是她絲毫得不到家人的珍愛，她身形肥胖，樣貌十分不討好，但與其他同齡少女一樣對愛情充滿幻想。她的出身十分不幸，自3歲起便遭母親的男友、即自己的生父性侵，母親不僅對此坐視不理，更遷怒女兒，認為她搶走了自己的男人，而珍愛也因此誕下兩個孩子。整日待在家中游手好閒的母親，每天都帶給主角精神和身體上的虐待。

　　家庭的不幸加上在社區面對的欺凌，珍愛的學業成績不理想，因二度懷孕被學校勒令退學，被迫轉到「另類學校」繼續就讀。在新學校裡，珍愛認識了關心學生的Blu Rain老師，讓她第一次感受到成年人的關懷及溫暖，學習上慢慢進步，漸漸重拾對人生的信心和盼望。

　　其後，社工發現珍愛遭受母親暴力和父親性侵的事實，於是撤銷珍愛母親的救濟金。珍愛生產第二胎回家後，母親因情緒失控，毆打珍愛。珍愛憤而離家出走，在老師幫助下入住中途之

家。後來母親前來探視，告知珍愛生父因愛滋病過世。珍愛經過檢查後，報告顯示她亦受到父親的愛滋病感染。

珍愛因此深受打擊，雖然只有16歲，她的人生已經驗了重重波折，因此忍不住在課堂上情緒崩潰。

《天生不是寶貝》的海報上寫著：「生活艱難，生命短暫，生活痛楚，生命豐富，生命寶貴……」而寶貴一字，就正正是片名的 *Precious*。《天生不是寶貝》的主題訴說生命的寶貴，即使生活當中有很多無奈，家庭出身及身材樣貌等不是個人可以選擇，但生活的態度卻是可以選擇的；即使生活艱難，命運拿珍愛開玩笑，她仍可以選擇與母親走一條截然不同的路，拒絕作一個不負責任的母親，也不自暴自棄，而是肩負作為母親的使命，過豐富充實的每一天。她生存的動力就是來自子女的愛、朋友的支持以及老師的愛。

問題討論

(1) 美國社會及文化是否蘊含一種制度上的間接暴力，對某一類人歧視，刻意遺忘及無理打壓？珍愛一家及其社區和學校，是否面對這些制度上的暴力？

(2) 珍愛個人面對的暴力包括哪幾部分？主要來源於什麼地方？為什麼會出現？

(3) 珍愛獲得力量的轉捩點從何而來？她如何化被動為主動，掌握自己的人生？

(4) 大眾傳媒在這套電影內發揮什麼作用？它如何塑造珍愛的個人意識，如何讓她逃避現實的苦痛？

(5) 你認為香港社會有沒有同樣來自制度（家庭、教育、社福機構）或文化（男女平等、大眾傳媒對女性形象的建構）的暴力？假若你是珍愛，你會怎樣做？

議題6：現代人的三種愛情態度

相關章節：第2.4.2節的具體例子

電影名稱：《雙面嬌娃》(*A Girl Cut in Two*)

導演：Claude Chabrol

出品年份：2007

內容簡介

　　這是一齣法國的黑色幽默愛情電影，導演以驚慄手法描寫男女在權力、性愛和慾望之間的攻防戰。簡單的二男一女配搭，三個角色分別是美貌女天氣報導員、富可敵國但精神失常的百萬富翁，以及比她大30歲的著名已婚作家才子。甜心少女周旋在兩男之間，先是少女愛上享受性自由的作家，甘於投入作家的婚外情；百萬富翁愛上少女卻不獲青睞，作家始亂終棄，少女最後嫁給百萬富翁，她的身體屬於富翁但心靈卻屬於作家，富翁因此懷恨作家，最後將作家殺掉，與少女離婚，造成三敗俱傷的結局。

　　作家其中一段對白："Sexuality is the greatest mystery in humanity"（性慾是人性最大之謎團），充分說明性慾及愛情如何徹底改變一個人。三個主角對愛情的態度，大概可以用三種角度來理解，正因為這些態度的不同，造成他們對愛情的偏執，導致悲劇的結局。

　　(1) **迷戀型**：即所謂的熱戀，內心及理智都沉迷情愛的熱度裡，理智主宰不了身體與心靈。因為迷戀，當事人變成一團火，燃燒自己亦燃燒別人，亦因為迷戀將愛人神化，願意將自己化作對方的奴隸，任人驅使，失去自己，沉醉在幻想中，對其他事物不感興趣，易被愛人操控，亦是造成悲劇的根源。

　　(2) **典型私慾型**：與前者相反，典型私慾型的戀愛模式是十分自我中心的，他們的愛是滿足自己的慾念，不重視與對方心靈溝

通，只希望佔有對方。若自己為獲得別人的慾望而受挫，他們會充滿仇恨，甚至做出非理性的行為。這類人是自己慾望的奴隸，被慾望捆綁著，最後失掉了自己。

(3) **非典型私慾型**：這些人可能是享樂主義者，追求身體上的歡愉，他們對愛情也是一種慾愛，但並非佔有慾；他們可以參與換妻遊戲，或將自己的性伴侶與他人分享。因為個人魅力，他們在情場上收放自如，只有他們控制別人，而不會被人控制。這種愛情是最不道德的，但卻擁有最高的自主性，當對方重獲理性時，亦是愛情關係告終之時。

以上三種戀愛態度，雖然不能包括所有人的戀愛觀，但亦有代表性。戀愛過程於渴望連結對方與保持自主之間拉鋸，特別在熱戀階段，戀愛者將自己與對方捆綁，可以蓋過失去自我的不快樂，例如向對方交代行蹤、沒經對方同意在社交媒體大曬幸福、要求伴侶更改圖像為雙人照等，一切在熱戀中變得理所當然，失去自己似乎問題不大；但熱戀期過後，個人理智恢復運作，關係中犧牲自我與現實中保持自我的衝突浮現，常見的是兩人「清醒」的時間不一，導致衝突頻繁出現，例如一方要另一方經常報到、交代與誰在一起做什麼等，但另一方覺得不被尊重，關係便容易亮起紅燈。

問題討論

(1) 這齣電影哪一個角色屬於迷戀型、典型私慾型及非典型私慾型？

(2) 三種戀愛態度有何特點？從故事的情節如何看出來？

(3) 你認為戀愛過程中，是否可以平衡投入愛情之餘，又保留自主？有什麼方法可以做到？

(4) 感性（戀/情）與理性（愛）兩者有何分別，又如何互補？什麼時候需要「情」，什麼階段「愛」更重要？當人在婚約中說「我願意」時，那是愛多一些還是情多一點？

參考資料

中文資料

BBC。2019年3月21日。〈色情物品如何影響女性和她們的性生活？〉。《BBC News 中文》，擷取自 https://www.bbc.com/zhongwen/simp/world-47636376。

─────。2017年12月1日。〈香港女性喊「#metoo」要跨過什麼欄？〉。《BBC News 中文》，擷取自 https://www.bbc.com/zhongwen/trad/chinese-news-42194531。

Branston, G., and R. Stafford. 1999. *The Media Student's Book*. 陳芸芸、楊意菁、張具雯譯，《媒體導論：學生手冊》。台北：韋伯文化事業。

Bruce Cat。2018年2月18日。〈《小男人周記三部曲》：不願長大的中產契弟〉。Medium.com，擷取自 https://reurl.cc/2bmVW98。

Cacao Mag。2016年9月25日。〈一位曾經是憤怒的男權主義者的自述〉，擷取自 https://www.facebook.com/notes/cacao-mag/%E4%B8%80%E4%BD%8D%E6%9B%BE%E7%B6%93%E6%98%AF%E6%86%A4%E6%80%92%E7%9A%84%E7%94%B7%E6%AC%8A%E4%B8%BB%E7%BE%A9%E8%80%85%E8%87%AA%E8%BF%B0/1183144305065651/。

Jhally, S. 1990. *The Codes of Advertising: Fetishism and the Political Economy of Meaning in the Consumer Society*. 馮建三譯，《廣告的符碼》。台北：遠流。

Sengupta, S.。2015年3月10日。〈聯合國報告：35%女性仍遭受暴力侵害〉。《紐約時報》，擷取自 https://cn.nytimes.com/world/20150310/c10women/。

Suey。2021年12月24日。〈台模因拍一張廣告相令事業嚴重受創！被大量品牌取消合作、連男友也提出分手〉。《Girl Style 女生日常》，擷取自 https://pretty.presslogic.com/article/587712/%E8%91%89%E5%AE%9B%E6%89%BF-%E5%8F%B0%E7%81%A3%E5%90%8D%E6%A8%A1。

Twenge J. M.。2006。曾寶瑩譯，《Me 世代》。台灣：遠流。

Vivian。2020年12月15日。〈懶人包：在成人網站找到失蹤的女兒！「被 Pornhub 毀掉的孩子」事件總整理〉，擷取自 https://www.ttshow.tw/article/75332。

人民網。2010年4月8日。〈CNN 炮轟《電車之狼》遭漫畫家投訴〉。《新浪遊戲》，擷取自 http://game.people.com.cn/GB/48601/48627/11321394.html。

「十八禁遊戲」。《香港網絡大典》，擷取自 https://evchk.fandom.com/wiki/H-Game。

中央通訊社。2018年6月19日。〈遊戲成癮妨礙日常生活 世衛組織列為新疾病〉，擷取自 https://www.cna.com.tw/news/firstnews/201806180265.aspx。

———。2017年5月17日。〈世衛：巴西青少年早夭主因暴力〉，擷取自 http://www.cna.com.tw/news/aopl/2017051700191-1.aspx。

中國青少年網絡協會。2010年1月。《2009年青少年網癮調查報告》，擷取自 https://mat1.gtimg.com/edu/pdf/wangyinbaogao.pdf。

中國新聞網。2007年7月22日。〈「史上最毒後媽」事件：是人性暴力還是網絡暴力？〉，擷取自 http://www.chinanews.com/sh/news/2007/07-22/984706.shtml。

《太陽報》。2004年7月25日。〈胖女遭棄屍列謀殺〉。擷取自 http://the-sun.on.cc/channels/news/20040725/20040725021919_0001.html。

文潔華。2005。〈奇女子狄娜〉。載羅貴祥、文潔華編，《雜嘜時代》，頁96–97。香港：牛津大學出版社。

王佐銘。2020年11月6日。〈一鍵脫衣還不夠！Deepfake 進化能做成人影片 色情網站決定封殺該軟體〉。《Yahoo! 新聞》，擷取自 https://reurl.cc/WXeNYk。

王玲寧。2009。《社會學視野下的媒介暴力效果研究》。上海：學林出版社。

王莧鳴。2015。《香港青年趨勢分析 2015》。香港：香港青年協會。

王詠芝。2016 年 6 月 10 日。〈史丹福性侵案受害者控訴文撼動美國社會 被告卻獲輕判而且緩刑〉。《風傳媒》，擷取自 https://www.storm.mg/article/128478。

世界衛生組織。《2014 年全球預防暴力狀況報告》，擷取自 https://reurl.cc/l5Eyb6。

北京晨報。2017 年 9 月 14 日。〈加拿大華裔遭男友強姦 學校僅罰男方2000 字論文〉。《每日頭條》，擷取自 https://kknews.cc/world/65oqn8l.html。

田彥。1984。〈沒落的偶像：八十年代看張徹〉。載《七十年代香港電影研究》，頁 41–43。香港：市政局。

石琪。2002。〈代序二〉。載黃愛玲編，《張徹回憶錄·影評集》，頁11。香港：香港電影資料館。

———。1996。〈六十年代粵語片、國語片之戰：玉女為何不敵打仔？〉。載《躁動的一代：六十年代粵片新星》，頁 27。香港：市政局。

———。1987。〈情慾的歷程：關於香港色情片的一些脈絡〉。載焦雄屏編著，《香港電影風貌：1975–1986》，頁 346–349。台北：時報出版。

百度百科。「強姦遊戲」，擷取自 http://baike.baidu.com/view/9750204.htm。

———。「新加坡電影分級制度」，擷取自 https://reurl.cc/WXeNYO。

———。「暴力美學」，擷取自 http://baike.baidu.com/view/23344.htm。

自然醒影院。2017 年 7 月 25 日。〈女權導演拍了一部「男權運動」的紀錄片，然後她懷疑人生了〉。《每日頭條》，擷取自 https://kknews.cc/zh-hk/entertainment/8ez5mln.html。

何思穎。2006。〈理想與現實之間的男性塑像：光藝的「難兄難弟電影」〉。載黃愛玲編，《現代萬歲——光藝的都市風華》，頁 66–69。香港：香港電影資料館。

余偉邦。2016年10月14日。〈特朗普狂言揭示強姦文化 美國右翼傳媒淡化校園性暴力〉。《香港01》。

余婉蘭。2016年3月8日。〈香港交友apps文化：認真你便輸了〉。《香港01》。

吳永康。2002。〈漫畫論壇——腥風血雨染江湖〉。載關啟文、蔡志森編，《失落的使命》，頁69。香港：宣道。

吳偉明。2012。〈從《街霸》與《拳皇》看日本電子遊戲在香港的本地化〉。載吳俊雄等編，《普普香港（一）：閱讀香港普及文化2000–2010》，頁373–382。香港：香港教育圖書。

吳馨恩。2016年4月25日。〈「所有人/性別都會被性侵」是打破迷思，還是「新新新強暴迷思」？〉。《立場新聞》，擷取自http://gdottv.com/main/archives/13572。

李子輝、周詠欣。2014年11月27日。〈電子遊戲：新Game加插召妓情節引起外界爭議〉。《東方日報》，擷取自https://hk.on.cc/hk/bkn/cnt/news/20141127/bkn-20141127213220461-1127_00822_001.html。

李怡。2014。《兩性關係小哲思》。香港：天地圖書。

李展鵬。2016年12月。〈香港有個黑社會——香港黑幫片中的政治意識〉。《電影欣賞》，第168–169期。

李梓媛。2020年3月23日。〈N號房懶人包——韓國26萬人付費圍觀74名性奴性虐8個重點認識慘案〉。《香港01》，擷取自https://reurl.cc/ARE2e8。

汪獻平。2008。《暴力電影：表達與意義》。北京：中國傳媒大學出版社。

林芳玫。2006。《色情研究》。台北：台灣商務印書館。

林超榮。2009。〈八十年代喜劇演變〉。載家明編，《溜走的激情：80年代香港電影》，頁168。香港：香港電影評論學會。

武桂杰。2009。《霍爾與文化研究》。北京：中央編譯出版社。

邱淑婷。2010。〈回歸後港產動作片的本土意識〉。載《中日韓電影：歷史、社會、文化》，頁3–24。香港：香港大學出版社。

姚偉雄。2012。〈被社會壓抑的尚武思維：漫畫《龍虎門》的技擊符號結構〉。載吳俊雄等編，《普普香港（一）：閱讀香港普及文化2000–2010》，頁355–366。香港：香港教育圖書。

柯倩婷。2010年1月。〈身體與性別研究：從波伏娃與巴特勒對身體的論述談起〉。《婦女研究論叢》，總第97期，頁71–77。

洛楓。2005。〈從玉女到Tomboy：論蕭芳芳的「林亞珍」形象〉。載羅貴祥、文潔華編，《雜嘜時代》。香港：牛津大學出版社。

風雨蘭。2013年5月。《香港婦女遭受暴力經驗調查2013》。香港：平等機會婦女聯席，擷取自 https://rainlily.org.hk/publication/wesv13。

《香港01》。2021年2月12日。「溏心風暴之家好月圓｜ 6段TVB劇情節涉亂倫 陳豪戀楊茜堯有問題？」，擷取自 https://www.hk01.com/sns/article/586843。

香港大學社會學系、新婦女協進會。2012。〈香港女性性生活調查初步報告〉。載吳俊雄等編，《普普香港（二）：閱讀香港普及文化2000–2010》，頁180–189。香港：香港教育圖書。

香港電台。「網上暴力」。《通識網》，擷取自 http://www.liberalstudies.hk/hongkong/ls_hongkong_82.php。

香港警務署。「罪案數字比較」，擷取自 https://www.police.gov.hk/ppp_tc/09_statistics/csc.html。

海邊欄。2020年10月10日。〈重訪《壞女孩》那年代的香港：紀念梅艷芳57歲冥壽〉。《關鍵評論》，擷取自 https://www.thenewslens.com/article/141659。

翁子光。2009。〈港男的蛹〉。載家明編，《溜走的激情：80年代香港電影》，頁174–175。香港：香港電影評論學會。

郝建。2005年4月。〈「暴力美學」的形式感營造及其心理機制和社會認識〉。《二十一世紀》，總第37期，擷取自 https://www.cuhk.edu.hk/ics/21c/media/online/0411025.pdf。

馬傑偉。1996。《電視與文化認同》。香港：突破。

高思雅。2005。〈過渡：七十年代香港電影與現代化〉。載羅貴祥、文潔華編，《雜嘜時代》，頁22。香港：牛津大學出版社。

國際中心。2015年8月18日。〈色情行業是全球最賺錢產業24項震驚事實報你知〉。《ETtoday新聞雲》，擷取自 https://www.ettoday.net/news/20150818/551160.htm#ixzz5bRdmWikc。

張建德。1996。〈兩面的時代：粵語片與精神分裂的六十年代〉。載《躁動的一代：六十年代粵片新星》，頁12–16。香港：市政局。

———。1984。〈李翰祥的犬儒美學〉。載《七十年代香港電影研究》，頁 92–93。香港：市政局。

張靚蓓。2002。《十年一覺電影夢：李安傳》。台北：時報出版。

張曉冰、陳少徐、黃艷蘋、程偉。2009。〈廣州市青少年網絡暴力遊戲狀況分析〉。《新聞界》，第 4 期，頁 22–24。

張錦華。2002。《女為悦己者瘦：媒介效果與主體研究》。台北：正中書局。

梁淑貞。2014 年 4 月 26 日。〈性暴力五年新高〉。《太陽報》，擷取自 http://the-sun.on.cc/cnt/news/20140426/00407_060.html。

梁款。1997。《文化再拉扯：跟紅頂白》。香港：香港人文科學出版社。

清華大學寫作中心。2008。〈現代「性」創傷——以陳冠希自拍事件為例〉，頁 8，擷取自 http://writcent.nthu.edu.tw/writcent/uploaded_files/view/61。

許樂。2010 年 4 月。〈漸行漸變 漸行漸遠：談香港動作片價值理念的演變〉。《電影藝術》，第 333 期，頁 65–69。

———。2009。《香港電影的文化歷程 1958–2007》。北京：中國電影出版社。

陳韻博。2013。《暴力網遊對中國內地青少年影響的實證研究》。香港：香港中文大學新聞與傳播學院未出版博士論文。

陳碧雲。2010。〈網絡遊戲暴力對大學生攻擊行為的影響研究〉。《中國科教創新導刊》，第 20 期，頁 13–17。

陳慶滿。2012。〈色情廣告對香港兒童及青少年的心理影響〉。載關啟文、蔡志森編，《失落的使命》，頁 11。香港：宣道。

陶傑。2017 年 11 月 30 日。〈兄弟姊妹站出來〉，擷取自 https://www.facebook.com/tokit.channel/posts/1733222273416955/。

麥勁生。2005。〈張徹七十年代後期作品的人體美學〉。載羅貴祥、文潔華編，《雜嘜時代》。香港：牛津大學出版社。

彭麗君。2018。〈新亞洲電影及其暴力的循環流轉〉。載《黃昏未晚：後九七香港電影》。香港：香港中文大學出版社。

———。2018。〈銀河影像的男性形象與男性關係網〉。載《黃昏未晚：後九七香港電影》。香港：香港中文大學出版社。

曾凡林、戴巧雲、湯盛欽、張文淵。2004。〈觀看電視暴力對青少年攻擊行為的影響〉。《中國臨床心理學雜誌》，第1期，頁41–47。

曾蕭良。2003。〈解構暴力美學〉，擷取自 http://cart.ntua.edu.tw/upload/paj/paj2003/200302.pdf。

植物代理人。2017年3月29日。〈盤點10個情色產業最發達的國家〉。《Looker》，擷取自 http://www.nowlooker.com/post_02202281585.html。

游靜。2005。《性別光影：香港電影中的性與性別文化研究》。香港：香港電影評論學會。

焦雄屏。2005。〈現代英雄與反英雄〉。載羅貴祥、文潔華編，《雜嘜時代》，頁35–36。香港：牛津大學出版社。

———。1987。〈女性的角色與男女關係〉。載焦雄屏編著，《香港電影風貌：1975–1986》，頁251–268。台北：時報出版。

———。1987。〈暴力電影〉。載焦雄屏編著，《香港電影風貌：1975–1986》，頁305–307。台北：時報出版。

賀建平、趙曉燕、黃肖肖。2009。〈網絡暴力遊戲與青少年暴力行為的相關性〉。《新聞界》，第1期，頁42–45。

雅蘭。2012。《壓抑到泛濫：中國性趨勢解密》。中國：心鼓手出版。

馮禮慈。1981年1月8日。〈香港電影暴力的研討會〉。《香港電影雙周刊》，第51期。

黃哲民。2013年6月22日。〈土耳其淫郎王凱傑收押〉。台灣《蘋果日報》。

黃淑嫻。1999。〈譚家明的探索——二十年前為新女性做像的嘗試〉。載《香港電影新浪潮：二十年後的回顧》。香港：臨時市政局。

黃愛玲。1997。〈弱質娉婷話女流〉。載《粵語文藝片回顧1950–1969》。香港：市政局。

新浪網全球新聞。2013年7月17日。〈波士頓馬拉松爆炸案嫌犯登滾石雜誌封面〉，擷取自 http://dailynews.sina.com/bg/ent/hollywood/phoenixtv/20130717/17504758189.html。

維基百科。「#MeToo運動」，擷取自 https://en.wikipedia.org/wiki/Me_Too_movement。

———。「中聯影業公司」，擷取自 https://reurl.cc/V31lLN。

———。「天生殺人狂電影」，擷取自 https://en.wikipedia.org/wiki/List_of_alleged_Natural_Born_Killers_copycat_crimes。

———。「木子美」，擷取自 https://zh.wikipedia.org/wiki/%E6%9C%A8%E5%AD%90%E7%BE%8E。

———。「男權運動」，擷取自 https://zh.wikipedia.org/zh-hk/%E7%94%B7%E6%9D%83%E8%BF%90%E5%8A%A8。

———。「秀茂坪童黨燒屍案」，擷取自 https://reurl.cc/5o8Vgy。

———。「性暴力」，擷取自 https://zh.wikipedia.org/wiki/%E6%80%A7%E6%9A%B4%E5%8A%9B。

———。「芙蓉姐姐」，擷取自 https://zh.wikipedia.org/wiki/%E8%8A%99%E8%93%89%E5%A7%90%E5%A7%90。

———。「強暴文化」，擷取自 https://en.wikipedia.org/wiki/Rape_culture。

———。「強暴迷思」，擷取自 https://en.wikipedia.org/wiki/Rape_myth。

———。「情色」，擷取自 https://zh.wikipedia.org/wiki/%E6%83%85%E8%89%B2。

———。「傳媒報道藝人床照事件」，擷取自 http://evchk.wikia.com/wiki/傳媒報道藝人床照事件。

———。「維多利亞壹號」，擷取自 https://reurl.cc/a5ag27。

———。「慾海肥花」，擷取自 https://reurl.cc/l0ZlVl。

蒲鋒、劉嶸合編。2012。《立善為師：黃飛鴻電影研究》。香港：香港電影資料館。

劇透社。2021。〈細數TVB重口味〉，擷取自 https://www.sohu.com/a/450573654_165575。

劉文。2015年4月28日。〈解放乳頭，大眾傳媒，以及後性解放女權運動的困境，論述台灣分析亞太的激進新觀點〉。《關鍵評論》，擷取自 https://www.thenewslens.com/article/15489。

劉志原。2013年9月2日。〈淫魔富少李宗瑞明宣判 他將親自出庭〉。台灣《蘋果日報》。

劉澤謙。2015年9月30日。〈調查指美國近1/4大學生曾遭性侵 僅部份受害人敢挺身指證〉。《關鍵評論》，擷取自 https://www.thenewslens.com/article/25367。

歐哥聊電影。2017年12月5日。〈香港暴力美學電影的開創者 —— 張徹〉。《每日頭條》，擷取自 https://kknews.cc/zh-hk/entertainment/2vge3ag.html。

潘雨晴。2016年6月20日。〈為何美國名校屢屢發生性侵案？〉。《觀察者》，擷取自 https://www.guancha.cn/PanYuQing2/2016_06_20_364648_2.shtml。

澄雨。1984。〈李小龍：神話還原〉。載《七十年代香港電影研究》。香港：市政局。

蔡玉萍。2018年11月20日。〈回顧「#MeToo」：批評與貢獻〉。《香港獨立媒體》，擷取自 https://www.inmediahk.net/node/1060720。

蔡婧嫣。2020年5月6日。〈印度駭人群組「男孩更衣室」：100位名校高中生相約輪姦女同學！輿論憂「強姦文化製造出怪物」〉。《風傳媒》，擷取自 https://www.storm.mg/article/2605017。

蔡雁雯、蘇蘅。2016年7月。〈性侵報導的強暴迷思與轉變〉。《新聞學研究》，第128期，頁85–134，擷取自 http://mcr.nccu.edu.tw/word/4337242016.pdf。

黎傑。1987。〈「第三眼」看暴力電影〉。載焦雄屏編著，《香港電影風貌：1975–1986》，頁308–309。台北：時報出版。

盧偉力。2002。〈張徹武打電影的男性暴力與情義〉。發表於「第二屆邵氏兄弟電影國慶學術研討會」。香港：香港浸會大學。

賴文遠。2005年8月。〈各國電影分級制度之概述〉。《應用倫理研究通訊》，第35期，頁33–38，擷取自 http://in.ncu.edu.tw/phi/NRAE/newsletter/no35/05.pdf。

聯合新聞網。2020年12月15日。〈Pornhub斷尾求生：紐約時報後自刪了超過半數1000萬部影片〉，擷取自 https://udn.com/news/story/7086/5093401。

邁克。2006。〈性樂趣的可能 —— 謝賢作為香港男明星的深層意義〉。載黃愛玲編，《現代萬歲 —— 光藝的都市風華》，頁52–59。香港：香港電影資料館。

———。1997。〈強姦男人的女人〉。載《粵語文藝片回顧1950–1969》，頁34–36。香港：市政局。

羅貴祥。2005。〈前言〉。載羅貴祥、文潔華編,《雜嘜時代》,頁2–3。香港:牛津大學出版社。

———。2005。〈七十年代香港電影裡的硬女子〉。載羅貴祥、文潔華編,《雜嘜時代》,頁108。香港:牛津大學出版社。

羅維明。1997。〈流淚的時候〉。載《粵語文藝片回顧1950–1969》,頁23。香港:市政局。

羅燦煐。1996。〈強暴迷思與兩性平等〉。載謝臥龍編,《兩性,文化與社會》。台北:心理。

關啟文。2002。〈童黨燒屍案:誰之過?〉。載關啟文、蔡志森編,《失落的使命》,頁55。香港:宣道。

蘇蘅。2002。〈新聞裡的罪與罰——報紙與電視新聞如何再現青少年犯罪〉。《新聞學研究》,第64期,頁1–32。

《觀察者》。2013年10月26日。〈英國首相施壓Facebook被迫嚴管暴力內容〉,擷取自https://www.guancha.cn/Media/2013_10_26_181238.shtml。

英文資料

Adams, C. 1990. *The Sexual Politics of Meat: A Feminist-Vegetarian Critical Theory.* New York: Continuum.

Aftab, P. 2019. *Cyberbullying*, Part I and Part II, retrieved from https://www.youtube.com/watch?v=A57EV4ER6jk and https://www.youtube.com/watch?v=WaFngJ_J_iM.

Allen, E., and D. Felluga. n.d. "General Introduction to Theories of Gender and Sex," retrieved from https://www.cla.purdue.edu/English/theory/genderandsex/modules/introduction.html.

Allen, M., et al. 1995. "A Meta-Analysis Summarizing the Effects of Pornography: Aggression after Exposure." *Human Communication Research* 22(2): 238–258.

Allen, V. L., and D. B. Greenberger. 1979. "Enjoyment of Destruction: The Role of Uncertainty." *Journal of Non-Verbal Behavior* 4(2): 87–96.

Alvarez, A., and R. Bachman. 2017. *Violence: The Enduring Problem*, 3rd ed. Los Angeles: Sage.

American Psychological Association. 2005. "Executive Summary." *Report of the APA Task Force on the Sexualization of Girls*, p. 1, retrieved from https://www.apa.org/pi/women/programs/girls/report.

Anderson, A., et al. 2010. "Violent Video Game Effects on Aggression, Empathy, and Prosocial Behavior in Eastern and Western Countries." *Psychological Bulletin* 136: 151–173.

Anderson, N., and S. Clement. 2015, June 12. "1 in 5 College Women Say They Were Violated." *The Washington Post*, retrieved from https://www.washingtonpost.com/sf/local/2015/06/12/1-in-5-women-say-they-were-violated/.

Arnheim, R. 1974. *Art and Visual Perception: A Psychology of the Creative Eye*. Berkeley: University of California Press.

Attwood, F. 2006. "Sexed Up: Theorizing the Sexualization of Culture." *Sexualities* 9(1): 77–94.

Baker, K. 2016, June 4. "Here's the Powerful Letter the Stanford Victim Read to Her Attacker." BuzzFeed News, retrieved from https://www.buzzfeed news.com/article/katiejmbaker/heres-the-powerful-letter-the-stanford-victim-read-to-her-ra.

Baker, M. 2001. "The Newson Report: A Case Study in "Common Sense." In M. Baker and J. Petley, eds., *Ill Effects: The Media/Violence Debate*, 2nd ed., pp. 27–46. London: Routledge.

Bandura, A. 1999. "Moral Disengagement in the Perpetration of Inhumanities." *Personality and Social Psychology Review* 3: 193–206.

———. 1986. *Social Foundations of Thought and Action: A Social Cognitive Theory*. Englewood Cliffs, NJ: Prentice Hall.

———. 1968. "What TV Violence Can Do to Your Child?" In Otto N. Larsen, ed., *Violence and the Mass Media*, pp. 123–139. New York: Harper & Row.

Barber, N. 2009, April 14. "Sexual Liberation: Whose Sexuality Is Liberated, Men's or Women's?" *Psychology Today*, retrieved from https://www.psychologytoday.com/blog/the-human-beast/200904/sexual-liberation-whose-sexuality-is-liberated-mens-or-womens.

Barn, R., and R. A. Powers. 2018. "Rape Myth Acceptance in Contemporary Times: A Comparative Study of University Students in India and the United Kingdom." *Journal of Interpersonal Violence* (May 2018).

Bartky, S. L. 1990. *Femininity and Domination: Studies in the Phenomenology of Oppression*. New York: Routledge.

Bass, A. 1992, February 24. "Women Far Less Likely to Kill Than Men; No One Sure Why." *The Boston Globe*, p. 27.

BBC Trending. 2017. "The Disturbing YouTube Videos that Are Tricking Children," retrieved from https://www.bbc.com/news/blogs-trending-39381889.

Beauvoir, S. 1972. *The Second Sex*. Translated and edited by H. M. Parshley. Harmondsworth: Penguin.

Benedict, H. 1992. *Virgin or Vamp: How the Press Covers Sex Crimes*. New York: Oxford University Press.

Berger, A. 1991. *Media Analysis Techniques*. New Bury: Sage.

Black, J. 1991. *The Aesthetics of Murder: A Study in Romantic Literature and Contemporary Culture*. Baltimore: John Hopkins University Press.

Blumler, J., and E. Katz, eds. 1974. *The Uses of Mass Communications*. Beverly Hills: Sage.

Boellstorff, T. 2008. *Coming of Age in Second Life: An Anthropologist Explores the Virtually Human*. Princeton, NJ: Princeton University Press.

Bok, S. 1998. *Mayhem: Violence as Public Entertainment*. Reading, MA: Addison-Wesley.

Bonino, S., S. Ciairano, E. Rabaglietti, and E. Catterlino. 2006. "Use of Pornography and Self-Reported Engagement in Sexual Violence Among Adolescents." *European Journal of Developmental Psychology* 3: 265–288.

de Botton, A. 2012. *How to Think More about Sex?* London: The School of Life.

Bourdieu, P. 1985. "The Forms of Capital." In G. Richardson, ed., *Handbook of Theory of Research for the Sociology of Education*, p. 56. New York: Greenwood Press, 1986.

Branston, G., and R. Stafford. 2010. *The Media Student's Book*, 5th ed. NY: Routledge.

Bridges, A. J. 2010. "Pornography's Effects on Interpersonal Relationship." In *The Social Costs of Pornography: A Collection of Papers*. Princeton, NJ: Witherspoon Institute.

Bristow, J. 1997. *Sexuality*. London: Routledge.

Brown, A. 2015. *Sexuality in Role-Playing Games*. London: Routledge.

Brown, A., and R. Gallagher. 2018. "Gaming and Sex." In P. Nixon and I. Dusterhoft, eds., *Sex in the Digital Age*, pp. 191–200. London: Routledge.

Brownmiller, S. 1975. *Against Our Will: Men, Women, and Rape*. New York: Fawcett Columbine.

Bruder, M. 1998. *Aestheticizing Violence, or How to Do Things with Style*, retrieved from http://www.gradnet.de/papers/pomo98.papers/mtbruder98.htm.

Brumberg, J. 1997. *The Body Project: An Intimate History of American Girls*. New York: Vintage.

Bryant, J., and S. Rockwell. 1994. "Effects of Massive Exposure to Sexually Oriented Prime-Time Television Programming on Adolescents' Moral Judgment." In D. Zillmann, J. Bryant, and A. Huston, eds., *Media, Children, and the Family*, pp. 183–195. Hillsdale, NJ: Lawrence Erlbaum.

Bryant, J., and D. Zillmann, eds. 1994. *Media Effects: Advances in Theory and Research*. New Jersey: Lawrence Erlbaum Associates.

Buerkel-Rothfuss, N. L., J. S. Strouse, G. Pettey, and M. Shatzer. 1993. "Adolescents' and Young Adults' Exposure to Sexually Oriented and Sexually Explicit Media." In B. S. Greenberg, J. D. Brown, and N. L. Buerkel-Rothfuss, eds., *Media, Sex, and the Adolescent*, pp. 99–113. Cresskill, NJ: Hampton.

Butler, J. 2020. *The Force of Non-violent Force: An Ethico-political Bind*. London: Verso.

———. 1990. *Gender Trouble: Feminism and the Subversion of Identity*. New York: Routledge.

———. 1988. "Performative Acts and Gender Constitution." *Theatre Journal* 40(4): 519–531.

Burt, M. R. 1980. "Cultural Myths and Supports for Rape." *Journal of Personality and Social Psychology* 38(2): 217–230.

Burton, G. 2005. *Media and Society: Critical Perspective*. UK: Open University Press.

Calogero, R. M. 2012. "Objectification Theory, Self-Objectification, and Body Image." *Encyclopedia of Body Image and Human Appearance*, pp. 574–580.

Carnagey, N. L., and C. A. Anderson. 2004. "Violent Video Game Exposure and Aggression: A Literature Review." *Minerva Psichiatrica* 45: 1–18.

Carroll, J. S., et al. 2008. "Generation XXX: Pornography Acceptance and Use among Emerging Adults." *Journal of Adolescent Research* 23(1): 6–30.

Carter, C., and K. Weaver. 2003. *Violence and the Media*. Buckingham: Open University Press.

Casserly, M. 2012, November 14. "Are Men the Latest Victims of Media Misrepresentation?" *Forbes*, retrieved from https://www.forbes.com/sites/meghancasserly/2012/11/14/are-men-the-latest-victims-of-media-misrepresentation.

Chen, J. 2010. "Finally Some Actual Stats on Internet Porn," retrieved from https://gizmodo.com/5552899/finally-some-actual-stats-on-internet-porn.

Cline, B. V. 2001. "Pornography's Effects on Adults and Children," retrieved from http://zh.scribd.com/doc/20282510/Dr-Victor-Cline-Pornography-s-Effects-on-Adults-and-Children.

Cohen, S. 1972. *Folk Devils and Moral Panic*. London: Paladin.

Daneback, K., M. W. Ross, S.-A. Månsson, et al. 2006. "Characteristics and Behaviors of Sexual Compulsives Who Use the Internet for Sexual Purposes." *Sexual Addiction & Compulsivity* 13(1): 53–67.

Day, G. 1988. "Looking at Women: Notes toward a Theory of Porn." In G. Day and C. Bloom, eds., *Perspective on Pornography: Sexuality in Film and Literature*. London: Macmillan.

Decker, J. S. 2015. *The Invisible Orientation: An Introduction to Asexuality*. NY: Skyhorse.

DeFleur, M., and S. Ball-Rokeach. 1975. *Theories of Mass Communication*, 3rd ed. New York: Longman.

D'Emilio, J., and E. B. Freedman. 1997. *Intimate Matters: A History of Sexuality in America*, 2nd ed. Chicago: University of Chicago Press.

Dietz, T. L. 1998. "An Examination of Violence and Gender Role Portrayals in Video Games: Implications for Gender Socialization and Aggressive Behavior." *Sex Roles* 38: 425–441.

Dines, G. 2010. *Pornland: How Porn Has Hijacked Our Sexuality*. Boston: Beacon Press.

Donnerstein, E. 2011. "The Media and Aggression: From TV to the Internet." In J. Forgas, A. Kruglanski, and K. Williams, eds., *The Psychology of Social Conflict and Aggression*. New York: Psychology Press.

Donnerstein, E., and L. Berkowitz. 1981. "Victim Reaction in Aggressive Erotic Films as a Factor in Violence against Women." *Journal of Personality and Social Psychology* 32(4): 710–724.

Doring, N. M. 2009. "The Internet's Impact on Sexuality: A Critical Review of 15 Years of Research." *Computers in Human Behavior* 25, 1089–1101.

Drouin, M., and E. Gobin. 2014. "Unwanted but Consensual Sexting among Young Adults: Relations with Attachment and Sexual Motivations." *Computers in Human Behavior* 31: 412–418.

Drouin, M., J. Ross, and E. Gobin. 2015. "Sexting: A New Digital Vehicle for Intimate Partner Aggression?" *Computers in Human Behavior* 50: 197–204.

Durkheim, E. 1993. *The Division of Labor in Society*. Translated by G. Simpson. New York: The Free Press.

Dworkin, A. 1992. "Against the Male Flood: Censorship, Pornography and Equality." In C. Itzin, ed., *Pornography*. Oxford, UK: Oxford University Press.

———. 1979. *Pornography: Men Possessing Women*. New York: Penguin.

Dworkin, R. 1995. "Do We Have a Right to Pornography?" In S. Dwyer, ed., *The Problem of Pornography*. Belmont, CA: Wadsworth.

Eberstadt, M., and M. Layden. 2010. *The Social Costs of Pornography*. New Jersey: Witherspoon Institute.

Elshtain, J. B. 1981. *Public Man, Private Woman*. Princeton, NJ: Princeton University Press.

Evans, A., and S. Riley. 2015. *Technologies of Sexiness: Sex, Identity and Consumer Culture*. New York: Oxford University Press.

Eysenck, H. J., and D. K. B. Nias. 1978. *Sex Violence and the Media*. Great Britain: Maurice Temple Smith.

Federman, J., ed. 1998. *National Television Violence Study*, vol. 3. Center for Communication and Social Policy, University of California, Santa Barbara.

———, ed. 1996/1997. *National Television Violence Study*, vols. 1 and 2. Studio City, CA: Mediascope.

Ferguson, C. J. 2011. "Sexting Behaviors among Young Hispanic Women: Incidents and Association with Other High-Risk Sexual Behaviors." *Psychiatric Quarterly* 82: 239–243.

Ferguson, C. J., and J. Kilburn. 2010. "Much Ado about Nothing: The Mis-estimation and Over-interpretation of Violent Video Game Effects in

Eastern and Western Nations: Comment on Anderson et al. 2010." *Psychological Bulletin* 136(2): 174–178.

———. 2009. "The Public Health Risks of Media Violence: A Meta-Analytic Review." *The Journal of Pediatrics* 154(5): 759–763.

Feshbach, S., and R. D. Singer. 1971. *Television and Aggression: An Experimental Field Study.* San Francisco: Jossey-Bass.

Foucault, M. 1988. "Technologies of the Self." In L. H. Martin, H. Gutman, and P. H. Hutton, eds., *A Seminar with Michel Foucault*, pp. 14–49. Amherst: University of Massachusetts Press.

———. 1976. *The History of Sexuality: An Introduction*, vol. 1. Translated by Robert Hurley. New York: Vintage.

Frankl, G. 1974. *The Failure of the Sexual Revolution.* London: Kahn & Averill.

Fredrickson, B. L., and T. Roberts. 1997. "Objectification Theory: An Explanation for Women's Lived Experience and Mental Health Risk." In T. Roberts, ed., *The Lanahan Readings in the Psychology of Women*, 2nd ed. Baltimore, MD: Lanahan.

Fredrickson, B. L., T. A. Roberts, S. N. Noll, D. M. Quinn, and J. M. Twenge. 1998. "That Swimsuit Becomes You: Sex Differences in Self-Objectification, Restrained Eating, and Math Performance." *Journal of Personality and Social Psychology* 75: 269–284.

Freedman, J. 2002. *Media Violence and Its Effect on Aggression: Assessing the Scientific Evidence.* Toronto: University of Toronto Press.

Frith, K., P. Shaw, and H. Cheng. 2005. "The Construction of Beauty: A Cross-Cultural Analysis of Women's Magazine Advertising." *Journal of Communication* 55(1): 56–70.

Fullick, M. 2013. "Gendering the Self in Online Dating Discourse." *Canadian Journal of Communication* 38(4): 545–562.

Galovan, A., M. Drouin, and B. McDaniel. 2018. "Sexting Profiles in the United States and Canada: Implications for Individual and Relationship Well-Being." *Computers in Human Behavior* 79: 19–29.

Gee, J. P. 2007. "Pleasure, Learning, Video Games, and Life: The Projective Stance." In M. Knobel and C. Lankshear, eds., *A New Literacies Sampler*, pp. 95–113. New York: Peter Lang.

Gentile, D. A., C. A. Anderson, and S. Yukawa. 2009. "The Effects of Prosocial Video Games on Prosocial Behaviors: International Evidence from Correlational, Longitudinal, and Experimental Studies." *Personality and Social Psychology* 35(6): 752–763.

Gerbner, G. 1980. "The 'Mainstreaming' of America: Violence Profile No. 11." *Journal of Communication* 30(3): 10–29.

Gerbner, G., and L. Gross. 1976. "Living with Television: The Violence Profile." *Journal of Communication* 26: 173–199.

Gilligan, J. 1996. *Violence: Our Deadly Epidemic and Its Causes.* New York: G. P. Putman.

Goffman, E. 1979. *Gender Advertisements.* New York: Harper & Row.

Goldon-Messer, D., J. Bauermeister, A. Grodzinski, and M. Zimmerman. 2013. "Sexting among Young Adults." *Journal of Adolescent Health* 52: 301–306.

Greenberg, B., R. Linsangan, and A. Soderman. 1993. "Adolescents' Reactions to Television Sex. In B. S. Greenberg, J. D. Brown, and N. L. Buerkel-Rothfuss, eds., *Media, Sex, and the Adolescent*, pp. 196–224. Cresskill, NJ: Hampton.

Greeson, L., and R. Williams. 1987. "Social Implications of Music Videos for Youth: An Analysis of the Content and Effects of MTV." *Youth & Society* 18(2): 177–189.

Griffin, E. 1991. *A First Look at Communication Theory.* New York: McGraw Hill.

Grizzard, M. 2013. "User Trend towards Aggressive Games." In M. Eastin, ed., *Encyclopedia of Media Violence*, pp. 363–365. Thousand Oaks: Sage.

Grønstad, A. 2000. *Transfigurations: Violence, Death and Masculinity in American Cinema.* Amsterdam: Amsterdam University Press.

Grossman, D., and G. DeGaetano. 1999. *Stop Teaching Our Kids to Kill: A Call to Action against TV, Movie, and Video Game Violence.* New York: Crown.

Gunter, B. 1994. "The Question of Media Violence." In J. Bryant and D. Zillmann, eds., *Media Effects: Advances in Theory and Research*, p. 164. New Jersey: Lawrence Erlbaum Association.

———. 1985. *Dimensions of Television Violence.* Aldershot, England: Gower.

Hakim, C. 2010. "Erotic Capital." *European Sociological Review* 26(5): 499–518.

Hald, G. M. 2013. "Sex in Media, Effects on Society." In M. Eastin, ed., *Encyclopedia of Media Violence*, pp. 327–329. Thousand Oaks: Sage.

Hall, S. 1981. "Notes on Deconstructing the Popular." In R. Samuel, ed., *People's History and Socialist Theory*, p. 235. London: Routledge.

Hamilton, J. T. 1998. *Channeling Violence: The Economic Market for Violent Television Programming*. Chichester: Princeton University Press.

Hardt, H. 1992. *Critical Communication Studies: Communication, History, and Theory in America*. London: Routledge.

Henderson, L., and E. Morgan. 2011. "Sexting and Sexual Relationships among Teens and Young Adults." *McNair Scholars Research Journal* 7: 31–39.

Hess, A. 2015. "The Selfie Assemblage." *International Journal of Communication* 9: 1629–1646.

Hill, A. 1997. *Shocking Entertainment: Viewer Response to Violent Movies*: Luton: University of Luton Press.

Hill, C. 2009. *Human Sexuality: Personality and Social Psychological Perspectives*. Los Angeles: Sage.

Hill, R. 2014, December 2. "Sex Revolution Then and Now: Hook-Ups from 1964 to Today." *Time Magazine*.

Hinduja, S., and J. W. Patchin. 2009. *Bullying beyond the Schoolyard: Preventing and Responding to Cyberbullying*. Thousand Oaks, CA: Sage.

Hock, R. 2010. *Human Sexuality*, 2nd ed. NJ: Pearson Education.

Huesmann, L. R. 1998. "The Role of Social Information Processing and Cognitive Schema in the Acquisition and Maintenance of Habitual Aggressive Behavior." In R. G. Green and E. Donnerstein, eds., *Human Aggression: Theories, Research, and Implications for Policy*, pp. 73–109. New York: Academic Press.

Huesmann, L. R., and L. D. Eron, eds. 1986. *Television and the Aggressive Child: A Cross-National Comparison:* Hillsdale, NJ: Lawrence Erlbaum Associates.

Huesmann, L. R., L. D. Eron, A. Klein, P. Brice, and P. Fischer. 1983. "Mitigating the Imitation of Aggressive Behaviors by Changing Children's Attitudes about Media Violence." *Journal of Personality and Social Psychology* 44: 899–910.

Huesmann, L. R., K. Lagerspetz, and L. D. Eron. 1984. "Intervening Variables in the TV Violence–Aggression Relation: Evidence from Two Countries." *Developmental Psychology* 20(5): 746–775.

Hughes, J., and W. Sharrock. 1990. *The Philosophy of Social Research*, 3rd ed. London: Longman.

Huston, A., E. Wartella, and F. Donnerstein. 1998. *Measuring the Effects of Sexual Contents in the Media: A Report to the Kaiser Family Foundation*, retrieved from https://eric.ed.gov/?id=ED445363.

Iadicola, P., and A. Shupe. 2012. *Violence, Inequality and Human Freedom*. Lanham, MD: Rowman & Littlefield.

Ito, M., S. Baumer, M. Bittanti, D. Boyd, R. Cody, B. Herr-Stephenson, and L. Ripp. 2010. *Hang Out, Messing Around, and Geeking Out: Kids Living and Learning with New Media*. Cambridge: MIT Press.

James, J. 2018. "Love at Our Fingertips." In P. Nixon and I. Dusterhoft, eds., *Sex in the Digital Age*, pp. 57–67. London: Routledge.

Jhally, S. 2007. *Dreamworlds 3: Desire, Sex, and Power in Music Video*. Directed by Sut Jhally. Northampton, MA: Media Education Foundation.

———. 2002. *The Killing Screens: Media and the Culture of Violence* (video). Northampton, MA: Media Education Foundation.

Jia, X., F. Gang, H. Hui, et al. 2019. "Rape Myths and the Cross-Cultural Adaptation of the Illinois Rape Myth Acceptance Scale in China." *Journal of Interpersonal Violence* 34(7): 1428–1460, retrieved from https://doi.org/10.1177/0886260516651315.

Johnson, K, C., and S. Taylor. 2017. *The Campus Rape Frenzy: The Attack on Due Process at America's Universities*. New York: Encounter Book.

Kamalipour, Y. R., and R. R. Kuldip, eds. 2001. *Media, Sex, Violence, and Drugs in the Global Village*. Lanham: Rowman and Littlefield.

Katz, E. 1957. "The Two-Step Flow of Communication: An Up-to-Date Report on a Hypothesis." *Public Opinion Quarterly* 21: 61–78.

Katz, J. 2002. *Tough Guise: Violence, Media and the Crisis in Masculinity*. Northampton, MA: Media Education Foundation.

Kestenbaum, G. I., and L. Weinstein. 1985. "Personality, Psychopathology, and Developmental Issues in Male Adolescent Video Game Use." *Journal of the American Academy of Child Psychiatry* 24(3): 329–333.

Kilbourne, J. (creator), J. Vitagliano, and P. Stallone (producer/director). 1979. *Killing Us Softly: Advertising's Image of Women* (documentary). Distributed by Media Education Foundation.

―――. 1987. *Still Killing Us Softly: Advertising's Image of Women* (documentary). Distributed by Cambridge Documentary Film.

Kimball, M. M. 1986. "Television and Sex-Role Attitudes." In T. M. Williams, ed., *The Impact of Television: A Natural Experiment in Three Communities*, pp. 265–301. Orlando, FL: Academic Press.

Kinsey, A. C., W. B. Pomeroy, and C. E. Martin. 1948. *Sexual Behavior in the Human Male*. Philadelphia: Saunders.

Kirkendall, L., and R. Whitehurst. 1971. *The New Sexual Revolution*. New York: D. W. Brown.

Kirsch, S. J. 2006. "Cartoon Violence and the Aggression of Youth." *Aggression and Violent Behaviors* 11(6): 547–557.

Klapper, J. 1960. *The Effects of Mass Communication.* New York: Free Press.

Kowalski, R., S. Limber, and P. Agatston. 2008. *Cyber Bullying*. US: Blackwell.

Kutchinsky, B. 1973. "The Effect of Easy Availability of Pornography on the Incidence of Sex Crimes: The Danish Experience." *Journal of Social Issues* 29: 163–181.

Lasswell, H. 1938. *Propaganda Technique in the World War*. MA: MIT Press.

Lazarsfeld, P., B. Berelson, and H. Gaudet. 1948. *The People's Choice*. New York: Columbia University Press.

Lea, J., and J. Young. 1993. *What Is to Be Done about Law and Order?* London: Pluto Press.

Lefkowitz, M. M., L. D. Eron, L. Q. Walder, and L. R. Huesmann. 1977. *Growing up to Be Violent: A Longitudinal Study of the Development of Aggression.* New York: Pergamon Press.

Levinson, J. 2012. "Is Pornographic Art Comparable to Religious Art? Reply to Davies." In H. Maes and J. Levinson, eds., *Art and Pornography: Philosophical Essays*, retrieved from http://www.oxfordscholarship.com/ view/10.1093/acprof:oso/9780199609581.001.0001/acprof-97801996 09581-chapter-5.

―――. 2005. "Erotic Art and Pornographic Pictures." *Philosophy and Literature* 29: 228–240.

Levy, A. 2006. *Female Chauvinist Pigs: Women and the Rise of Raunch Culture.* London: Pocket Books.

Liebert, R. M., and R. A. Baron. 1971. "Short Term Effects of Televised Aggression on Children's Aggressive Behavior." In *Television and Social Behavior*, vol. II. Washington DC: US Government Printing Office.

Linz, D. G. 1985. *Sexual Violence in the Media: Effects on Male Viewers and Implications for Society.* PhD dissertation, University of Wisconsin–Madison.

Linz, D., and E. Donnerstein. 1989. "The Effects of Counter-Information on the Acceptance of Rape Myths." In D. Zillmann and J. Bryant, eds., *Pornography: Research Advances and Policy Considerations*, pp. 259–288. Hillsdale, NJ: Lawrence Erlbaum.

Linz, D., E. Donnerstein, and S. Penrod. 1984. "The Effects of Multiple Exposures to Filmed Violence against Women." *Journal of Communication* 34(3): 130–147.

Linz, D., B. Wilson, and E. Donnerstein. 1992. "Sexual Violence in the Mass Media: Legal Solutions, Warnings, and Mitigation through Education." *Journal of Social Issues* 48: 145–171.

@livblair. 2017, February 14. "How Much Porn Stars Really Get Paid For?" *The Independent*, retrieved from https://www.independent.co.uk/life-style/love-sex/porn-stars-income-how-much-get-paid-for-what-adult-film-actor-agent-derek-hay-pornography-a7569746.html.

Lonsway, K. A., and L. F. Fitzgerald. 1994. "Rape Myths: In Review." *Psychology of Women Quarterly* 18(2): 133–164.

Lowery, S. A., and M. L. DeFleur. 1995. *Milestones in Mass Communication Research: Media Effects*, 3rd ed. New York: Longman.

Lowry, D., Nio, J., and D. Leitner. 2003. "Setting the Public Fear Agenda: A Longitudinal Analysis of Network TV Crime Reporting, Public Perceptions of Crime, and FBI Crime Statistics." *Journal of Communication* 53(1): 61–73, retrieved from https://doi.org/10.1111/j.1460-2466.2003.tb03005.x.

MacKinnon, C. 1987. *Feminism Unmodified: Discourse on Life and Law.* Cambridge: Harvard University Press.

Malamuth, N. M., et al. 1980. "Testing Hypotheses Regarding Rape: Exposure to Sexual Violence, Sex Difference, and the Normality of Rapists." *Journal of Research in Personality* 14: 121–137.

Manning, J. C. 2008. "The Impact of Pornography upon Women." Unpublished paper presented at a consultation on "The Social Costs of Pornography" at Princeton University (December 12, 2008), on file at the Witherspoon Institute.

————. 2006. "The Impact of Internet Pornography on Marriage and the Family: A Review of the Research." *Sexual Addiction & Compulsivity: The Journal of Treatment & Prevention* 13(2–3): 131–165.

Massey, M. n.d. "Values Development," retrieved from http://changingminds. org/explanations/values/values_development.htm.

McCarthy, E. D., et al. 1975. "Violence and Behavior Disorders." *Journal of Communication* 25(4): 71–85.

McGinnis, E. n.d. "The Horrifying Reality of Sex Trafficking," retrieved from https://beverlylahayeinstitute.org/.

McKenna, K. Y. A., A. S. Green, and P. K. Smith. 2001. "Demarginalizing the Sexual Self." *Journal of Sex Research* 38(4): 302–311.

Media Awareness Network. 2008. "A Lack of Consensus on the Effect of Media Violence." In *Violence in the Media*, pp. 83–84. New York: The Gale Group.

Meyers, M. 1997. *News Coverage of Violence against Women: Engendering Blame.* Thousand Oaks, CA: Sage.

Milavsky, R., R. Kessler, H. Still, and W. Rubens. 1982. "Television and Aggression: Results of a Panel Study." In D. Pearl, et al., eds., *Television and Behavior*, vol. 1, pp. 138–157. Rockville, MD: National Institute of Mental Health.

Mitchell, K. J., J. Wolak, and D. Finkelhor, 2007. "Trends in Youth Reports of Sexual Solicitations, Harassment and Unwanted Exposure to Pornography on the Internet." *Journal of Adolescent Health* 40(2): 116–126.

Morales, X. 2003, October 16. "Beauty and Violence." *The Record.* Harvard Law School RECORD Corporation, retrieved from http://hlrecord. org/2003/10/kill-bill-beauty-and-violence/.

Morley, D. 1980. *Nationwide Audience.* London: British Film Institute.

Morris, S. 2007. *The Causes of Violence and the Effects of Violence on Community and Individual Health*, retrieved from https://www.cugh.org/sites/default/

files/62_Causes_Of_Violence_and_Violence_%20Effects_on_Community_ and_Individual_Health_FINAL.pdf.

Morrison, D. 1999. *Defining Violence: The Search for Understanding*. Lutton: University of Luton Press.

Mulvey, L. 1975. "Visual Pleasure and Narrative Cinema." *Screen* 16(3): 6–18.

Nead, L. 1990. "The Female Nude: Pornography, Art, and Sexuality." *Signs*: *Journal of Women in Culture and Society* 15(2): 323–335.

NewsMDirector. 2017, July 11. "11 Examples of Advertising and Marketing with Subliminal Messages." *MDirector*, retrieved from https://www. mdirector.com/en/digital-marketing/examples-marketing-subliminal- messages.html.

Newson, E. 1994, June. "Video Violence and the Protection of Children." *The Psychologist* 7(6): 272–274.

Noelle-Neumann, E. 1974. "The Spiral of Silence: A Theory of Public Opinion." *Journal of Communication* 24(2): 43–51.

Norris, K. 2004. "Gender Stereotypes, Aggression and Computer Games: An Online Survey of Women." *Cyberpsychology & Behavior* 7(6): 714–727.

Nussbaum, M. C. 1995. "Objectification." *Philosophy and Public Affairs* 24: 249–291.

O'Hara, S. 2012. "Monsters, Playboys, Virgins and Whores: Rape Myths in the News Media's Coverage of Sexual Violence." *Language and Literature* 21: 247–259.

Padgett, V. R., J. Brislin-Slutz, and J. A. Neal. 1989. "Pornography, Erotica, and Attitudes toward Women: The Effects of Repeated Exposure." *The Journal of Sex Research* 26(4): 479–491.

Parker-Pope, T. 2019, July 11. "Should We All Take the Slow Road to Love?" *The New York Times*, retrieved from websites https://cn.nytimes.com/ style/20190711/millennials-love-relationships-marriage-dating/zh-hant/.

Paul, P. 2005. *Pornified: How Pornography Is Transforming Our Lives, Our Relationships and Our Families*. New York: Times Book.

———. 2004, January 19. "The Porn Factor." *Time Magazine*.

Pearl, D., et al., eds. 1982. *Television and Behavior: Ten Years of Scientific Progress and Implications for the Eighties*, vol. 1. US: Surgeon General's

Scientific Advisory Committee on Television and Social Behavior and National Institute of Mental Health.

Pence, E., and M. Paymar. 1993. *Education Groups for Men Who Batter: The Duluth Model.* Springer.

Peter, J., and P. M. Valkenburg. 2006. "Adolescents' Exposure to Sexually Explicit Online Material and Recreational Attitudes toward Sex." *Journal of Communication* 56(4): 639–660.

Peterson, J. R. 1999. *The Century of Sex: Playboy's History of the Sexual Revolution, 1900–1999.* New York: Grove Press.

Pew Center. 2009. "Teens and Sexting: Major Findings." *The Pew Internet Project's Study*, retrieved from http://www.pewinternet.org/2009/12/15/teens-and-sexting-major-findings/.

Pike, J., and N. Jennings. 2005. "The Effects of Commercials on Children's Perceptions of Gender Appropriate Toy Use." *Sex Roles: A Journal of Research* 52: 83–91.

Pinker, S. 2018. *Enlightenment Now: The Case for Reason, Science, Humanism, and Progress.* New York: Viking.

Plummer, K. 2003. "Introduction, Re-presenting Sexualities in the Media." *Sexualities* 6(3–4): 275–276.

Potter, J. 1999. *On Media Violence.* Thousand Oaks, CA: Sage.

Potter, W. J., and R. Warren. 1998. "Humor as a Camouflage of Televised Violence." *Journal of Communication* 48: 40 57.

Prince, S. 2000. "The Aesthetic of Slow-Motion Violence in the Films of Sam Peckinpah." In S. Prince, ed., *Screening Violence.* London: Athlone Press.

Quora. n.d. "Which Country Has the Largest Pornography Industry?," retrieved from https://www.quora.com/Which-country-has-the-largest-pornography-industry.

Reichert, T., and J. Lambiase. 2002. *Sex in Advertising: Perspectives on the Erotic Appeal.* Mahwah: Routledge.

Reiner, R. 1997. "Media Made Criminality: The Representation of Crime in the Mass Media." In M. Maguire, R. Morgan, and R. Reiner, eds., *The Oxford Handbook of Criminology*, 2nd ed, pp. 189–219. Oxford, UK: Oxford University Press.

Reynolds, J. (1797) 1988. *Discourses on Art*. Edited by R. Wark. New Haven: Yale University Press.

Ropelato, J. 2014. *Internet Pornography Statistics*, retrieved from http://www.ministryoftruth.me.uk/wp-content/uploads/2014/03/IFR2013.pdf.

Ross, M. W., B. R. S. Rosser, and J. Staton. 2004. "Beliefs about Cybersex and Internet-Mediated Sex of Latino Men Who Have Internet Sex with Men: Relationships with Sexual Practices in Cybersex and in Real Life." *AIDS Care* 16(8): 1002–1011.

Russell, D. 1998. "Pornography and Rape: A Casual Model." *Political Psychology* 9: 41–73.

Rutherford, A. 2011. "Sexual Violence against Women: Putting Rape Research in Context." *Psychology of Women Quarterly* 35(2): 342–347.

Sample, I. 2009, February 16. "Sex Objects: Pictures Shift Men's View of Women." *The Guardian*, retrieved from http://www.guardian.co.uk/science/2009/feb/16/sexobject-photograph.

Scarcelli, C. M. 2018. "Young People and Sexual Media." In P. Nixon and I. Dusterhoft, eds., *Sex in the Digital Age*, p. 36. London: Routledge.

Schaefer, E., ed. 2014. *Sex Scene: Media and the Sex Revolution*. Durham: Duke University Press.

Schaefer, R. 2005. *Sociology*, 9th ed. Boston: McGraw Hill.

Schlesinger, P., et al. 1992. *Women Viewing Violence*. London: British Film Institute in association with the Broadcasting Standards Council.

Schneider, S. J. 2001, June. "Killing in Style: The Aestheticization of Violence in Donald Cammell's White of the Eye." *Scope—An Online Journal of Film and Television Studies*.

Schramm, W., et al. 1961. *Television in the Lives of Our Children*. Palo Alto, CA: Stanford University.

Schwendinger, J. R., and H. Schwendinger. 1974. "Rape Myths: In Legal, Theoretical, and Everyday Practice." *Crime and Social Justice* 1: 18–26.

Scruton, R. 2010. "The Abuse of Sex." In *The Social Costs of Pornography: A Collection of Papers*. Princeton, NJ: Witherspoon Institute.

Sex and the Media. 2002. *Encyclopedia of Communication and Information*, retrieved from http://www.encyclopedia.com/media/encyclopedias-almanacs-transcripts-and-maps/sex-and-media.

Shettleworth, S. J. 2010. *Cognition, Evolution, and Behavior*, 2nd ed. Oxford: Oxford University Press.

Silver, R. 2002. "Common Defenses of Media Violence—and Their Flaws." In J. Torr, ed., *Violence in Film and Television*, pp. 143–147. San Diego: Green Haven Press.

Skalski, P. 2013. "Cyberbullying, Violent Content in." In M. Eastin, ed., *Encyclopedia of Media Violence*, pp. 105–108. Thousand Oaks: Sage.

Smith, A., and A. Andersen. 2016, February 29. "5 Facts about Online Dating." Pew Research Center, retrieved from http://www.pewresearch.org/fact-tank/2016/02/29/5-facts-about-online-dating/.

Smith, M., E. Gertz, S. Alvarez, and P. Lurie. 2000. "The Content and Accessibility of Sex Education Information on the Internet." *Health Education and Behavior* 27(6): 684–694.

Smith, S. 1997. "Engels and the Origin of Women's Oppression Engels." *International Socialist Review*, issue 2, retrieved from https://www.isreview.org/issues/02/engles_family.shtml.

Smith, S., E. Moyer-Guse, and E. Donnerstein. 2004. "Media Violence and Sex: What Are the Concerns, Issues and Effects." In J. Downing, et al., eds., *The Sage Handbook of Media Studies*, pp. 541–568. Thousand Oaks, CA: Sage.

Smith, T. 1990. "A Report: The Sexual Revolution." *The Public Opinion Quarterly* 54(3): 415–435.

Sontag, S. 2003. *Regarding the Pain of Others*. New York: Picador.

Soothill, K., and S. Walby. 1991. *Sex Crime in the News*. London: Routledge.

Sparks, G., and C. Sparks. 2002. "Explaining the Attractions of Violent Entertainment." In J. Torr, ed., *Violence in Film and Television*, pp. 114–126. San Diego: Green Haven Press.

Steinhauer, J. 2008, November 26. "Verdict in MySpace Suicide Case." *The New York Times*, retrieved from https://www.nytimes.com/2008/11/27/us/27myspace.html.

Sternheimer, K. 2007. "Do Video Games Kill?" *Contexts* 6: 13–17.

Stone, S. D. 1993. "Getting the Message Out: Feminists, The Press and Violence against Women." *The Canadian Review of Sociology & Anthropology* 30: 377–400.

Stoner, J. Jr., and D. Hughes, eds. 2010. *The Social Costs of Pornography: A Collection of Papers*. Princeton, NJ: Witherspoon Institute.

Strassberg, D., R. McKinnon, Michael A. Sustaíta, and Jordan E. Rullo. 2013. "Sexting by High School Students: An Exploratory and Descriptive Study." *Archives of Sexual Behavior* 42(1): 15–21.

"A Summary of 'Sex Offenses on U.S. College Campuses.'" *The Washington Post*, retrieved from https://www.washingtonpost.com/apps/g/page/local/sex-offenses-on-us-college-campuses/1077/.

Sutton M., J. Brown, K. Wilson, and J. Klein. 2001. "Shaking the Tree of Knowledge for Forbidden Fruit: Where Adolescents Learn about Sexuality and Contraception." In J. D. Brown, J. R. Steele, and K. Welsh-Childers, eds., *Sexual Teens, Sexual Media*. Hillsdale, NJ: Erlbaum.

Szymanski, D. M., and N. D. Stewart-Richardson. 2014. "Psychological, Relational, and Sexual Correlates of Pornography Use on Young Adult Heterosexual Men in Romantic Relationships." *The Journal of Men's Studies* 22(1): 64–82.

Tait, S. 2008. "Pornographies of Violence? Internet Spectatorship on Body Horror." *Critical Studies in Media Communication* 25(1): 91–111.

Thomas, S. 2003, June 28. "Self-Abuse." *Spectator* (London).

Thompson, C. 2008. "Videogames Teach Children How to Shoot Guns." In J. L. Boduch, ed., *Violence in the Media*, pp. 102–115. Detroit, NY: Thomson/Gale Group.

Thompson, K. 1998. *Moral Panic*. London: Routledge.

Tiidenberg, K. 2018. "Nude Selfies Till I Die." In P. Nixon and I. Dusterhoft, eds., *Sex in the Digital Age*, pp. 78–88. London: Routledge.

Tolman, D. L. 2012. "Female Adolescents, Sexual Empowerment and Desire: A Missing Discourse of Gender Inequality." *Sex Roles* 66(11–12): 746–757.

Tolman, D. L., L. M. Diamond., J. A. Bauermeister, W. H. George, J. G. Pfaus, and L. M. Ward, eds. 2014. *APA Handbook of Sexuality and Psychology, vol. 2: Contextual Approaches*. Washington DC: American Psychological Association.

Trend, D. 2007. *The Myth of Media Violence: A Critical Introduction*. UK: Blackwell.

Twenge, J. 2017. *iGen: Why Today's Super-Connected Kids Are Growing Up Less Rebellious, More Tolerant, Less Happy—and Completely Unprepared for Adulthood—and What That Means for the Rest of Us*. New York: Atria Books.

———. 2006. *Generation Me: Why Today's Young Americans Are More Confident, Assertive, Entitled—and More Miserable than Ever Before*. Armonk, NY: Baror.

US Surgeon General. 2001. *Youth Violence: A Report of the Surgeon General*. Washington DC: Government Printing Office.

Violence Prevention Alliance. n.d. "Definition and Typology of Violence," retrieved from http://who.int/violenceprevention/approach/definition/en/.

Wagg, S. 1992. "One I Made Earlier: Media, Popular Culture and the Politics of Childhood." In D. Strinati and S. Wagg, eds., *Come On Down? Popular Media Culture in Post-War Britain*. London: Routledge.

Wallis, C. 2005, June 21. "Children Having Children: Teen Pregnancies Are Corroding America's Social Fabric." *Time Magazine*.

Weaver, J., and J. Wakshlag. 1986. "Perceived Vulnerability to Crime, Criminal Victimization Experience and Television Viewing." *Journal of Broadcasting and Electric Media* 30(2): 141–158.

Weber, M. 2015. "Politics as Vocation." In Tony Waters and Dagmar Waters, trans. and eds., *Rationalism and Modern Society*, pp. 129–198. New York: Palgrave.

Wei, R. 2007. "Videogames on Chinese Adolescents' Pro-violence Attitudes, Attitudes toward Others and Aggressive Behavior." *Cyberpsychology & Behavior* 10(3): 371–380.

Weisskirch, R. S., M. Drouin, and R. Delevi. 2016. "Relational Anxiety and Sexting." *Journal of Sex Research* 31: 1–9.

Wertham, F. (1948) 1996. "The Psychopathology of Comic Books—A Symposium." *American Journal of Psychotherapy* 50(4): 417–420. Reprinted from vol. 2: 472–490.

White, K. 1992. *The First Sexual Revolution: The Emergence of Male Heterosexuality in Modern America*. New York: New York University Press.

Whitty, M. T. 2008. "Liberating or Debilitating? An Examination of Romantic Relationships, Sexual Relationships and Friendships on the Net." *Computers in Human Behavior* 24(5): 1837–1850.

Wikipedia. n.d. "Online Shaming," retrieved from https://en.wikipedia.org/wiki/Online_shaming.

Wind, E. 1964. *Art and Anarchy*. Evanston, IL: Northwestern University Press.

Wolak, J., K. J. Mitchell, and D. Finkelhor. 2006. "Online Victimization of Youth: Five Years Later," retrieved from http://www.unh.edu/ccrc/pdf/CV138.pdf.

WorldAtlas. 2017, April 25. "What Was the Sexual Revolution?," retrieved from https://www.worldatlas.com/articles/what-was-the-sexual-revolution.html.

Wright, P. J. 2012. "A Longitudinal Analysis of US Adults' Pornography Exposure." *Journal of Media Psychology* 24: 67–76.

Ybarra, M. L., M. Diener-West, D. Markow, P. J. Leaf, M. Hamburger, and P. Boxer. 2008. "Linkage between Internet and Other Media Violence with Seriously Violent Behavior by Youth." *Pediatrics* 122(5): 929–937.

Zichermann, G., and C. Cunningham. 2011. *Gamification by Design*. Sebastopol: O'Reilly.

Zillmann, D. 1998. "The Psychology of the Appeal of Portrayals of Violence." In J. H. Goldstein, ed., *Why We Watch: The Attractions of Violent Entertainment*, pp. 179–211. New York, NY: Oxford University Press.

———. 1975. "Enhancement of Experienced Sexual Arousal in Response to Erotic Stimuli through Misattribution or Unrelated Residual Excitation." *Journal of Personality and Social Psychology* 32: 69–75.

Zillmann, D., and J. Bryant, eds. 1989. *Pornography: Research Advances and Policy Considerations*. Hillsdale, NI: Lawrence Erlbaum Associates.

「通識教育叢書」編者跋

「通識教育叢書」計劃始於1999年，2004年叢書的第一本面世。

香港中文大學自1963年創校以來即重視通識教育。上世紀末，我們深感老師為設計與教授通識教育，付出的心血良多，可是教學對象僅限於中大學生，而且社會上一般對通識教育亦缺乏認識。為與社會知識大眾分享老師的教研成果，提升社會文化氛圍，大學通識教育部推出了「通識教育叢書」出版計劃。過去出版的叢書，頗獲好評。其中陳天機教授的《大自然與文化》及張燦輝教授與本人合編的《凝視死亡：死與人間的多元省思》更分別獲選入2005年和2006年「香港書展名家推介」之中。然而其後大學通識教育部為準備2012年大學從三年制改為四年制的學制改革，須負責設計和推出全新的通識教育基礎課程，無暇兼顧，叢書出版計劃因而擱置。

時至今日，第一批入學修讀四年制的新生轉眼已到畢業年。這幾年間，通識教育亦經歷了幾個重要的變化。在香港中文大學內部來說，通識教育基礎課程順利推出；這個以閱讀和討論經典為主的課程，讓學生親炙古今中外、人文與科學的經典，頗得同學認同；在大專界，各高等教育院校在大學教育資助委員會極力鼓勵下，紛紛開設或增強既有的通識教育課程；中學方面，由於新學制高中課程增設了必修必考的通識教育科目，一批老師接受了教授通識的培訓，而學生則從中四開始，就必須修讀關注時事、著重研討的通識科；社會大眾亦因中學學制的改革，對通識教育產生了前所

未有的關注。對於熱心推動通識教育的教育工作者來說,這些都是可喜的發展。當然,中學的通識教育科與大學推行的通識教育,理念不盡相同,而不同大學的通識教育的設計,亦各具特色。但不同的通識課程共通之處,在於以擴闊學生視野、提升學生思考與自主學習能力為目標。理想的通識教育幫助學習者走出狹小單一的學科視野,讓他們對不同的知識和價值系統有基本理解,明白不同的真理準則,因而更能慎思明辨,不盲從權威,恰當地運用自主,作明智選擇與取捨。

我們在2015年重新啟動通識教育叢書的出版,是希望將通識教育的學習延續於課堂以外,讓社會上對通識教育有更多、更真切的認識。在通識教育叢書出版的書籍包括各種不同的學科題材,但它們承載的並不是寫得較為顯淺的專門學科知識。叢書是各位作者運用自己的學科專長,思考社會、人生、知識等大問題後作出有洞見的綜合。我們期望,通識教育叢書對培養具有開放心靈,對世界、對學問好奇,對於知識有渴求的廿一世紀公民,能有點滴貢獻。

2016年通識教育叢書能再度刊行,首先感謝參與寫作計劃的各位通識老師,不吝將教研思考心得與讀者分享。朱明中、伍美琴兩位教授和甘琦社長在百忙中擔任編輯委員會審閱寫作計劃的繁重工作;王淑英、石丹理、周敬流、邵鵬柱、張燦輝、潘偉賢諸位教授顧問對出版計劃鼎力支持;沈祖堯校長為新出版的一輯叢書作序;香港中文大學出版社在出版事務上專業的支援,本人謹在此致以由衷的感謝。

梁美儀　識

2016年6月3日